Patricia Wentworth

DER ALINGTON-FLUCH

Deutsche Übersetzung
von Bodo Baumann

BASTEI
LÜBBE

BASTEI-LÜBBE-TASCHENBUCH
Band 10 599

Deutsche Erstveröffentlichung
Titel der Originalausgabe: THE ALINGTON INHERITANCE

Printed in Western Germany 1985
Einbandgestaltung: Loermann/Schrödter
Satz: ICS Computersatz GmbH, Bergisch Gladbach
Gesamtherstellung: Ebner Ulm
ISBN: 3-404-10599-0

nach dem Krieg, so daß die Söhne schon volljährig waren, die Mädchen jedoch erst neun und zehn. Sie gehörten alle zu Jennys Alltag. Sie hatte keine Blutsverwandten. Als Mr. Forbes starb, hatte sie wie um den Verlust eines Onkels getrauert. Er war stets auf eine vage Art freundlich zu ihr und sein Wesen von Geistesabwesenheit geprägt gewesen. Ihr war aufgefallen, daß er immer nur zur Hälfte bei der Sache war. Sie hatte sich stets gefragt, wo er mit der anderen Hälfte seiner Gedanken weilte. Aber die Hälfte, die sich mit ihr beschäftigte, war immer auf eine verschwommene Art liebenswürdig gewesen.

Auch Miss Garstone hatte es immer gegeben. Jenny nannte sie Garsty. Sie war energisch, freundlich und arbeitsam, jedoch völlig unromantisch. Es war sehr ungewöhnlich, sie den ganzen Tag regungslos im Bett liegen zu sehen. Jim Stokes, der für Mr. Carpenter arbeitete, hatte sie um zwölf Uhr mittags gefunden, als er auf dem Weg zum Mittagessen pfeifend die Landstraße hinunterging. Sie war mit ihren Einkäufen auf der Heimfahrt gewesen, war aber über die halbe Strecke nicht hinausgekommen. Markierungen zeigten, wo das Fahrrad von der Straße abgekommen war. Was hatte sie dazu gebracht? Niemand wußte das. Wenn es ein Auto gewesen war, hatte es nicht angehalten, um sie mitzunehmen – es hatte nicht einmal gebremst. Und Miss Garstone hatte sich nicht mehr bewegt nach ihrem Sturz. Sie hatte zwischen den verstaubten Brombeerranken neben der Böschung gelegen, das zerbeulte Fahrrad im Straßengraben, und niemand wußte zu sagen, wie es geschehen war.

Jenny war mit ihren Gedanken gerade so weit gekommen, als Miss Garstone sich rührte. Ihre Lider flatterten und öffneten sich dann. Sie blickte nach vorn, blickte sich im Zimmer um, und die Augen schlossen sich wieder. Es war ein Blick gewesen, der nichts sah. Jennys Herz klopfte rascher. Sie sagte »Garsty –«, aber sehr behutsam, als spräche sie mit jemandem, der nicht gestört werden durfte. Die Augen öffneten sich abermals. Diesmal schienen sie zu sehen. Sie sagte mit einer recht kräftigen Stimme:

»Jenny . . .«

Jenny sagte: »Ja?«

»Ich bin verletzt.«

»Ja, aber du wirst jetzt wieder gesund, Garsty.«

»Das – glaube – ich – nicht . . .«

Jenny streckte den Arm aus und faßte nach der blassen Hand. Miss Garstone war immer stolz auf ihre Hände gewesen. Sie waren das einzige Schöne an ihr, und sie hegte und pflegte sie. Bleich lagen die Hände auf dem Bett, mit gefeilten und schimmernden Nägeln, die Finger ein wenig gekrümmt, aber so erbärmlich leer. Jenny nahm die Hand, die ihr zunächst lag. Sie fühlte sich schlaff und kraftlos an. Jenny sagte: »O Garsty, Garsty!«

Die Augen öffneten sich. Miss Garstone fand ihre Sprache wieder. Sie schien an etwas anzuknüpfen, was sie in dem Traum gesprochen hatte, in dem sie wandelte. Sie sagte:

»So gehört es alles dir. Das weißt du, nicht wahr?«

»Zerbrich dir darüber jetzt nicht den Kopf, Garsty.«

Miss Garstone schloß die Augen, fand aber keine Ruhe. Die Hand unter Jennys Fingern wollte nicht stillhalten. Sie war wie etwas, das aufwachen wollte und es doch nicht ganz schaffte. Jennys Hand schloß sich warm darum.

»Nein. Du darfst dich nicht anstrengen, Garsty. Es schadet dir. Ein andermal, wenn es dir bessergeht . . .«

Wieder öffneten sich die Lider. Zum erstenmal bewegte sie den Kopf. Ganz sachte nur. Ein sachtes »Nein«. Sie lag still, den Blick auf Jenny geheftet. Dann sprach sie mit einem Faden von Stimme:

»Habe ich es gesagt?«

»Ich weiß nicht.«

»Es ist – so – schwierig. Ich – muß – es – dir sagen.

Ich – hätte – es – dir nicht – verschweigen – dürfen. Aber fortgehen – ohne es dir zu sagen – wollte – ich – nie. Es – schien – am besten so – damals. Deine Mutter –«, ein Stocken »– war Jennifer Hill. Dein Vater – dein Vater – wußte nichts von dir – daß du unterwegs warst – ich glaube nicht, daß er es wußte – aber Jennifer sagte es nie. Er war Richard Forbes – Richard Alington Forbes. Alington gehörte ihm. Aber das weißt du – ich habe es dir nie verschwiegen – jeder weiß das.« Die kalte Hand unter Jennys warmer Hand zuckte und wand sich.

Jenny sagte rasch:

»Reg dich nicht auf, Garsty. Oh, bitte nicht!«

»Ich muß es sagen.« Die Worte kamen diesmal sehr klar und deutlich. Sie waren mit einem tiefen Ernst befrachtet. Danach fiel sie in ihr Schweigen zurück. Es war, als sähe man jemanden davontreiben. Bis ihre Stimme wiederkam:

»Ich hätte es nicht tun sollen. Anfangs war ich mir nicht sicher. Und da warst du, ein Säugling noch, und deine Mutter war tot, und sie sagte nichts. Hätte sie mit mir gesprochen – würde ich sie nicht – im Stich gelassen haben. Nein, das hätte ich nicht! Glaube mir – es ist die Wahrheit . . .«

»Natürlich glaube ich dir. Mach dir bitte deswegen keine Sorgen.«

Die blassen Lippen sprachen: »Ich muß . . .« mit versagendem Atem. Atemlosigkeit, die sich zu einem längeren Schweigen ausdehnte, bis die schwache Stimme wieder begann: »Ich glaubte nicht, daß da noch etwas sein könnte – nicht, bis du schon sieben Jahre alt warst, und Mr. und Mrs. Forbes waren ja schon die ganze Zeit dagewesen. Ich sprach mit einer Freundin darüber, und sie sagte: ›Du kannst dir doch die nötige Gewißheit verschaffen, wenn es eine Heirat gegeben hat. In Somerset House, weißt du.‹ Habe ich dir von diesem Brief erzählt?«

»Nein. Das ist jetzt doch nicht wichtig.«

Miss Garstone ließ das nicht gelten. Sie fuhr mit dieser wispernden Stimme fort, die sich anhörte wie das Flüstern der Bäume, wenn ein Lüftchen sich regt oder jemand im Traum spricht. Sie sagte:

»Der Brief – er war in dieser kleinen Kommode. Er ist noch dort – ich legte ihn zurück – ich wollte ihn nicht lesen. Aber du bist ihre Tochter – du hast ein Recht dazu. Es war der einzige Brief, den sie von ihm hatte, weil sie ja beisammen waren. Sie war dienstverpflichtet als Luftwaffenhelferin – du weißt das. Er fiel, ehe er noch einmal schreiben konnte. Sein Flugzeug kam nicht mehr zurück von – wie nennt man das – ja, von einem Aufklärungsflug – und er kam nicht wieder. Er kehrte von diesem Einsatz nicht zurück.« Die Stimme blieb abermals weg. Die Lider fielen zu. Es war sehr still im Zimmer. Die Minuten trieben dahin.

Dann, ganz plötzlich, waren die Augen wieder offen.

»Ich las nur diesen einen Satz – diesen einen –, doch er gab mir zu denken. Ich wurde ihn nicht mehr los. Denn er schloß seinen Brief mit dem Satz ›meine Frau – meine kostbare Frau‹. Da kam ich nicht an dem Gedanken vorbei, daß das Haus dir gehörte, wenn sie verheiratet waren – daß es alles dein war.«

Das drang nicht durch. Das waren nur Worte, die über diese blassen Lippen kamen. Jenny konnte sie nicht glauben. Die Hand, die sich über Miss Garstones Linke schloß, war sehr ruhig. Ihr Verstand sperrte sich dagegen. Sie konnte nicht ein Wort davon glauben. Sie sagte:

»Wenn sie verheiratet waren, hätte sie es gesagt.«

»Das dachte ich auch – ich dachte, er empfindet es nur so. Aber es konnte nicht wahr sein – es konnte einfach nicht wahr sein . . .«

»Warum konnte es nicht wahr sein?«

Miss Garstone bemühte sich, den Kopf ein wenig zu bewegen, und sie sah Jenny an.

»Ich wußte, daß du mich das eines Tages fragen würdest.«

Es war Jenny nur so über die Lippen gekommen. Doch jetzt schien es ein bißchen zwischen ihnen zu knistern.

»Ich wußte es. Nun ist es heraus. Ich hatte nicht den Mut dazu – ich brachte es nicht fertig. Ich kann nicht sterben, ehe ich dir nicht beichte – ich bin nie in Somerset House gewesen – weil ich Angst hatte . . .«

»Warum?«

»Ich liebte dich so sehr.«

Jennys Herz zerschmolz in ihrer Brust.

»Oh, Garsty!«

»Ich dachte – es war verkehrt – ich weiß es jetzt. Ich dachte, wenn ich mich erkundigte – und es wäre wahr – daß sie verheiratet waren – ich dachte . . .«

»Warum quälst du dich so damit, Garsty.«

»Ich muß – es bleibt mir nur noch wenig Zeit . . .«

»Morgen . . .«

»Für mich gibt es kein Morgen mehr. Ich bin nie in Somerset House gewesen – sie hätten dich mir weggenommen. Ich hätte das nicht ertragen können – dafür liebte ich dich zu sehr . . .«

Die Lider schlossen sich wieder. Das Schweigen, das nun einsetzte, wurde langsam zu einer friedlichen Stille. Doch dann zuckte und zog die Hand jählings, die so gefaßt schien. Die Augen öffneten sich erneut.

»Du kamst hier – in diesem Zimmer – zur Welt. Jennifer kam hierher – zurück. Sie sagte nichts. Sie waren nicht hier damals – Mrs. Forbes und die Jungs. Das Haus war leer – weil es natürlich ihm gehörte, und wenn sie seine Frau war und er nicht mehr am Leben, dann gehörte es natürlich Jennifer und ihrem Baby. Nur sagte sie nichts – sie sagte nie etwas. Sie saß den ganzen Tag nur am Fenster. Was ich ihr anschaffte, tat sie. Sie war nicht krank – nicht körperlich –; aber sie war wie eine Traumwandlerin. Ich hatte dieses Häuschen, und wir blieben hier wohnen. Die Forbes kamen – weil er der Erbe war. Mrs. Forbes kam herüber und redete mit mir. Sie sagte, es wäre eine Dummheit hierzubleiben – doch ich sagte: ›Jennifer hat niemand und ist mittellos – aber ich habe dieses Häuschen – es ist mein Eigentum – niemand kann es mir nehmen.‹ Als sie merkte, daß sie mich nicht zum Ausziehen bewegen konnte, ging sie wieder und kam nie mehr darauf zurück. Jennifer rührte sich nicht einmal. Als ihre Zeit gekommen war und du geboren wurdest, war es ganz leicht. Doch sie starb noch in derselben Nacht . . .«

Nun folgte eine lange Pause. Als Miss Garstone wieder zu sprechen begann, hatte sie sich verändert. Sie redete nicht mehr mit Jenny. Die Augen, die sie wieder aufschlug, blickten sie nicht an. Sie waren auf jemand anders gerichtet. Jenny hatte das Gefühl, wenn sie den Kopf zur Seite drehte, könne sie sehen, wer dieser andere war. Da sie Garsty anblickte, wußte sie nicht, worauf Garsty ihre Augen richtete. Aber sie spürte, daß da noch etwas im Zimmer war. Nur wußte sie nicht, ob es der Tod war oder das Leben. Sie sah Garsty lächeln und hörte sie etwas sagen; aber sie verstand nicht, was sie sagte. Und dann, einen Moment später, war es vorbei, und Garsty war von ihr gegangen.

KAPITEL 2

Miss Adamson blieb eine ganze Stunde weg. Sie hatte das beileibe nicht vorgehabt, aber sie traf eine Menge Leute unterwegs, und die wollten natürlich alles über den Unfall wissen und auch, wie es Miss Garstone ginge. Da sie ihnen die Antwort nicht schuldig bleiben wollte und ihre Zuhörer das nicht kommentarlos hinnahmen, sondern sagten, wie schrecklich das sei und wie schockierend der Gedanke, daß jemand eine Frau überfahren könne, ohne nachzusehen, ob er sie umgebracht habe oder ob sie noch am Leben sei, dauerte das natürlich seine Zeit. Dann mußte sie zu Hause erst mal die Katze füttern, ehe sie die Sachen zusammensuchte, die sie für die Nacht brauchte, und das dauerte ebenfalls. Sie beeilte sich, sosehr sie konnte, und dann schwang sie sich wieder auf ihr Fahrrad und strampelte sich ab, um das einsame Stück Landstraße hinter sich zu bringen, wo der Unfall passiert war. An der Ecke von Mr. Carpenters Farm bog sie ab und hielt auf das erleuchtete Fenster zu, hinter dem Jenny ihre einsame Wache hielt. Auf der anderen Straßenseite befand sich das leerstehende Torhaus von Alington Manor, wo die Forbes wohnten.

Miss Adamson passierte es mit einem Anflug von Unbehagen. Es wäre nicht richtig, zu sagen, daß sie mit Mrs. Forbes nicht zurechtkam. Sie bemühte sich, mit jedem gut auszukommen; aber wenn man sich noch so sehr anstrengt, und man hat so ein Gefühl, dann kann man nicht so tun, als hätte man es nicht, auch wenn man der Sache keine große Bedeutung beimißt. Als Miss Adamson ihr Fahrrad in den Schuppen stellte und den dunklen Gartenweg zur Küchentür hinunterging, spürte sie im Grunde ihres Herzens, daß sie etwas an Mrs. Forbes störte. Hätte sie ihr Unbehagen erklären müssen, wäre die Begründung ungefähr so ausgefallen: Sie ist immer zur Stelle, wenn man sie nicht braucht; aber kommt einmal die Zeit, wo sie vielleicht etwas tun könnte, glänzt sie durch Abwesenheit. Was nicht bedeutet, daß sie etwas getan hätte, wenn sie dagewesen wäre. In diesen Bahnen bewegten sich Miss Adamsons Gedanken, wenn sie sie auch nicht in Worte kleidete.

Sie öffnete die Tür zur Küche. Dort brannte kein Licht. Sie ging weiter in den Flur. Weder dort noch auf der Treppe ein Licht. Das Haus war sehr still – eine ziemlich bedrückende Stille. Irgendein Geräusch hätte dasein müssen. Das ging ihr, von einem leisen Schauder begleitet, durch den Kopf. Sie rief die Treppe hinauf: »Jenny, ich bin wieder da!« und erhielt keine Antwort.

Miss Adamson nahm sich zusammen. Hätte sich ein

anderer so benommen, hätte sie genau gewußt, was sie zu ihm gesagt hätte. Sie konnte nicht glauben, daß sie selbst es war, Kate Adamson, die am Fuß der Treppe stand und Angst hatte weiterzugehen. Sie wußte sehr wohl, was sie dazu gesagt hätte, wäre ein anderer an ihrer Stelle gewesen.

Im Zimmer über der Stiege hielt Jenny immer noch die kalte tote Hand. Sie konnte das nicht ertragen, sie loszulassen. Sie war froh, allein zu sein. Sie war froh, daß niemand sonst diesen Ausdruck auf Garstys Gesicht bemerkt hatte. Es war der Blick eines Menschen, dem sich die Wahrheit enthüllt. Sie würde nie vergessen, daß sie Zeugin dieses Blickes war. Als die Stimme von unten nach ihr rief, schien sie weit weg zu sein. Sie begann in die Gegenwart zurückzukehren, aber nur langsam. Selbst als sich die Tür hinter ihr öffnete, drehte sie sich nicht um.

Miss Adamson stand in der Tür und verharrte dann auf der Schwelle. Einen Moment lang wußte sie nichts zu sagen.

Sie sah Jenny vorgebeugt im Sessel und Miss Garstones wachsbleiche Hand in ihrer Rechten. Sie sah Jennys Gesicht im Profil, sehr still, aber mit dem Ausdruck einer aus einem Traum Erwachenden. Miss Adamsons Blick ging zu Miss Garstones Gesicht. Obwohl kaum wahrnehmbar, hatte es eine unmißverständliche Veränderung erfahren, und Miss Adamson wußte, daß Miss Garstone tot war.

Für einen Augenblick blieb es völlig still. Kein Geräusch in dem kleinen Zimmer, kein Wind mehr draußen, der in kurzen Stößen durch die Bäume gefegt war. Als Miss Adamson so dastand, die offene Tür in der Hand, hörte sie ganz deutlich das Auto. Es hupte zweimal vor der Einfahrt, die der Kate gegenüberlag, und bog dann von der Straße ab. Es hatte eine Zeit gegeben, wo das Torhaus bewohnt war und eines der Kinder hinauslief, um die Tore zu öffnen, damit die Kutsche einfahren konnte. Doch diese Zeit war längst vorbei. An die Stelle der Kutsche war das Auto getreten, die Tore standen immer offen, das Haus daneben war dunkel und leer.

Das Geräusch des Autos verlor sich in der Einfahrt, und dann folgte ein neuer Windstoß, rüttelte an den verriegelten Fenstern, fauchte ums Haus.

Miss Adamson gab sich einen Ruck und trat vollends ins Zimmer.

»O Jenny, meine Liebe . . .«, sagte sie.

Jenny drehte sich ganz langsam um. Ihr Bewußtsein war nur von einem Gedanken beherrscht: Es ist nicht wahr . . . kann nicht wahr sein . . . nicht Garsty . . .

Mrs. Forbes fuhr weiter zum Haus und zur Garage dahinter, wo sie das Auto abstellte. Mit einem tiefen Atemzug, als habe sie etwas geleistet oder Zufriedenstellendes erreicht, sammelte sie ihre Pakete ein, sperrte die Garage zu und ging zum Vordereingang. Die Tür stand offen, und Carter sah ihr entgegen.

»O Madam«, sagte sie, »o Madam, ich habe es ihnen verheimlicht, weil Sie das sicherlich von mir verlangt hätten. Aber – Gottogott, was für eine schreckliche Geschichte!«

Mrs. Forbes schenkte ihr kaum Beachtung. Carter war eine sentimentale Person – es ging auch gar nicht an, ihr gleich Gehör zu geben. Sie trat in die beleuchtete Halle und begann, sich ihres Mantels zu entledigen. Das Licht der Deckenlampe fiel auf eine bemerkenswert schöne Frau. Nicht mehr jung – sie hatte die Fünfzig bereits überschritten –, aber sehr gut erhalten. Ihre beiden Söhne, die nur ein Jahr trennte, hatte sie mit achtundzwanzig ausgetragen, die zwei kleinen Mädchen hatte sie erst vierzehn Jahre später geboren, dazwischen lagen die aktiven Jahre von Major Forbes bei der Armee, obgleich sie nie einzusehen vermochte, was er dort Nützliches hätte vollbringen können. Er war noch verwirrter zurückgekommen, als er weggegangen war. Nun war er

Colonel Forbes, und das war's dann schon. Er fügte sich mühelos in das Landleben ein, hatte ein von Höflichkeit geprägtes Verhältnis zu seiner Frau und eine vage Zuneigung zu seinen Kindern und Jenny. Vor zwei Jahren war er unauffällig verschieden, und sein ältester Sohn Mac hatte an seiner Stelle das Zepter übernommen.

Carter fuhr fort, sie mit ihrem aufgeregten Geschnatter zu belästigen.

»O Madam«, sagte sie, »ich fiel aus allen Wolken. Ich weiß nicht, wann ich je so einen Schrecken erlebt hätte! Direkt vor der Haustür, könnte man sagen.«

»Wovon sprechen Sie eigentlich, Carter? Doch nicht von den Kindern!«

Carter war schockiert und beeindruckt zugleich von der Gelassenheit ihrer Stimme.

»O nein, Madam! Du meine Güte, nein! Ich hätte Sie ganz anders empfangen, wenn den Kindern etwas fehlte.«

»Nun, was ist es dann?« Mrs. Forbes war eine sehr beherrschte Frau; doch ihre Geduld hatte Grenzen. »Du liebe Gütte, Carter – was ist denn mit Ihnen los? Wenn Sie mir etwas zu sagen haben, sagen Sie es endlich. Oh, ich habe das da für Meg und Joyce eingekauft – könnte ihnen ganz gut stehen, denke ich. Ich werde das gleich morgen früh mit Miss Garstone besprechen, oder ich bestelle sie hierher. Ja, das ist wohl am besten.«

»O Madam, Sie wissen ja nicht – Miss Garstone wird nie mehr ein Kleid schneidern. Nicht ein Funken Hoffnung – das hat der Doktor zu Mrs. Maggs gesagt, als sie ihn fragte. Sie wird's nicht mehr länger machen als bis morgen früh, hat er gesagt. Miss Adamson . . .«

Mrs. Forbes war schon am Fuß der Treppe angelangt, drehte sich um und kam wieder zurück.

»Wovon sprechen Sie eigentlich?«

Carter hatte ihr Taschentuch gezückt. Sie schniefte und erstickte ein Schluchzen.

»Von Miss Garstone«, sagte sie. »Sie fuhr heute morgen ins Dorf, wie sie das von jeher tut, und niemand dachte sich was dabei; und als Jim Croft nach Hause geht zum Mittagessen, findet er sie . . .«

»Findet er sie?«

»Ja, der Arme, und was für ein böser Schock das für ihn gewesen ist. Er faßte sie gar nicht erst an, sondern radelte gleich zurück ins Dorf – er ist ja so vernünftig, der Junge –, und dort haben sie dann Dr. Williams und Miss Adamson herausgetrommelt, und die beiden brachten sie nach Hause. Und Miss Adamson ist bei Jenny geblieben.«

Mrs. Forbes war mitten im Flur stehengeblieben. Es war ein Schock. Sie stand da und sammelte all ihre Kräfte, um ihm gewachsen zu sein. Dann sagte sie:

»Die Kinder wissen nichts davon?«

Carter zögerte, um, wenn möglich, das Donnerwetter zu vermeiden, das sich nun über ihr zu entladen drohte.

»O Madam, es war nicht meine Schuld – ganz gewiß nicht! Mrs. Hunt kam auf einen Sprung vorbei, weil sie wußte, ich wollte auf dem laufenden sein. Und wie sie es mir erzählt, steckt Meg den Kopf durch die Küchentür. Und was Meg weiß, bleibt Joyce nicht verborgen. Das kann gar nicht ausbleiben. Und ich weiß auch gar nicht, wie man es ihnen hätte verheimlichen können . . .«

»Oh, seien Sie endlich still, Carter!« fuhr Mrs. Forbes mit Entschlossenheit und Tatkraft dazwischen. »Ich gehe also davon aus, daß die Kinder Bescheid wissen. Ich muß sofort hinüber zu Miss Garstone. Wie ärgerlich, daß ich schon den Wagen in die Garage gestellt habe, aber es lohnt sich gar nicht, ihn wieder herauszuholen. Könnte sein, daß ich mit Jenny zurückkomme – mal sehen. Aber richten Sie vorsorglich das Bett in der Kammer neben dem Kinderzimmer her. Und legen Sie zwei heiße Wärmflaschen hinein. Oh, und hören Sie mit einem Ohr aufs Telefon, weil ich durchrufe, wenn ich weiß, was los ist.« Während sie diese Anweisungen gab, nahm sie eine Taschenlampe vom Garderobentischchen und war schon an der Tür, ehe Carter sich dazu äußern konnte. Einen Moment später fiel die Tür hinter ihr zu, daß es durchs ganze Haus schepperte.

Zwei kleine Mädchen schnellten am Kopfende der Treppe in die Höhe und rasten die Stufen hinab. Sie schlangen beide einen Arm um Carter und zerrten sie in die Bibliothek.

»Sie ist hinübergegangen!«

»Sie hat gesagt, daß sie hinübergeht!«

»Wir haben es selbst gehört. Also kannst du es nicht abstreiten!«

»Bringt sie Jenny mit?«

»Sagte sie doch!«

»Jenny muß mitkommen, wenn sie darauf besteht!«

»Klar muß sie!«

Sie hingen an Carter und hüpften bei jedem Wort. Als Carter ebenfalls etwas sagen wollte, schwenkten sie sie im Kreis herum wie ein Karussell.

»Ich muß doch erst das Bett beziehen. Meg – Joyce – laßt mich sofort los! Ich muß das Zimmer herrichten. Oh – Himmel – was war das?«

Sie erstarrten alle mitten in der Drehung – zwei kleine Mädchen in weißen Nachthemden und aufgedrehten Zöpfen und die ältliche, aus den Nähten gehende Carter – alle drei von der gleichen Furcht ergriffen. Einen Moment herrschte tödliches Schweigen. Selbst die Möbel schienen den Atem anzuhalten.

Meg erwachte als erste aus dieser Erstarrung. Sie fuhr herum und stampfte mit dem bloßen Fuß auf den Teppich.

»Du hast geblufft!«

»Hast du das, Carter? Hast du das?«

»Nein, das habe ich nicht. Ihr seid unmögliche Kinder. Mir war so, als hörte ich eure Mutter zurückkommen. Und wenn sie es nicht war, können wir nur dankbar sein, denn sie würde nie verstehen, was für eine Plage ihr beiden sein könnt. Bei ihr benehmt ihr euch ganz anders, und ich verstehe nicht, warum ihr euch bei mir nicht auch so benehmen könnt. Und jetzt, marsch, zurück in eure Betten und Schluß mit dem Unsinn!«

Mrs. Forbes stand draußen im Dunkel und wartete, daß sich ihre Augen daran gewöhnten. Sie hatte es sich doch anders überlegt und wollte auf die Taschenlampe verzichten. Es war keine rabenschwarze Nacht. Da war ein Mond hinter jenen Wolken, die von einem Wind gejagt wurden, von dem sie nichts spürte. Sie sah die Wolken am Himmel vorbeiziehen, und sie bedeuteten ihr nichts. Sie bestätigten ihr lediglich die Wettervorhersage, daß es Regen geben könnte.

Sie trat in den tieferen Schatten der Auffahrt. Ihr Finger suchte den Lichtschalter, ließ es dann aber sein. Sie kam auch so zurecht. Sie konzentrierte sich auf den Weg. Sie wollte sich Zeit lassen und sich auf das vorbereiten, was sie auf der anderen Seite der Straße vorfinden mochte.

Sie passierte das Tor, dessen Flügel immer offenstanden, und überquerte die Straße. Da war Licht im Schlafzimmer von Miss Garstone. Demnach war es wahr. Sie hatte nicht gewußt, wie sehr sie bis zu diesem Moment daran gezweifelt hatte. Wie wirkte sich, wenn die Nachricht sich bestätigte, das alles auf sie – die Ihren – die Jungen aus? Sie hatte sie plötzlich sehr lebhaft vor Augen: Mac – und Alan. Ihre Gedanken waren jedoch ganz bei Mac. Sie mußte ihn sicherstellen – absichern. Sie öffnete die Haustür und trat ein.

Sie ging sehr schnell die schiefe Treppe hinauf. Die Tür von Miss Garstones Schlafzimmer stand offen. Sie sah, was es dahinter zu sehen gab: Jenny, Miss Adamson und Miss Garstone, zwei davon lebendig, die dritte tot. Seltsamerweise wußte sie nicht, ob das eine gute oder schlechte Konstellation war. Jedenfalls bedeutete es eine Veränderung, doch Veränderungen gab es dauernd. Wie diese sich auswirken würde, wußte sie nicht.

Da wallte es mächtig in ihr auf. Sie würde dafür

sorgen, daß sich das Resultat dieser Veränderung mit ihren Plänen deckte. Sie trat ins Zimmer und sprach laut Jennys Namen:

»Jenny . . .«

Jenny drehte sich um. Sie weinte nicht. Mrs. Forbes hatte das eigentlich erwartet, weil es natürlich war. »Sie ist also von uns gegangen«, sagte sie. Miss Adamson hätte sich dieser Betrachtungsweise angeschlossen, wenn sie nicht gesehen hätte, was sie nie mehr vergessen würde: Jennys Blick, als sie ins Zimmer kam und sie allein mit der Toten fand. Keiner, der ihn sah, hätte ihn wohl anders deuten können: daß Jenny Miss Garstone so weit auf ihrem Weg begleitet hatte, daß es nun schwer war für sie, zu begreifen, daß sie von ihr gegangen war. Und daß es schwer war für sie, wieder zurückzufinden.

Mrs. Forbes übernahm das Kommando. Sie sagte all die passenden Dinge, in denen jedoch kein Körnchen Wahrheit steckte. Nicht für Jenny und auch nicht für Miss Adamson, die sich ihrer Antipathie gegen Mrs. Forbes deutlicher bewußt wurde als je zuvor. Diese hätte sie fast dazu hingerissen, Dinge zu sagen, die sie später kaum wieder hätte zurücknehmen können. Und doch mußte Miss Adamson sich im nachhinein über sich selbst wundern, weil Mrs. Forbes eigentlich nichts getan hatte, was das Gefühl, das sie hatte, zu rechtfertigen vermochte. Als Miss Adamson hinterher darüber nachdachte, konnte sie nur über sich selbst staunen. Wahrhaftig!

Es war Jenny, die Widerspruch erhob. Sie sagte plötzlich:

»Wir können hier nicht reden . . . o nein! Sie hört uns zwar nicht; aber . . .« Der Rest blieb unausgesprochen, als sie zur Tür hinausging. Sie hörten, wie sie die wakkelige Stiege hinunterging.

»Sie ist aufgeregt«, sagte Mrs. Forbes. »Verständlicherweise, denke ich. Ich werde sie mitnehmen, und

Sie können ja inzwischen hier erledigen, was erledigt werden muß.«

»Und nicht ein Wort, ob es mir recht ist, daß ich allein hierbleibe!« murmelte Miss Adamson vor sich hin.

KAPITEL 3

Jennys Ansatz zur Unabhängigkeit war nicht von Dauer. Sie packte ihren Koffer, während Mrs. Forbes diesen Vorgang überwachte:

»Deine Zahnbürste, Jenny . . . und die Zahnpasta . . . und was noch?«

»Meinen Waschlappen«,. sagte Jenny im gehorsamen Ton eines kleinen Mädchens.

»Richtig. Leg ihn dazu. Gehst du abends mit einer Wärmflasche ins Bett?«

Jenny stand still da und starrte sie an. Die Pupillen in ihren Augen waren größer als sonst. Mrs. Forbes' Stimme schien aus großer Ferne zu ihr zu dringen. Sie selbst hatte das Gefühl zu schweben. Es gelang ihr nur mit Mühe, auf den Boden zurückzukehren und die Sachen mit den Händen zu erreichen, die sie zum Übernachten brauchte.

Die Stimme plätscherte fort. Es war die Stimme von Mrs. Forbes. Sie sagte: »Du wirst auch deine Pantoffeln brauchen, deinen Morgenmantel und dein Nachthemd. Das Kleid, das du trägst, wirst du auch morgen noch anziehen können. Jetzt noch deinen Kamm und die Haarbürste – das wär dann wohl alles, denke ich.«

Jenny legte alles ordentlich in ihren Koffer.

Als sie nebeneinander die Auffahrt zum Herrenhaus hinaufgingen, erkundigte sich Mrs. Forbes, ob sie schon etwas gegessen habe. Sie mußte anhalten und nachdenken, ehe sie antwortete. Alles schien ihr zeitlich und örtlich so weit entrückt; aber wenn sie nachdachte, fiel ihr manches wieder ein. So hatte Miss Adamson ihr ein gekochtes Ei aufgedrängt, als sie sich gegen fünf zum Tee an den Tisch setzten. Aber das lag doch schon weit zurück – fast eine Ewigkeit. Es war in einer Zeit, als Garsty noch lebte. Jenny hatte das Gefühl, sie habe einen weiten Weg zurückgelegt seit dem Augenblick, als der Teekessel summte und Miss Adamson ihr gut zugeredet hatte. Es war ein langer, langer Weg, und in der Mitte klaffte ein Spalt, den sie niemals würde überqueren können.

Mrs. Forbes wiederholte ihre Frage: »Wann hast du zuletzt etwas gegessen?«

Diesmal wußte Jenny eine Antwort darauf: »Um fünf. Miss Adamson hat mir ein Ei zum Tee gekocht.«

»Dann gehst du am besten gleich ins Bett«, sagte Mrs. Forbes mit forscher Stimme. »Carter kann dir eine heiße Tasse Milch aufs Zimmer bringen.«

Sie traten in die erleuchtete Halle. Von den beiden kleinen Mädchen war nichts zu sehen oder zu hören. Nur Carter präsentierte sich, unförmig und aufgeregt.

»Ich habe Jenny mitgebracht«, sagte Mrs. Forbes. »Haben Sie das Zimmer für sie vorbereitet? Dann besorgen Sie ihr noch ein Glas heißer Milch, und sie wird sich gleich zu Bett begeben. Es war ein anstrengender Tag für sie. Miss Garstone ist tot.«

Diese Worte begleiteten Jenny die Treppe hinauf zu der Kammer, in der sie schlafen sollte. Mrs. Forbes klinkte die Tür auf, machte Licht und sagte mir klarer, fester und nüchterne Stimme:

»Jenny, jetzt kein Jammern bitte. Morgen werden wir über alles reden. Du gehst zu Bett und schläfst. Ich habe Carter angewiesen, dir zwei Wärmflaschen ans Fußende zu legen.«

Jenny stand in der Mitte des Zimmers und blickte mit leeren Augen auf die Tür, die sich soeben hinter Mrs. Forbes geschlossen hatte. Sie stand immer noch dort, als die Tür wieder aufging. Carter stand im Türrahmen, trug in Tablett vor sich her, auf dem ein Becher Milch und ein Teller mit Kuchen standen.

»O Jenny«, sagte sie, »o mein Kleines, ich weiß, wie du dich fühlst, denn ich war genauso alt wie du, als meine Mutter starb, und ich bin sicher, Miss Garstone ist wie eine Mutter zu dir gewesen, nicht wahr? Wo du dich doch an deine Mutter gar nicht mehr erinnern kannst. Wie solltest du auch, da sie schon am Tag deiner Geburt starb, du Armes? Aber an Miss Garstone hast du sicher wie an einer Mutter gehangen. Nun trink diese Milch, und laß dir das bißchen Kuchen schmecken, Liebes, das wird dir guttun.«

Diese Güte floß wie Honig zwischen Jennys verstreute Gedanken und hielt sie zusammen. Sie zerkrümelte den Kuchen und trank die Milch, setzte sich, wenn Carter sie zum Sitzen aufforderte, und stand, wenn Carter sie aufzustehen bat. Sie bekam vage mit, daß ihr das Kleid ausgezogen wurde, die Strümpfe und Schuhe, und daß Carter in ihrer ländlich sanften Stimme ununterbrochen auf sie einredete, doch stets auf eine freundliche, tröstliche Weise.

Schließlich stieg sie in das warme Bett. Das Leinen wurde um sie festgesteckt, das Fenster geöffnet, die Vorhänge zurückgezogen. Hörte sie Carter wirklich sagen: »Gott segne dich, mein Kind?« Oder war das nur das Echo einer Regung in ihr – einer Überzeugung . . .

Das Licht ging aus. Da war ein bißchen Mondschein draußen. Jenny schlief. Sie schlief traumlos, ohne bewußtes Erwachen. Da war nur ein Gefühl von Trost und Frieden, das sie einhüllte wie eine Decke. Nichts sonst; aber es war genug.

Sie kam langsam wieder im Morgenlicht in ihrem fremden Bett zu sich. Das Licht hatte diesen gedämpften Ton, der den Sonnenaufgang ankündigt. Sie erwachte und erinnerte sich; aber während noch die

Erinnerung in ihr Bewußtsein strömte, hörte sie wispernde Laute zu beiden Seiten.

»Endlich bist du wach.«

»Wir dachten, du würdest nie mehr aufwachen.«

»Wir haben so still wie Mäuschen bei dir gesessen.«

»Das haben wir versprochen!«

»Aber jetzt bist du wach, nicht wahr?«

»Nun sag doch, daß du wach bist!«

Jenny schob nackte Arme zur Seite und streckte sie aus. Irgendwie verfingen sie sich im Teddybär-Plüsch zweier Bademäntel, in denen zwei pummelige kleine Körper steckten. Und ehe Jenny wußte, wie ihr geschah, lagen sie bei ihr im Bett, die Arme um ihren Hals geschlungen, während ihre kleinen kalten Nasen links und rechts gegen ihre Wangen drückten.

»Wir haben gebibbert vor Kälte. Aber wir haben gewartet, bis du wach warst«, sagte Meg zu ihrer Rechten.

»O ja – wir haben uns das Ehrenwort gegeben, daß wir dich nicht wecken. Und wir haben es gehalten, nicht wahr?« sagte Joyce. Sie wühlte mit ihren kalten Zehen, bis sie eine warme Nische fand.

Jenny setzte sich auf und drückte sie beide an sich. Die kleinen warmen Körper und ihre kleinen warmen Betulichkeiten waren genau das, was sie jetzt brauchte. Sie brachten sie zurück in die Alltagswelt.

»Es ist fast halb sieben«, sagte Meg. »Wir kamen um sechs; aber da hast du noch geschlafen, und deshalb haben wir uns ganz geduldig dorthin gesetzt.«

»Und nicht einen Laut von uns gegeben«, sagte Joyce, ». . . keinen Mucks.«

»Und was wir nun wissen möchten, ist, ob du jetzt dableibst – für immer? Weil wir dich nämlich hierbehalten wollen – nicht wahr, Joyce?«

»Wir wollen dich schrecklich gern hierbehalten«, erwiderte Joyce.

»Und wie wir das anstellen, wissen wir auch schon«,

sagte Meg zu ihrer Rechten. »Joyce soll nämlich nicht mehr in die Schule gehen oder regelmäßig Unterricht bekommen – weil sie doch so krank war, weißt du? Und zunächst kam Mutter auf den fürchterlichen Gedanken, mich in die Schule zu schicken und Joyce von einer Gouvernante zu Hause unterrichten zu lassen. Und du solltest die Gouvernante sein – glückliche Joyce! Aber dann überlegte sie noch einmal. Und da hatte sie das Gefühl, Joyce würde ihr die ganze Zeit wie ein Mühlstein um den Hals hängen, und da hat sie sich das wieder aus dem Kopf geschlagen.«

»O Meg!«

»Du weißt doch, wie du bist, wenn ich dir nicht den Rücken stärke und deinen Kram in Ordnung halte!«

»O Meg!«

»Aber jetzt ist es geritzt«, sagte Meg mit einem Kopfnicken.

Jenny hörte mit sehr gemischten Gefühlen zu. Es war so typisch für Mrs. Forbes, sie zu verplanen, ohne auch nur ein Wort zu ihr sagen. Hatte sie das ganz allein ausgeheckt, ohne Garsty vorher zu fragen? Vielleicht war sie nicht ganz so weit gegangen. Vielleicht hatte Garsty davon gewußt. Aber wie kamen diese Kinder zu ihrem Wissen? Sie sagte:

»Unsinn!«

»Es ist kein Unsinn«, sagte Joyce.

Und Meg fragte: »Hast du es denn nicht gewußt?«

»Zuerst möchte ich von euch wissen, wie ihr davon erfahren habt.«

»Uns kannst du nichts verheimlichen. Wir kommen immer dahinter«, sagte Meg. »Und damals haben wir im Eßzimmer Mäuschen gespielt, als Mutter mit Mac nebenan war. Und sie sagte: ›Ich habe beschlossen, beide Mädchen ein halbes Jahr von der Schule zu nehmen. Wir können dieses Mädchen herbestellen, damit sie die beiden unterrichtet. Noch praktischer wäre, sie käme ganz her und wohnte bei uns.‹ Und Mac ließ einen Pfiff hören und sagte: ›Garsty wird das nicht zulassen.‹ Und dann gingen sie wieder. Wir saßen wie Mäuschen hinter der Tür und hielten die Luft an. Hatten wir ein Glück!«

»Wir saßen mucksmäuschenstill hinter der Tür, bis sie wieder fort waren. Wir dachten, das überleben wir nicht«, bekräftigte Joyce.

Sie erschauerten beide.

KAPITEL 4

Die nächsten Tage überstand sie, wie man solche Tage eben übersteht. Das Leben geht weiter, das weiß man, das spürt man, und man muß sich darauf einrichten. Und doch war alles eher wie ein Traum. Beunruhigend war, daß Miss Garstones Schwester plötzlich auf der Bildfläche erschien. Miss Garstone hatte sich einmal im Jahr mit ihr getroffen. Sie war zehn Jahre jünger als Garsty, und da war eine gewisse schreckliche Ähnlichkeit, die Jennys Zorn erregte. Denn die jüngere Miss Garstone war hart und diktatorisch, während ihre Schwester sanft und geduldig gewesen war. Und sie machte kein Hehl daraus, daß sie nicht viel von Jenny hielt.

»Laß dich mal anschauen. Du bist siebzehn, nicht wahr? Also dann müssen wir einen Job für dich finden. Was kannst du denn?«

Jenny war dankbar, daß sie antworten konnte: »Ich habe schon einen Job.«

Die scharfen grauen Augen glitten über sie hin.

»So? Ernährt er dich auch? Was ist es denn?«

»Ich soll Gouvernante bei den beiden kleinen Mädchen in Alington House werden.«

»Oh, das trifft sich gut. Wie du weißt, bin ich Alleinerbin nach dem Testament, das meine Schwester vor zwanzig Jahren aufgesetzt hat.«

Ihre Gedanken spulten eine Woche zurück, und sie hörte Garsty sagen: ». . . ich muß mich endlich um mein Testament kümmern, Jenny. So was darf man nicht auf die lange Bank schieben. Wenn ich morgen sterben würde, hättest du nur die hundert Pfund jährlich, die Colonel Forbes dir vermacht hat. Nein, ich muß mit Mr. Hambleton einen Termin ausmachen, damit das alles geregelt wird. Ich kann dir zwar nicht viel hinterlassen, weil ich nicht mit Gütern gesegnet bin; aber wenn du wenigstens etwas im Rücken hast, stehst du viel besser da. Ich werde mit Mr. Hambleton einen Termin vereinbaren, damit das schnell geregelt wird.« Aber sie kam nicht mehr dazu; denn schon am nächsten Tag wurde sie überfahren.

Jennys Augen füllten sich mit Tränen, als sie sich an die teure Garsty erinnerte. Sie half Miss Garstone dabei, jene Sachen auszusortieren und einzupacken, die diese behalten wollte. Es waren nicht viele. Garstys Schwester war Lehrerin an einer großen Schule. Die meisten Sachen sollten verkauft werden. Jenny erinnerte sich an die kleine Kommode mit dem Brief ihres Vaters darin. Sie fragte danach, und damit handelte sie sich einen kühlen, mißtrauischen Blick ein.

»Warum willst du sie haben?«

»Sie enthält einen Brief meines Vaters an meine Mutter.«

»Woher weißt du das?«

»Garsty sagte es mir, als sie starb.«

Die harten grauen Augen sahen sie an. Die harte Stimme sagte:

»Du kannst ja mal nachsehen, ob er dort ist. Wir gehen zusammen hinauf. Wenn ein Brief von deinem Vater in der Kommode liegt, darfst du ihn haben; aber ich würde dir raten, dir nicht zu große Hoffnungen zu machen. Wenn meine Schwester im Sterben lag, als sie davon sprach, kann sie sich das auch nur eingebildet haben.«

Jenny sagte nichts. Sie versagte sich eine Antwort, weil

sie vielleicht zuviel gesagt hätte, wenn sie sich auf eine Erklärung einließ.

Sie kletterten die schiefe, enge Treppe hinauf; Miss Garstone vorneweg, als habe sie Angst, Jenny könne auf etwas stoßen, das sie sich heimlich in die Tasche steckte.

»Ich darf nicht«, sagte Jenny bei sich, ». . . ich darf nicht so von ihr denken. Sie kennt mich nicht, und ich kenne sie nicht; aber sie muß ein paar schreckliche Mädchen gekannt haben, wenn sie so über mich denkt.«

Sie kamen in das Zimmer, in dem Garsty gestorben war, und es war nicht mehr wiederzuerkennen. Das Bett war abgebaut und zerlegt worden. Die Teile standen hochkant zwischen den beiden kleinen Fenstern an der Wand, und Jenny vermied es hinzusehen, weil das Bett jetzt so fremd aussah und sie schon als kleines Mädchen darauf gesessen hatte und mit Hilfe ihrer Finger und Zehen das Zählen gelernt hatte. An der gegenüberliegenden Wand stand die Wäschekommode und darauf die kleine Truhe, die den Brief enthalten mußte. Jenny ging sofort darauf zu.

»Sie sagte, er wäre in dieser kleinen Kommode. Das sagte sie.«

»Du kannst ja die Schubladen herausziehen und nachsehen. Aber wenn er nicht da ist, sei bitte nicht enttäuscht.«

Jenny trat dicht vor die Wäschekommode hin. Die kleine Kommode, die wie eine Pagode darauf stand, hatte oben zwei kleine Schubladen und darunter drei größere. Es war eine sehr solide Schreinerarbeit mit hübschen gedrechselten Elfenbeingriffen. Doch an so was dachte Jenny nicht. Sie zog zunächst die beiden obersten Schubladen heraus. In der einen fand sie ein paar pinkfarbene Glasperlen, in der anderen gar nichts. Jenny stellte sie sorgfältig beiseite. Ihre Hände waren ganz ruhig, weil sie sich zur Ruhe zwang; doch ihr Herz klopfte heftig – und war das ein Wunder?

Die oberste der breiten Schubladen war randvoll. Sie

enthielt all jene Dinge, die Jenny mit ihren ungelenken, kindlichen Fingern für Garsty zum Geburtstag und zu Weihnachten gebastelt hatte. Auch die nächste Schublade war mit diesen Sachen vollgestopft. Doch in der untersten Lade befand sich nur ein gerahmtes Foto. Es zeigte ein lachendes Baby – Jenny im Alter von zwei Jahre.

Und das war alles. Da war kein Brief von ihrem Vater an ihre Mutter. Da war überhaupt nichts mehr.

»Nun, bist du zufrieden?« fragte Miss Garstone.

Jenny räumte die Sachen wieder ein.

»Ja – hier ist er nicht.« Sie drehte sich um und sah Miss Garstone fest an. »Wenn er irgendwo auftaucht, lassen Sie ihn mir zukommen, nicht wahr?«

Sie erwartete darauf eine schnelle Antwort, aber die kam nicht. Miss Garstone biß sich auf die Lippen und wirkte unentschlossen.

»Nun, das werde ich wohl«, sagte sie schließlich nach einer Weile. »Aber falls er auftauchen sollte, würde ich dir raten, ihn sofort zu verbrennen. Ohne ihn zu lesen. Das ist mein Rat, den du vermutlich nicht befolgen wirst.«

Nein, bestimmt nicht. Damit verlangte sie zuviel von ihr. Sie gab ihr keine laute Antwort darauf; es war nur eine verborgene Stimme, die sich in ihrem Verstand entschieden dazu äußerte: »Es gehört mir. Und was ich damit mache, ist allein meine Entscheidung. Daran rüttelst weder du noch sonstwer.«

Miss Garstone sah sie ein paar Sekunden lang an. Dann sagte sie: »Ich schätze es nicht, wenn man Andenken hortet. Davon habe ich schon zu viele gesehen. Aber das ist eine alte Erfahrung, auf die du noch selbst kommen wirst, Jenny. Wenn du willst, kannst du diese kleine Truhe behalte. Mit den Sachen, die darin sind.«

Jenny drehte sich um, die Hände gefaltet, die Wangen lebhaft gerötet. Sie brachte in diesem Moment keinen Ton heraus.

Miss Garstone musterte sie mißbilligend und – und unterschwellig war da noch etwas – was, konnte sie nicht sagen. Sie schob es rasch beiseite und gestattete sich nicht, es näher zu betrachten. Sie behalf sich mit der Erklärung, daß sie Sentimentalität verabscheue, daß Mädchen gern darin schwelgten und nicht noch zu Gefühlsduseleien ermuntert werden durften. Sie sagte energisch:

»Nun, das war's dann wohl, denke ich. Wenn du diese kleine Kommode behalten möchtest, würde ich sie an deiner Stelle gleich mit ins Herrenhaus hinübernehmen, damit sie nicht zu den Sachen gestellt wird, die verkauft werden sollen.«

Jenny sagte: »Oh, vielen Dank.« Sie wußte nicht, wie ihr das über die Lippen kam. Irgendwie war es so mühsam, überhaupt etwas zu sagen, und Miss Garstone hatte ihr schon den Rücken zugekehrt und war mit ein paar Schritten aus dem Zimmer, ohne sich noch mehr anzuhören als diesen kurzen Dank. Jenny hob diese kleine Kommode auf und hielt sie fest, ganz fest. Es war nicht nur ein kleinens Möbel mit Schubladen. Es war ihr Leben mit Garsty – die ganzen siebzehn Jahre dieses Lebens

Miss Garstone wollte noch am selben Abend zurückfahren. Sie mußte am nächsten Tag wieder unterrichten, und so verabschiedete sie sich gleich vor der Tür der Kate. Und im letzten Moment tat sie noch etwas Überraschendes. Sie hob die Hand und hielt Jenny noch einmal unter der Haustür an.

»Da ist noch etwas . . .«

»Was, Miss Garstone?«

»Es geht mich eigentlich nichts an – ich weiß das«, meinte Miss Garstone. »Aber meine Schwester hatte dich sehr gern, und ich wollte dir nur noch sagen . . .« Sie stockte mitten im Satz. Was wollte sie eigentlich sagen? Sie wußte es nicht. Sie benahm sich wie eine Närrin. Sie griff den Faden mit einem Gefühl wieder auf, daß es nicht ihre Worte waren, daß sie ihr in den Mund gelegt wurden.

»Ich wollte dir nur noch sagen, daß ich dir meiner Schwester zuliebe gern mit Rat und Tat zur Seite stehe, falls es dir irgendwann bei den Forbes nicht mehr gefallen sollte. Und ich möchte nicht, daß du das Gefühl hast, ich sage dir etwas, was ich nicht ehrlich meine. Leb wohl.«

Miss Garstone schloß nicht sofort die Haustür hinter Jenny. Sie stand da, die eine Hand auf der Klinke, und sah ihr nach, wie sie die Straße überquerte und die Zufahrt zum Herrenhaus hinaufging.

KAPITEL 5

Jenny ging langsam die gewundene Einfahrt hinauf. Es war überstanden. Es war zu Ende. Es war alles vorbei. Sie fing ein neues Leben an. Da war kein Brief, der alles für sie verändert hätte. Es war nur ein Hirngespinst der armen, lieben Garsty gewesen. Wie töricht, daß sie nicht selbst auf diesen Gedanken gekommen war! Und da waren auch diese Augen von Miss Garstone gewesen . . . Doch über eines war sie froh – nein, über zweierlei Dinge konnte sie sich freuen. Erstens hatte Miss Garstone sie selbst nach dem Brief suchen lassen, und zu guter Letzt war sie sogar noch überraschend freundlich zu ihr gewesen. »Sehr menschlich«, sagte Jenny laut zu sich, und in diesem Augenblick bog sie um die letzte Ecke der Auffahrt und hielt den Atem an. Denn dort parkte Macs kleiner roter Wagen vor der Haustür, und das bedeutete, daß Mac hier war, und vielleicht auch Alan. Aber im Hintergrund ihres Bewußtseins regte sich schon der Gedanke: Zum Begräbnis hatten sie wohl nicht kommen wollen; dann war es allerdings nicht sehr klug, noch am selben Tag herzufahren. Denn die Beerdigung hatte erst an diesem Morgen stattgefunden, und es wäre besser gewesen, sie hätten ein oder zwei Tage verstreichen lassen.

Bei diesem Gedanken erwachte der Zorn in ihr. War es ihm denn so gleichgültig, was die Leute über ihn dachten? Und die Antwort darauf war einfach. Sie lautete: ja, es war ihm egal, er scherte sich den Teufel drum. Was er tun wollte, das tat er. Was das Dorf über ihn dachte, interessierte ihn nicht. Er durfte sich alles erlauben.

Als sie in die Halle kam, schoß Meg auf sie zu und packte sie beim Handgelenk.

»Pst! – Sie sind gekommen. Hast du den Wagen gesehen? Mac und Alan – beide sind hier. Ich meine, sie hätten dann ja auch rechtzeitig zur Beerdigung kommen können, nicht wahr? Das habe ich zu Alan gesagt, und er zwickte mich in den Arm und sagte: ›Pst!‹ Ich glaube, ich habe jetzt einen fürchterlichen blauen Fleck an der Stelle. Und wenn das so ist . . .« Meg legte eine dramatische Pause ein.

Jenny konnte ein schwaches Lächeln nicht unterdrücken.

»Was machst du dann?«

»Das weiß ich noch nicht; aber ich werde mir etwas ausdenken, wenn ich im Bett bin und nicht mehr abgelenkt werde. Oh, was hast du denn da? Darf ich es ansehen? Oh – es ist eine kleine Kommode!«

Jenny nickte.

»Ja, sie gehörte Garsty. Ihre Schwester hat sie mir überlassen. Das . . . das war sehr nett von ihr.«

»Nun – sie hat ja auch alles andere bekommen«, sagte Meg in einem Ton, mit dem Miss Garstone endgültig abgehakt war.

Sie waren mitten auf der Treppe, als ihnen Mac entgegenkam. Wie immer, wenn Jenny ihn sah, machte er einen tiefen Eindruck auf sie. Er war so wahnsinnig gutaussehend. Das hatte er von der Mutter; aber während sie ihre Schönheit mit der Miene einer enttäuschten Frau verband, wurde bei ihm alles noch verklärt durch ein ausgesprochenes Behagen an seiner Person. Und warum sollte er nicht sein Leben genießen? Er hatte alles, was er dazu brauchte: das gute Aussehen, Gesundheit, Jugend, eine Mutter, die ihn vergötterte. Und er hatte Alington.

Er kam ihnen, zwei Stufen auf einmal nehmend, mit ausgestreckten Händen entgegen.

»Meine arme kleine Jenny«, sagte er mit seiner warmen Stimme. »Ich wollte eben hinüberkommen und dich aus den Klauen dieser Garstone befreien. Wie ich hörte, ist sie eine schreckliche Person.«

Das war der alte Trick. Wenn sie mit ihm zusammen war, vergaß sie alles, was sie über ihn gedacht hatte. Er brauchte nur zu lächeln, ein paar Worte zu sagen mit seiner sympathischen Stimme, und schon stand ihr der Verstand still. Aber das war nicht richtig, denn es war alles nur Schein. Mac erschien ihr wie im Märchen. Das Leben aber war kein Märchen, sondern die Wirklichkeit – kein Feengold, das sich in welkes Laub verwandelt hatte, wenn man es am nächsten Tag in die Hand nehmen wollte, um sich daran zu weiden.

All diese Gedanken vermischten sich in Jennys Verstand und machten sie seltsam verwirrt. Und dann, ehe sie recht wußte, was sie sagen sollte, öffnete sie den Mund. Und sie hörte sich sagen:

»Warum bist du nicht rechtzeitig zur Beerdigung gekommen?«

Jenny sah dieses Funkeln in seinen Augen, was bedeutete, daß sie ihn erzürnt hatte. Er stand ein paar Stufen über ihr und sah auf sie hinab. Da war etwas Feindseliges zwischen ihnen. Einen Moment überwog dieses Gefühl die Anziehungskraft, die sie von jeher verband und zuweilen sehr stark war.

Mit einem kurzen Lachen erwiderte er:

»Meine liebe Jenny! Das liegt doch nicht auf meiner

Linie, wie du weißt. Doch nicht eine Beerdigung! Aber ich komme gern und tanze bei deiner Hochzeit, wenn du mich darum bittest.«

»Das werde ich nicht tun«, grollte Jenny. Die Verwirrung in ihr war zu einer stetigen Flamme des Zorns verschmolzen. Sie sah ihn mit brennenden Augen an, ging dann an ihm vorbei und verschwand.

Mac war einigermaßen verdutzt. Jenny war immer so bequem gewesen. Eigentlich zu bequem für seinen Geschmack. Das weckte sein Interesse für sie. Also würde es doch nicht ganz nach seinem Willen gehen? Um so besser!

Jenny erreichte das Ende der Treppe, wo Meg sie erwartete.

»Habt ihr gestritten?« fragte sie. »Es hörte sich so an.«

Jenny lachte. Es war ein ärgerliches Lachen. Sie war verstimmt. Man sah es ihr an. Im Zorn sah sie noch hübscher aus, doch das wußte sie nicht. Sie glättete sich das Haar, wusch sich die Hände und stellte die kleine Kommode mitten auf die große Kommode, damit sie sie vom Bett aus immer sehen konnte. Meg schaute ihr sehr interessiert dabei zu.

»Oh, was für eine herrliche kleine Truhe das ist! Gehört sie dir? Darf ich sie mir ansehen? Ist da etwas drin?«

»Es sind Sachen, die ich für Garsty zum Geburtstag und zu Weihnachten gebastelt habe, als ich noch ein kleines Mädchen war. Ich zeige sie dir gern ein andermal. Jetzt nicht.«

»Es ist eine Babykommode! Sie hat eine geschwungene Vorderseite und ganz süße Griffe aus Elfenbein! Oh, die gefällt mir! Dir nicht?«

Jenny erwiderte: »Ja.« Es war nur dieses eine Wort; aber es lag etwas darin, das Meg den Mund stopfte.

Sie faßten sich bei den Händen und gingen hinunter in das Unterrichtszimmer, wo Joyce mit einem Bilderbuch zusammengerollt in einer Ecke des Sofas lag und Alan auf dem Klavier klimperte. Er war nicht so groß wie sein Bruder, und mit Sicherheit hatte er nicht dessen gutes Aussehen. Tatsächlich war er seinem Vater sehr ähnlich. Jenny war betroffen von dieser Ähnlichkeit, als er auf dem Klavierhocker herumschwang und sie begrüßte.

Er sagte: »Jenny . . .« In einem sehr bewegten Ton. Und dann: »Es tut mir so leid – wirklich.«

Sie entgegnete: »Ich danke dir.« Mit zaghafter Stimme und einem warmen Gefühl im Herzen, das sie immer für Alan hatte.

Und dann platzte plötzlich Meg hinein: »Sie hat die putzigste kleine Kommode von Garsty bekommen! Hat sie eben mit ins Haus gebracht! Vorne ganz rund, und niedliche kleine Griffe aus Elfenbein an den Schubladen!«

Joyce rutschte augenblicklich vom Sofa herunter.

»Die will ich sehen! Die muß ich sehen! Wo ist sie?«

»Sie steht in ihrem Zimmer auf der großen Wäschekommode!« rief Meg. Und dann über die Schulter hinweg zu Jenny: »Ich laß Joyce nicht an die Schubladen, bis du sagst, daß wir sie anfassen dürfen!« Und damit lief sie hinter Joyce durch die Tür.

»Es tut mir so – so leid, Jenny«, wiederholte Alan. Er stotterte nur, wenn er aufgeregt war, und daher wußte sie, daß sein Bedauern ehrlich war.

Jenny sagte: »Ich weiß. Aber es hat jetzt keinen Sinn mehr, davon zu sprechen, Alan, es ist geschehen.« Und dann ging die Tür wieder auf, und Carter kam mit dem Tee herein.

»Was machen Sie denn hier, Mr. Alan?« fragte sie, während sie das Tablett absetzte.

»Ich trinke den Tee mit den Kindern.«

»O nein, das tun sie nicht. Sie werden den Tee im Salon mit Mrs. Forbes und Mr. Mac trinken. Das ist der Schulzimmer-Tee, und der ist viel zu schwach für so einen erwachsenen jungen Gentleman wie Sie. Über dieses Stadium sind Sie längst hinaus. Und jetzt nach oben mit Ihnen, denn Mrs. Forbes hat schon nach Ihnen gerufen, und es würde ihr gar nicht gefallen, wenn sie wüßte, daß Sie hier sind.« Sie wandte sich an Jenny: »Wäre das alles, Miss?«

»Ja«, erwiderte Jenny, »vielen Dank, Carter.«

Carter drehte sich um und verließ das Klassenzimmer. Alan machte ein paar Schritte zur Tür und kam dann noch einmal zurück.

»Ich sollte doch lieber gehen, wenn sie schon auf mich warten«, sagte er, stockte, sah Jenny unschlüssig an und ging.

Jenny begab sich zum Tisch und setzte sich.

KAPITEL 6

Mac und Alan blieben nur knappe vierundzwanzig Stunden. Mac bereitete sich auf den Anwaltsberuf vor. Jenny war sich immer noch nicht klar, wie man in so schwindelnde Höhen gelangte, hatte jedoch schon sehr aufregende Visionen, wie er mit seinem Talent und seinem guten Aussehen brillierte und mit wehender Robe Sensationsprozesse gewann. Dies galt, wenn sie ihm nicht böse war, wenn er sie bezauberte und sie sich bezaubern ließ, was allerdings selten war. Er hatte sie einmal geküßt, als sie ein Tablett in Händen hatte und ihn nicht abhalten konnte. Nicht, daß sie sich nicht von ihm hätte küssen lassen wollen – so war es nicht. Sie hätte beinahe das Tablett fallen lassen, das sie nicht getragen hätte, wenn Carter nicht schwindlig geworden wäre, als sie es von der Anrichte nehmen wollte. Mrs. Bolton, die Köchin, trug keine Tabletts – das lehnte sie entschieden ab. Und Mary, das Stubenmädchen, das nicht im Haus wohnte, sondern täglich vom Dorf herüberkam, hütete sich, es anzufassen, weil sie ihren freien

Nachmittag hatte und mit ihrem Freund ins Kino gehen wollte. Jenny war aus dem dunklen Korridor gekommen, der zur Küche führte, und er hatte sie förmlich überrumpelt. Damals war es nur ein Spaß gewesen, aber immer wenn sie daran zurückdachte, tat es weh. Jetzt tat ihr eigentlich alles weh. Sie mochte diese Hasch-mich- und Laß-mich-Spiele nicht mehr, diese Heute-hier-und-morgen-fort, die ihr früher einmal Spaß gemacht hatten. Sie wollte etwas zum Anlehnen haben, einen Menschen, zu dem man Vertrauen haben konnte. Dafür hatte sie Garsty gehabt, und nun gab es keine Garsty mehr, und sie verlangte nach Garsty – oh, wie sehr sie Garsty vermißte!

Über Alan machte sie sich nicht so viele Gedanken. Ein Junge eben, sogar ein sehr netter Junge, falls er seinen großen Respekt vor seiner Mutter überwinden konnte – und vor Mac. Äußerlich war er seinem Vater sehr ähnlich, ob er ihm tatsächlich so ähnlich war, darüber war sie sich nicht sicher. Sie hatte Colonel Forbes sehr gern gehabt, und sie hatte an ihm etwas bemerkt, was sie bei Alan vermißte. Colonel Forbes hatte seiner Frau nicht immer einfach nachgegeben, sondern war ihr eher aus dem Weg gegangen. Mit den Jahren hatte er sich immer mehr von ihr zurückgezogen, nicht auf eine anstößige oder böswillige Weise; sondern wenn sie verschiedener Meinung waren – nun, dann zog er es eben vor, sich mit seiner Meinung zurückzuziehen, ehe es zu Differenzen kam. Und so war er kaum noch aus seiner Bibliothek herausgekommen.

Jenny pflegte durch das Fenster zu ihm zu kommen und mit ihm zu reden. Sie hatte einen wunderbaren Freund an ihm gehabt. Er war unglaublich beschlagen, was Vögel betraf, wilde Tiere, ländliche Fauna und Flora. Sie liebte ihn sehr, und sein Tod war für sie ein großer Kummer gewesen. Auch Alan hatte ihn sehr betrauert, nur Mac nicht. Und Mrs. Forbes ebenfalls nicht. »Sie weint ihm keine Träne nach. Ich weiß das«, hatte Jenny zu Garsty gesagt, als sie von der Beerdigung heimkamen.

»Jenny, das darfst du nicht sagen – das kannst du nicht beurteilen.« So war Garsty: Sie dachte nur Gutes von den Menschen, auch wenn sie gar keine guten Seiten hatten, und mehr kann man wirklich nicht verlangen. Sie erinnerte sich an ihre Empörung damals: »Wie kannst du behaupten, sie würde um ihn trauern, wenn sie mit frischen Dauerwellen zur Beerdigung geht?« Nun, das war die Ansicht eines Schulmädchens gewesen, doch im nachhinein hielt Jenny immer noch an ihrer Meinung fest. Leute mit gebrochenem Herzen achten vielleicht darauf, daß sie nicht ungekämmt am Grab stehen; aber sie lassen sich vorher nicht von ihrem Friseur auftakeln.

Sie glaubte, daß Alan der Verlust des Vaters nahegegangen war – hoffte es jedenfalls. Er war im Ausland gewesen, als sein Vater starb, und sie hatte ihn erst drei Monate später wiedergesehen. Mac hatte seinen Vater nicht betrauert – oder nur ein bißchen. Mac war eben anders. Jenny suchte keine plausiblen Gründe dafür, warum sie Mac für anders hielt. Dieses Gefühl, das wer weiß wo herkam, hatte sich gemeldet und ihr gesagt, daß es ihm nicht weh tat. Sie vertraute diesem Gefühl, analysierte es jedoch nicht. Es war die Basis all ihrer Gedanken bezüglich Mac; doch sie zog sich selten darauf zurück.

Sie fügte sich ohne Schwierigkeit in die Routine des Hauses ein. Sie unterschied sich nicht sehr von ihren früheren Gewohnheiten. Als sie noch die Schule besuchte, war sie jeden Morgen die vier Meilen bis Camingford mit dem Fahrrad gefahren und zur Teestunde wieder zurückgeradelt. Nach ihrem Schulabschluß war sie im Herrenhaus als Krankenpflegerin eingesprungen, als Joycens Zustand kritisch wurde, und hatte nebenbei Meg noch Unterricht erteilt. Sie hatte kein Bedürfnis, etwas anderes zu tun. Sie war in der Schule Klassenbeste gewesen, aber sie wollte nicht aufs College. Es genügte ihr, wenn sie sich um Joyce und Meg kümmern durfte und die Jungs an den Wochenenden sah. Daß sie nun viel öfter als früher ihre Mutter besuchten, fiel ihr gar nicht auf. Das nahm sie als eine natürliche Sache hin. Doch nun, seit sie hier im Herrenhaus wohnte, fielen ihr Dinge auf, die sie früher nicht bemerkt hatte. »Auffallen« war vielleicht nicht das richtige Wort dafür. So greifbar war es nicht. Da war nur etwas, was vorher nicht dagewesen war. Nur konnte sie sich diesen Unterschied nicht näher erklären.

Als ihr zweiter Samstag im Haus heraufdämmerte, begannen Meg und Joyce laut darüber nachzudenken, ob Mac und Alan auch dieses Wochenende in Alington verbringen würden.

»Sie kamen nie zwei Wochenenden hintereinander«, sagte Meg.

»Im Sommer doch.«

»Da war was Besonderes los. Das weiß ich noch genau. Da feierte Anne Gillespie ihren Geburtstag.«

»August ist eine blöde Zeit für eine Geburtstagsfeier. Da sind alle Leute auf Ferienreise.«

»Aber Mac und Alan waren nicht auf Ferienreise.«

»Vielleicht hat sie sich deswegen so 'ne blöde Zeit für ihre Geburt ausgesucht.«

»Was für 'ne blöde Zeit?«

»Den August, Dummkopf!« Joyce schnitt eine Grimasse und streckte die Zunge heraus.

»Ich bin kein Dummkopf«, sagte Meg würdevoll. »Und es ist pöbelhaft, solche Grimassen zu schneiden.«

»Wer sagt denn das?«

»Mutter.«

»Oh . . .«

Jenny fand, daß sie sich nun einmischen sollte.

»Wer ist zuerst bei der Ulme?« rief sie mit lachender Stimme, und die drei rasten über den Rasen zu der großen Ulme, die im Winter so fürchterlich knarrte.

Nachmittags regnete es; und so blieben sie im Haus. Die beiden kleinen Mädchen waren eigentlich zu ihrer alten Amme, Mrs. Crane, zum Tee eingeladen. Sie wohnte mit ihrer Tochter am anderen Ende des Dorfes.

Sie liefen dauernd zum Fenster, um nachzuschauen, ob der Regen nicht aufgehört hatte.

Mrs. Forbes kam herein und ordnete an, daß sie nicht zu Mrs. Crane gehen durften, solange man annehmen mußte, daß sie dort nicht trocken eintrafen.

»Ich habe ja nichts dagegen, wenn sie mit nassen Kleidern nach Hause zurückkommen; aber man setzt sich nicht so an den Tisch, wenn man eingeladen ist«, sagte sie mit ihrer scharfen, keinen Widerspruch duldenden Stimme. »Ich muß leider in die entgegengesetzte Richtung und kann sie deswegen nicht mitnehmen. Ich bin zu den Raxalls eingeladen. Du wirst die Kinder natürlich begleiten, Jenny.«

Jenny meinte zögernd:

»Nun, ich dachte, wenn Sie nichts dagegen haben, lieber hierzubleiben und Carter mit den Kindern zu Mrs. Crane zu schicken. Sie ist doch mit Nanny gut befreundet.«

»O ja, das hatte ich ganz vergessen. Also, wenn sie trocken dort ankommen, dürfen sie gehen.«

Dann war sie schon wieder zur Tür hinaus. Einwände wartete sie gar nicht erst ab. Sie gab nur Anweisungen, an die man sich zu halten hatte. Und man hielt sich daran, wenn sie von ihr kamen.

Der Regen ließ nach, als die Tür aufging und Mac und Alan hereinkamen. Meg und Joyce quietschten vor Freude und warfen sich den beiden an die Beine.

»Mutter scheint ausgegangen zu sein, und wir wollten zum Tee kommen.«

»Wir haben euch eigentlich nicht an diesem Wochenende erwartet«, sagte Jenny. Sie war rot geworden, und das stand ihr sehr.

Mac lächelte sie an. Er hätte es schlimmer treffen können. Viel schlimmer. Sie hätte ja eine Dorfpomeranze sein können, ein Gänselieschen; aber das war sie nicht. Ganz und gar nicht.

Alan hatte nun die beiden Mädchen an den Armen

hängen und schwang sie hin und her wie Pendel. Mac beugte sich zu Jenny und senkte die Stimme.

»Hast du mich vermißt, Jenny?« fragte er leise.

»Ein bißchen . . . vielleicht . . .«

»Vielleicht sehr?«

In diesem Augenblick gab es ein schreckliches Gepolter. Alan war über einen Stuhl gestolpert und lag am Boden, während zwei aufgeregte kleine Mädchen kreischend über seinen Rücken krabbelten. Jenny sprang auf.

»O du meine Güte! Was stellst du denn mit den Kindern an, Alan?«

»Ich stelle gar nichts an. S-sie haben m-mir ein Bein gestellt«, stotterte er, lachte und fuhr sich mit den Händen durch die zerzausten Haare.

Jenny zog Meg und Joyce von Alan fort.

»Benehmt euch jetzt, oder ich schicke die Jungs wieder hinaus.«

»Oh, das würdest du nicht tun«, sagte Meg.

»O Jenny, Liebste, bitte nicht!« bettelte Joyce.

Mac und Alan hoben flehend die Hände und äfften Joycens Tonfall nach: »Oh, Jenny, Liebste, bitte nicht!«

Und da brachen sie alle in ein Gelächter aus.

Das war ihr letztes glückliches Beisammensein gewesen – ihr allerletztes, dachte sie später, als sie sich wieder an diese Szene erinnerte. Nur wußte sie es damals nicht. Sie war nur glücklich und dachte, nun sind die alten schlimmen Zeiten endgültig vorbei.

Zunächst ging es auch so glücklich weiter. Carter kam herein und entfernte die kleinen protestierenden Mädchen. Sie könnten jetzt zu Nanny zum Tee gehen, sagte Carter.

»Das stimmt, Carter – da können wir immer hin – das weißt du! Aber Mac und Alan – die trinken nur alle Jubeljahre mit uns Tee!« protestierten die Mädchen.

Carter erklärte sehr bestimmt:

»Wer soll denn so einen Unsinn glauben!« sagte sie.

»Der Regen hat aufgehört, und jetzt spitzt sogar die Sonne durch, und Nanny hat den ganzen Vormittag für euch Kuchen gebacken, wie ich sie kenne.«

»Auch welchen mit Schokoladenstreusel?« fragte Joyce erwartungsvoll.

»Das möchte ich wohl meinen«, sagte Carter entgegenkommend.

Die Proteste wurden leiser. Sie hatten nur noch geringe Hoffnung, sich vor dem geplanten Teebesuch drücken zu können. Sie gingen aus dem Klassenzimmer, um sich waschen und anziehen zu lassen, und schließlich verließen sie an Carters Hand das Haus, das Musterbild zweier artiger, gehorsamer, kleiner Mädchen.

Als Jenny in das Schulzimmer zurückkam, fand sie dort nur noch Alan vor. Er sagte:

»Mac ist zu den Raxalls gegangen.«

Jenny wurde es ganz schlecht vor Enttäuschung. Er hatte nichts für sie übrig – wirklich nichts. Na gut, wenn sie ihm egal war, dann war er es für sie ebenfalls. War er ihr egal? Diese Frage konnte sie nicht beantworten, aber sie quälte sich damit, während sie für Alan und sich Tee kochte und dann mit ihm über seine Zukunftspläne sprach.

KAPITEL 7

Ich bin wirklich sehr froh, daß Mac Mutter abholen wollte«, sagte Alan. »I-ich habe nicht oft Ge-Gelegenheit, mit dir allein zu sprechen.«

Jenny lächelte zerstreut. Sie überlegte, ob Mac nicht vielleicht zu einer Party gegangen war und ob Anne Gillespie ebenfalls zu dieser Party eingeladen war. Sie mußte sich geradezu zwingen, damit ihre Gedanken sich wieder von dieser Party verabschiedeten. Das ging nicht so rasch. Sie dachte, daß Mac und Anne ein wunderbares Paar abgeben würden. Sie waren beide blond, goldblond sogar. Nur ihre Wimpern waren dunkelblond, was das Dunkelblau ihrer Augen besonders gut zur Geltung brachte. Mit einem Ruck kam sie wieder zu sich.

»Was hast du gesagt, Alan? Ich war mit meinen Gedanken woanders.«

Alan sah sie gekränkt an. Wenn er gekränkt war, stotterte er noch mehr als sonst. Mit einem wütenden Stolpern über die Silben hinweg sagte er:

»D-du hast n-nicht zu-zugehört! D-du h-hörst nie zu, wenn i-ich was s-sage!«

Jenny war sich ihrer Schuld bewußt. Das schlechte Gewissen trieb ihr das Blut in die Wangen und gab ihren Augen einen weichen Schimmer.

»O Alan – es tut mir leid. I- Ich dachte nur an etwas anderes.« Ihre Wangen brannten, als sie sich erinnerte, woran sie gedacht hatte.

Dieses Erröten führte zu Mißverständnissen. Alan deutete es als Zeichen ihrer Sympathie für sich. Das stieg ihm zu Kopf. Er beugte sich über den Teetisch und ergriff ihre Hand, die ihm gerade den Kuchen reichen wollte.

»Jenny, du mußt mir zuhören. Ich kann nicht sch-schweigen und die D-Dinge einfach so treiben lassen. D-das kann ich nicht. Das kann n-niemand von mir verlangen. Ich ha-habe so selten eine Ge-Gelegenheit, m-mit dir zu s-sprechen, d-daß ich sie nicht u-ungenützt vo-vorübergehen lassen d-darf. D-das k-kannst du mir nicht z-zumuten.«

Jenny stellte die Kuchenplatte auf den Tisch zurück. Sie hoffte, Alan würde diesen Wink verstehen und ihre Hand wieder loslassen, doch er klammerte sich nur noch fester daran.

»Alan, mach dich nicht lächerlich. Du tust mir weh.«

»Ich will dir nicht weh tun. O mein Gott, Jen – ich

w-werde alles tun, damit man dir nicht m-mehr weh tut. Und deswegen – oh – deswegen m-mußt du wissen – m-mußt du einsehen . . .«

Jenny zitterte. Sie versuchte, sich zusammenzunehmen. Er war nur ein Junge – ein törichter Junge. Sie sagte so ruhig, sie konnte:

»Alan, was muß ich wissen?«

Er ließ ihre Hand so plötzlich los, wie er sie ergriffen hatte. Er sprang auf, stieß dabei seine Teetasse um und ging hinüber zum Kamin, wo er sich mit gesenktem Kopf vor den Rost stellte und in die Asche starrte.

»Wei-weißt du nicht, daß ich dich l-liebe?« fragte er mit erstickter Stimme.

»O Alan, das kannst du nicht – nicht wirklich!«

»W-weil ich nicht M-Mac bin?« sagte er.

»O Alan . . .«

»W-warum sollte ich dich nicht l-lieben? Willst du mir das s-sagen? Ich bin natürlich ein N-niemand – bedeute keinem was.«

Er schwang plötzlich herum und sah sie an.

»N-nein, jetzt hörst du mir zu. Ich habe dir Wichtiges zu sagen, und das hier ist eine gute Gelegenheit.«

Er hatte zu stottern aufgehört und war nun ganz sein Vater. Sie hatte Colonel Forbes nur einmal wütend erlebt. Das war vor langer Zeit gewesen, als sie noch ein kleines Mädchen war. Da war Forbes ein Mann gewesen, der eine Frau das Fürchten lehrte. Die Szene war ihr plötzlich wieder gegenwärtig. Sie hatte damals große Angst gehabt, aber jetzt nicht mehr. Die Röte war aus ihrem Gesicht gewichen. Sie blickte zu Alan hoch.

»Was willst du mir Wichtiges sagen?«

»Daß . . . daß ich dich liebe. Ich liebe dich schon lange. Ich kann es mir nicht leisten zu heiraten – noch nicht. Das weiß ich. Aber wenn du verlobt wärest, wäre das für dich ein Schutz. Wir würden in ungefähr drei Jahren heiraten, wenn – wenn es dir nichts ausmacht, bescheiden anzufangen. Ich hatte eigentlich gar nichts sagen wollen; aber Mac ist nichts für dich – wirklich nicht. Und wenn du mit mir verlobt wärest, würde er dich in Ruhe lassen – er – er müßte es.«

Jenny war immer blasser geworden. An so etwas hätte sie nicht einmal im Traum gedacht. Alan war für sie so etwas wie ein Bruder. Eine andere Vorstellung verband sie nicht mit ihm. Wäre sie älter gewesen, würde sie darüber nachgedacht haben, daß ein Junge in seinem Alter in jemand verliebt sein müsse; aber sie verfügte nicht über genügend Erfahrung, um das zu wissen, und was sie nicht wußte, konnte sie nicht zur Sprache bringen. Sie saß nur am Tisch und dachte: »O armer Alan! Was soll ich sagen – was soll ich tun? Sie wußte ja kaum, was er zu ihr sagte. Sie sah ihn an, als verstünde sie nicht.

»O Alan, *bitte* . . .«

Er kam vom Kamin zu ihr herüber.

»Das nützt gar nichts, wenn du ›O Alan‹ sagst. Das nützt überhaupt nichts. Du bist mein – du bist nicht Macs Braut – ich lass' dich ihm nicht. O J-Jenny!« Er fiel vor ihr auf die Knie und umfaßte ihre Taille.

Da war sie sich plötzlich sehr sicher. Sie hatte keine Angst vor ihm, weil er für sie nur Alan war, den sie immer gekannt hatte und der für sie wie ein Bruder war. Das war es. Als sie zu sprechen begann, bebte ihre Stimme leicht, aber innerlich war sie ganz ruhig.

»Alan, du sollst nicht so etwas tun – wahrhaftig nicht. Und es hat keinen Zweck – gar keinen Zweck . . .«

Er sah wild zu ihr empor.

»Warum hat es keinen Zweck? Warum sagst du so etwas? Ich würde für dich arbeiten – würde alles für dich tun. Hör zu – ich habe eine Idee. Ich kenne da jemand – bin mit ihm befreundet – Manning heißt er – ein schrecklich netter Kerl, mit Bärenkräften und will Landwirt werden. Sein Vater hat eine Menge Geld und ist schrecklich enttäuscht, weil Bertie sein Geschäft nicht übernehmen will. Hat was mit Stahl zu tun oder so, und

Bertie meint, schon der Gedanke daran mache ihn krank. er sagt, er möchte nicht reich sein, will nur so viel, wie er braucht, und deshalb soll sein Vater dem jüngeren Bruder das Geschäft übergeben und ihm nur so viel Geld, wie er für den Kauf einer Farm benötigt. Reggie denkt da ganz anders. Er würde gern der ältere Sohn sein und in das Geschäft des Vaters eintreten. Er hält Bertie für einen Narren, und Bertie meint, um so besser für ihn und Reggie. Also . . .«

An dieser Stelle machte Jenny einen entschlossenen Versuch und befreite sich von Alan. Sie schob den Stuhl zurück und ging hinüber zum Kamin. Alan folgte ihr. Er stolperte beim Aufstehen und stieß Jennys Tasse um; aber er war so verrannt in seine Idee, daß er es gar nicht merkte. Er trat auf die andere Seite des Kamins.

»Wovon sprach ich gerade? Ach ja, von Bertie Manning. Ich weiß nicht, warum du lieber stehen willst. Nun, ich w-wollte es zwar nicht sagen; aber ich k-konnte nicht mehr anders. W-wenn ich mich bei Bertie beteilige, s-sollten wir in drei Jahren aus dem Sch-schneider sein, und wenn w-wir verlobt wären . . .«

»Aber du wolltest doch die Beamtenlaufbahn einschlagen, oder nicht?«

»Das d-dauert zu lange«, meinte er stirnrunzelnd. »Ich habe noch mit niemandem darüber gesprochen. D-du bist die erste. Ich habe nur auf eine passende Gelegenheit gewartet; aber wenn du dich mit mir verlobst . . .«

»Das kann ich nicht«, sagte Jenny.

»J-Jenny . . .«

»Das hat keinen Zweck, Alan, wirklich nicht. Du bist für mich wie ein Bruder. Ich könnte nicht – könnte nicht . . .«

Mit jedem Wort wurde er blasser. Es war ihr, als müßte sie zusehen, wie jemand verblutet. Es war grauenhaft.

Und dann kam es halb erstickt: »Ist es Mac?« Und nun rasch und hitzig: »Er liebt dich nicht – w-wirklich nicht. Wenn du ihn gehört hättest wie ich, wüßtest du es. Er hat keinen Funken Gefühl für dich. Aber er will dich h-heiraten – ich weiß n-nur nicht, warum.«

Jennys Herz machte einen Sprung. Mac wollte sie heiraten. Er wollte sie, Jenny Hill, heiraten, obwohl sie keinen Namen hatte, nur den ihrer Mutter, und keinen Penny besaß – nicht einen einzigen. Sie drehte den Kopf zur Seite, und dann fing das Zimmer plötzlich an, sich zu drehen, und sie mußte sich am Kaminsims festhalten. Sie ließ den Kopf hängen und blinzelte die Tränen fort, die ihre Augen zum Überlaufen brachten. Sie blinkten und fielen, und sie konnte wieder klar sehen. Sie hörte sich sagen: »Das wird er nicht.«

»Das will er. Ich sagte dir doch, daß er es will. Ich weiß nur nicht, warum er das möchte, aber er ist fest entschlossen. Deshalb ist er ja m-meiner Mutter nachgefahren. D-deshalb mußte ich ja mit dir sprechen. Ich hätte n-nie mehr Gelegenheit dazu bekommen.«

Jennys Kopf war wieder klar. Sie sagte:

»Warum, sagtest du, will er mich heiraten?«

»Ich weiß nicht. Er will es eben.«

»Weshalb?«

»Ich s-sagte doch, ich weiß es nicht.«

Da klopfte ein Gedanke bei ihr an. Sie wollte ihn nicht hereinlassen, doch er war wie der Wind, der sich Einlaß verschafft – durch eine Ritze an der Tür, durch ein Fenster, durch den Kamin. Wenn sie Jenny Forbes war, die eheliche Tochter von Richard Alington Forbes und Jennifer, geborene Hill – wenn sie deren gesetzlich anerkannte Tochter war und nicht nur ein Zufallsprodukt, dann würde Mac einen Grund haben, sie zu heiraten, einen sehr handfesten Grund. Der Gedanke pochte so laut, daß sie ihn durch verriegelte Fenster und geschlossene Türen hören konnte. Sie wollte nicht auf ihn hören – sie konnte nicht – durfte nicht. Sie stampfte mit dem Fuß auf und sagte:

»Schluß damit, Alan! Hörst du? Schluß damit!«

Er kam einen Schritt näher. Und Jenny hörte ihm zu.

»Ich kenne Mac«, sagte er. »Du siehst ihn ja nur. Nun, das ist in Ordnung. Ich würde nicht ein Wort sagen, wenn es nicht dein ganzes Leben wäre. Er macht sich nichts aus dir, im Gegensatz zu mir. Nein, das sollte ich lieber weglassen; denn ich spreche jetzt nicht für mich. Ich spreche für dich. Du kennst Mac nicht, aber ich. Er ist mein Bruder; aber ich will dir die Wahrheit über ihn sagen: Es gibt nur eine Person, für die er etwas übrighat, und das ist er selbst. Er hat alles – gutes Aussehen, Energie, Verstand. Und er ist der älteste Sohn. Meinst du, das läßt er sich von irgend jemandem wegnehmen? Ganz egal, von wem? Ich sage dir, das läßt er nicht zu. Und wenn er durch Blut waten müßte . . .« Er stockte, entsetzt über seine eigenen Worte. Das Stottern kam zurück. »E-es ist wahr«, sagte er in verändertem Tonfall. Seine Stimme bebte und erstarb.

Sie standen sich schweigend gegenüber, bis Jenny sich rührte und mit leiser Stimme sagte: »Das geht – dich nichts an.« Sie spürte, wie er sie anstarrte.

»Ich d-denke doch«, sagte er. »Es g-geht jeden an, der dich liebt. Und ich l-liebe dich, Jenny.«

Der Ton seiner Stimme dämpfte ihren Ärger. Sie sagte sanft: »Ich weiß. Doch ich möchte es nicht – nicht so.«

Er antwortete mit einem Stöhnen und legte den Kopf auf die Kaminplatte. Nach einer Weile sagte er:

»Es – das hat nichts mit mir zu tun, wenn ich will, daß m-man dir nicht weh tut. D-das ist alles.«

Jenny stand unentschlossen da. Sie wußte nicht, was sie sagen oder tun sollte. Und dann hob Alan wieder den Kopf.

»Du denkst doch nach über das, was ich gesagt habe. Es ist alles wahr, weißt du.«

Die Tränen liefen ihm übers Gesicht, doch das schien er damit nicht zu meinen. Er sagte: »O Jenny . . .« und ging aus dem Zimmer.

KAPITEL 8

Jenny wusch das Teegeschirr ab und stellte die Törtchen weg. Ihre Hände bewegten sich mechanisch über das Porzellan. Sie fühlte sich wie betäubt und wollte, daß es so bliebe. Sie hatte einmal eine Narkose bekommen, als sie vom Baum gefallen war und sich die Schulter ausgekugelt hatte. Der Arzt war sich nicht sicher gewesen, ob noch andere Verletzungen vorlagen, und hatte ihr eine Narkosemaske übergestülpt. Sie erinnerte sich, wie sie später wieder aufgewacht war und zunächst gar nichts gespürt hatte. Und wie dann der Schmerz allmählich wiederkam, während das traumhafte Gefühl immer dünner wurde und dann gänzlich verschwand. Sie dachte, das ist dasselbe. Es würde weh tun. Es würde sehr weh tun wie die Schulter damals, nur noch schlimmer, weil die Dinge, die im Körper geschahen, nie so schlimm waren wie die Dinge, die der Seele widerfuhren.

Als sie alles abgespült und weggeräumt hatte, ging sie wieder ins Klassenzimmer hinauf. Sie wußte nicht, wo Alan steckte. Sie dachte, daß er ausgegangen war und sie allein im Haus war; denn Mrs. Bolton, die mittwochs ihren freien Tag hatte, zählte nicht, weil sie nie die oberen Stockwerke betrat und ihr Schlafzimmer in der ehemaligen Hausmeisterwohnung hatte. Das gab ihr einerseits das Gefühl von Einsamkeit, das jedoch andererseits wieder recht angenehm war. Nur kam ihr das Haus jetzt im Dunklen etwas unheimlich und verlassen vor. Sie wünschte, sie wäre mit den Mädchen mitgegangen.

Und dann hörte sie plötzlich den Wagen. Er rollte vor der Haustür aus, und sie ging ans Fenster, um hinunterzusehen. Mrs. Forbes und Mac stiegen aus. Jennys Herz machte einen Satz. Beim Anblick von Macs schlanker Figur tat ihr das Herz erst richtig weh. Es war genauso wie damals mit ihrer Schulter – der Schmerz wurde immer schlimmer, bis er sie plötzlich überwältigte. Sie zog den Vorhang vor die Fensternische und sank auf die Fensterbank hinter einer Flut lautloser Tränen. Alles schlug mit einemmal über ihr zusammen: Garsty – der Verlust ihres Heims – und was Alan über Mac gesagt hatte. Sie kämpfte dagegen an. Sie glaubte es nicht. Es war – es war einfach nicht wahr. Doch tief aus ihrem Inneren kam eine zaghafte, jedoch klare Stimme herauf, die sagte: »Es ist wahr, und du weißt es.«

Sie hatte alles vergessen, bis auf die Bitterkeit, die sie überschwemmte, als sie Schritte auf den Stufen draußen hörte. Mac – seinen Schritt hätte sie überall wiedererkannt. Sie duckte sich hinter den Vorhängen. So durfte sie ihm nicht begegnen – nicht in dieser Verfassung.

Und da war noch ein Schritt und eine Stimme – Mrs. Forbes' Stimme.

»Ist sie denn nicht da?«

Die Tür ging auf, und Mac kam herein. Das Licht ging an. Jenny kauerte sich noch tiefer in die Nische. Er sagte:

»Nein, sie ist nicht hier. Sie muß mit Alan ins Dorf gegangen sein, um die Kinder abzuholen.«

Mrs. Forbes kam von ihrem Schlafzimmer herüber. Der schwache Duft ihres Parfüms kam mit ihr herein – ein Hauch nur, wie der letzte Reflex des sterbenden Lichts auf dem Wasser. Der Gedanke ging Jenny durch den Kopf wie ein Widerhall ihrer Gefühle. Sie wollte nicht lauschen. Sie wußte nicht, daß es etwas zu belauschen geben würde. Sie hörte das Klicken der sich schließenden Tür, und sie dachte, sie wäre wieder allein. Und dann wußte sie, daß sie es nicht war, weil das Licht noch brannte und Mrs. Forbes so schrecklich empfindlich war, wenn man das Licht auszudrehen vergaß. Sie saß wie erstarrt, während eine bange Stimme in ihr fragte: Warum gehen sie nicht wieder? Was hält sie hier?

Mrs. Forbes' Stimme kam aus der entfernten Ecke des Raumes:

»Nun,. was wolltest du mir sagen, Mac?« Es war eine gönnerhafte Stimme. So hatte sie Mrs. Forbes noch nie sprechen hören.

Mac gab nicht sofort Antwort. Jenny konnte ihn zwar nicht sehen, doch sie wußte, wie er seine Mutter nun betrachtete – die Brauen ein Strich über seinen dunkelblauen Augen.

Mrs. Forbes wandte sich ihm zu und sagte:

»Mac, was ist los?«

»Also gut, du sollst es erfahren. Ich weiß es auch erst eine Woche. Ich bin fortgefahren und habe darüber nachgedacht. Ich habe keine Ahnung, wieviel du selbst weißt – oder erraten hast.«

Hinter den Vorhängen schlug Jennys Herz wie rasend. Sie wußte nicht, was nun kam. Oder doch? Wußte sie es? Ihr Puls pochte in ihren Ohren, ihrem Hals, ihrer Brust. Und dann hörte sie Mac sagen:

»Jenny. Er hat sie geheiratet.«

Mrs. Forbes hatte einen Schritt vor dem Kamin angehalten. Nun drehte sie sich um und sah ihren Sohn an.

»Was meinst du damit?«

»Ich sprach von Jenny. Was wir bis jetzt alle wußten, war, daß sie die Tochter von Richard Forbes und Jennifer Hill ist.«

Mrs. Forbes fragte mit harter Stimme:

»Nun, ist sie es nicht?«

»Natürlich ist sie es. Daran bestand niemals ein Zweifel. Das einzige, was uns strittig erschien, war die Tatsache ihrer Heirat.«

Mrs. Forbes machte Front zu ihrem Sohn und musterte ihn mit kaltem, durchbohrendem Blick. Sie sagte:

»Du redest Unsinn! Es gab keine Heirat!«

Jenny hörte den Zorn aus ihrer Stimme. Macs Stimme dagegen klang nicht zornig. Er hörte sich an wie einer, der etwas mit sich herumschleppt und sich daran gewöhnt hatte, und für den es keine Überraschungen mehr gab. Er sagte:

»Mutter, bitte keine Ereiferung. Wir haben nicht den ganzen Tag Zeit. Sie können jedem Moment zurückkommen, der ganze Haufen, und bis dahin müssen wir das geregelt haben. Es hat eine Eheschließung gegeben, und ich verlange ja nicht, daß du dich auf mein Wort verlassen sollst. Ich habe die Urkunde gesehen.«

»Du hast *was*?«

»Ich habe die Urkunde gesehen.«

»Das kannst du nicht!«

»Bitte, Mutter – will das nicht in deinen Kopf? Ich erzähle keine Märchen – ich berichte Tatsachen. Und nun hör mir bitte zu, weil wir nicht viel Zeit haben und die Sache dringend ist – sehr dringend. Ich hatte so meinen Verdacht. Garsty gab mir den Tip. Sie sagte etwas, stolperte und fing sich wieder.«

»Du meinst, sie ist gestürzt?«

Jenny kannte diese Stimme. Mrs. Forbes kämpfte. Sie würde bis zum letzten Blutstropfen für Mac kämpfen. Sie hörte das an ihrer Stimme, und sie hörte den Widerhall davon in Macs Lachen, als er sagte:

»Das meine ich ganz und gar nicht, wie du sehr wohl weißt. Und fall mir nicht dauernd ins Wort. Hör dir an, was ich dir zu sagen habe. An dem Donnerstag, bevor sie starb, fuhr Garsty mit Jenny nach Camingford. Ich wußte, daß sie das vorhatten, und deshalb kam ich hierher. Und ich durchsuchte ihr Haus.«

Mrs. Forbes sagte:

»Wie bist du ins Haus gekommen?«

Mac lachte.

»Das muß dich nicht interessieren. Jedenfalls durchsuchte ich das ganze Haus, bis ich fand, was ich wollte.«

Mrs. Forbes' Stimme hatte sich verändert – Jenny wußte das. Da war etwas Angespanntes darin, etwas Unnatürliches. Sie sagte:

»Was hast du gefunden?«

»Ich fand einen Brief von Richard Forbes an Jennifer

Hill. Es muß der letzte Brief gewesen sein, den er an sie schrieb. Er nannte sie seine Frau.«

Mrs. Forbes' Stimme fiel rasch ein:

»Das beweist nichts!«

»Meine teure Mutter, ich bin kein Kind mehr; aber dieser Brief reichte hin, um mich, sagen wir mal, ein bißchen zu beunruhigen. Jedenfalls begab ich mich nach Somerset House und – nun, den Rest darfst du erraten.«

»Ich rate nicht. Wenn du mir etwas zu sagen hast, sag es!«

»Ich habe folgendes zu sagen.« Es war immer noch ein Lächeln in seinem Ton.

Jenny wußte genau, wie er jetzt aussah – das blonde Haar, die blauen Augen, die große, kräftige Gestalt, das ganze Gehabe. Ein leichter Schwindel überkam sie. Nein, nein, nicht jetzt – nicht, wenn sie zuhören *mußte*. Das mußte sie. Sie preßte die Nägel ihrer linken Hand in die Handfläche ihrer Rechten, und der Schmerz vertrieb diesen Nebel aus ihrem Kopf. Sie hörte, was Mac sagte. Sie hörte es klar und deutlich, so daß es kein Mißverständnis geben konnte. Er sagte:

»Sie wurden im Januar 1940 getraut. Fünf Monate bevor er fiel.«

»Das glaube ich nicht!«

Er zuckte mit den Achseln.

»Ich sagte doch, daß ich die Urkunde gesehen habe.«

»Warum hat sie das nicht gesagt?«

Mac zuckte abermals die Achseln.

»Du hast vergessen, daß sie in derselben Nacht, als er getötet wurde, ein Bombensplitter am Kopf traf. Garsty hat mir einmal die ganze Geschichte erzählt. Dir muß sie das doch auch gesagt haben.«

»Ja, ich kenne die Geschichte.«

»Also. Sie erwarteten, sie würde wieder zu sich kommen, als Jenny geboren wurde – doch das Medikament half nicht. Sie starb.« Es trat eine lange Pause ein.

Jennys Kopf wurde klar. Wenn Alington ihr gehörte,

würde sie es ihnen überlassen – oh, nur zu gern. Wenn Alington ihr gehörte . . . Sie wußte nicht, was sie nun empfand. Sie wußte es nicht. Sie hörte Mrs. Forbes mit jäher, lauter und deutlicher Stimme sagen:

»Das ist alles Unsinn!«

Und Mac lachte und sagte:

»Es könnte sich als ein sehr gefährlicher Unsinn für uns erweisen, falls wir nichts unternähmen.«

»Was können wir tun?«

«Oh, das ist ganz einfach. Ich kann sie heiraten.«

»Nein . . . nein . . .«

»Sei nicht töricht, Mutter. Es ist der einzige perfekte Ausweg«

»Ich will das nicht haben!«

»Ich sagte, sei nicht töricht. Du nimmst doch nicht an, daß ich das Mädchen heiraten möchte, oder?«

»Ich weiß nicht.«

Er lachte.

»Oh, komm! Es wäre mir nicht im Traum eingefallen, wenn sich das nicht ergeben hätte. Aber du mußt einsehen, daß es der perfekte Ausweg ist.«

»Das sehe ich absolut nicht!«

»Oh, komm, du bist doch nicht dumm. Und mit mir brauchst du kein Versteckspiel zu treiben. Wir sind schließlich aus dem gleichen Holz geschnitzt, und das weißt du. Ich bin nicht Alan. Und mir brauchst du nichts vorzumachen. Laß uns doch ehrlich sein, solange wir unter uns sind. In diesem Fall wenigstens.«

Mrs. Forbes fragte:

»Was wolltest du sagen?«

»Folgendes. Ich hatte Zeit, darüber nachzudenken. Du hattest sie nicht. Es gibt nur einen Ausweg – den ich dir eben unterbreitet habe. Ich heirate sie, und wir halten den Mund. Wenn sie eines Tages dahinterkommt – bedauerlich, aber nicht mehr zu ändern. Wir wußten es nicht, und sie wußte es nicht. Und wenn wir erst verheiratet sind, spielt es eigentlich keine Rolle mehr. Ich stehe als der noble Vetter da, der sie ehelichte, als sie noch eine arme, illegitime Verwandte war.«

Mrs. Forbes sagte: »Nicht das!«

Mac aber lachte und fragte: »Warum nicht?«

Jenny konnte die beiden nicht sehen, doch die zwei waren jeder dem Blick des anderen ausgeliefert. Und was Mrs. Forbes nun sah, schockierte sie. Mit einem Verdacht leben zu müssen, war eine Sache, aber mit der nackten Wahrheit konfrontiert zu sein, war eine völlig andere Sache. Sie mußte an ihren Mann denken, aber sie schob den aufkeimenden Gedanken entsetzt zur Seite. Sie wußte genau, wie sein Urteil ausgefallen wäre, hätte er ihr Zögern bemerkt und Macs Gewißheit. Sie hatte sich nun zu entscheiden. Sie versetzte sich in die andere Lage: Jenny an ihrer Stelle, sie selbst eine Witwe mit beschränkten Einnahmen, Mac mit seiner Karriere . . . Weiter kam sie nicht. Da ballte sich alles zusammen in ihr, was erforderlich war zu ihrem Schutz – zu Macs Schutz. Sie sagte mit tiefer Stimme, aber sehr entschieden:

»Nein – nein. Ich kann es nicht tun.«

Mac lächelte.

»Du wirst feststellen, daß es nicht so schwierig ist.«

»Nein – nein, das meinte ich nicht damit. Du hast recht – du mußt sie heiraten.«

»Natürlich habe ich recht! Ich habe immer recht. Und weshalb? Weil ich ein nüchterner Denker bin, der sich nicht von moralischen Erwägungen bei seinen Schritten beeinflussen läßt. Das ist nämlich ein Fehler. Man muß entscheiden, wie man einer Sache am besten beikommen kann, und die Moral aus dem Spiel lassen.«

Mrs. Forbes starrte ihn an.

»Ich wünschte, du würdest nicht so reden«, sagte sie. »Du wirst das Mädchen heiraten, und damit tust du ihm eine große Ehre an. Und am besten vergessen wir diese blöde Geschichte von einer Ehe, von der ich nichts halte und nie etwas halten werde.«

Mac lachte. Jenny wunderte sich, als sie es hörte. Es war so ein vergnügtes Lachen – heiter und ansteckend.

»Wie du es betrachtest, überlasse ich ganz dir«, sagte er.

Und hier klangen Kinderstimmen an, und Alans Stimme, der auf sie einredete. Die Haustür ging mehrmals auf und zu. Mac nahm seine Mutter beim Arm.

»Komm, wir gehen ihnen entgegen und begrüßen sie. Wir wollen hier doch nicht wie zwei Verschwörer überrascht werden, nicht wahr?«

»Ganz gewiß nicht. Die Kinder sollten längst im Bett sein. Ich wollte keinesfalls, daß sie so lange aufbleiben. Das ist Jennys Schuld. Sie macht aus allem ein Spiel.«

Sie verließen das Zimmer. Mrs. Forbes sagte: »Mach das Licht aus.«

Jenny hörte, wie sich ihre Schritte entfernten. Das Zimmer war dunkel. Sie war allein.

KAPITEL 9

Jenny bewegte sich vorsichtig. Sie mußte aus dem Zimmer sein, ehe Carter mit den Kindern hereinkam. Wo sollte sie hingehen? Wo konnte sie sich verstecken? Die Antwort kam ihr prompt. Sie durfte sich nicht verstecken. Sie mußte sich völlig normal verhalten. Sie mußte sich dort aufhalten, wo man sie zu finden hoffte. In ihrem eigenen Zimmer? Nein. Weil Mrs. Forbes schon auf dem Weg zum Schulzimmer dort nachgesehen haben konnte. Wo dann? Im Badezimmer. Da konnte sie sich einschließen. Sie konnte sich das Gesicht waschen und die Haare richten, sich vorbereiten auf das Abendessen mit den Kindern.

Als sie die Badezimmertür hinter sich abgeriegelt hatte, fühlte sie sich besser; aber als sie in den Spiegel sah, erschrak sie über sich selbst. Da war keine Farbe in ihrem Gesicht, nicht ein Hauch von Farbe. Und sie sah älter aus als sonst. Sie schrubbte sich kräftig mit dem Schwamm und sperrte jeden Gedanken aus, und als sie wieder in den Spiegel sah, war sie ihrem normalen Aussehen schon näher gekommen. Doch zusehends verlor sich die Röte wieder, und sie war so bleich wie zuvor.

Jenny trat aus dem Badezimmer und sah sich Carter und den Kindern gegenüber.

»Oh, weißt du schon, Jenny, daß Nanny ein neues Kätzchen hat?« rief Joyce.

»Es ist süß!« rief Meg begeistert. »Ganz süß! Es heißt Patrick! Und es hat so lange Haare!« Sie deutete die Länge der Haare mit dem Finger an. »Und bei mir hat es geschnurrt; aber nicht bei Joyce. Die hat es nicht richtig gehalten und es abgeküßt! Kätzchen mögen es nicht, wenn man ihnen Küsse gibt.«

»Das ist nicht wahr!« rief Joyce. »Katzen mögen schrecklich gern geküßt werden!«

»Und warum hat es dann nicht bei dir geschnurrt? O Jenny, ich hätte schrecklich gern so ein Kätzchen! Glaubst du, daß uns Mutter das erlaubt?«

Carter mischte sich ein.

»Also, Meg und Joyce, ihr kommt jetzt mit und zieht euch schleunigst aus. Die Mistress ist schon ganz ungehalten, weil wir uns so verspätet haben. Und nach so Sachen, ob sie euch ein Kätzchen erlaubt, dürft ihr sie jetzt schon gar nicht fragen. Das kann ich euch versichern!«

Sie scheuchte sie in ihr Schlafzimmer und redete weiter:

»Die beiden wollen nichts mehr. So viel Kuchen habe ich sie noch nie essen sehen beim Tee. Man hätte glauben können, sie hätten drei Wochen gefastet. Und ich werde mich selbst mal rasch umziehen, wenn Sie die beiden zu Bett bringen. Und ihr beiden beeilt euch, sonst kommt eure Mutter rauf!«

Carter entfernte sich, und Jenny blieb mit den Kindern allein, die, von Carters Drohung angetrieben, die beiden in Windeseile entkleidete, sie ins Badezimmer trug und wieder heraus. Als wären sie Mäuschen, die sich vor einer besonders aktiven Katze in acht nehmen mußten. Sie lagen im Bett, rosig und makellos sauber, als Mrs. Forbes die Treppe heraufkam. Jenny hatte den Eindruck, daß sie ein wenig enttäuscht aussah, und sie glaubte auch den Grund zu wissen. Sie hatte eine bittere Pille schlucken müssen, und es wäre für sie eine Erleichterung gewesen, hätte sie nun einen Grund zum Poltern gehabt. Doch den fand sie nicht. Sie fand zwei kleine Mädchen, sauber und adrett, die zu beiden Seiten von Jenny auf den Betten knieten, um mit ihr das Abendgebet zu sprechen.

»Bitte, lieber Gott, segne Mutter, Mac und Alan, und mach ein gutes Mädchen aus mir.«

Joyce betete zu Jennys Linken den gleichen Spruch:

»Und mach ein gutes Mädchen aus mir.«

»Und segne Nanny und Carter und alle anderen. Und segne Jenny und Joyce. Amen.«

Und Joyce wiederholte:

»Und segne Nanny und Carter und alle anderen. Und segne Jenny und Meg. Amen.«

Jenny hatte ein Gefühl, als ob ihr das Herz zerspringen würde. Sie stand mit dem Rücken zur Tür, und als sie aufging, konnte sie nicht sehen, wer hereinkam. Sie dachte, es wäre Carter. Es war für sie ein Schock, als sie Mrs. Forbes' Stimme hörte, sich umdrehte und sie im Türrahmen stehen sah. Sie sprach mit der ihr eigenen Forschheit:

»Und jetzt ins Bett mit euch! Gute Nacht, Meg – gute Nacht, Joyce. Und nun solltest du lieber mit uns essen, Jenny. Damit die Jungs nicht so allein sind.«

Jenny wußte nicht, was sie dazu sagen sollte. Sie konnte sich nicht zu ihnen an den Tisch setzen – sie konnte es einfach nicht. Das war ihr erster Gedanke, als

Mrs. Forbes die beiden kleinen Mädchen küßte und aus dem Zimmer ging. Sie drehte im Hinausgehen das Licht aus.

Jenny stand einen Moment im dunklen Zimmer. Dann küßte sie Meg und Joyce und ging gedankenverloren hinaus in den beleuchteten Korridor. Nein, sie brachte es nicht fertig.

Mrs. Forbes hatte nicht auf sie gewartet. Sie war in ihr Zimmer gegenüber gegangen und hatte die Tür hinter sich zugemacht.

Jenny zog sich in ihr Zimmer zurück. Sie brachte es nicht fertig, aber sie mußte. Sie mußte fort von hier. Wenn sie davon erfuhren, würde man sie hier festhalten. Sie mußte weg. Sie konnte nicht hierbleiben – in einem Haus mit Mac. Das brachte sie nicht fertig.

Aber sie mußte mit ihm am Tisch sitzen – nur noch dieses eine Mal. Und dann würde sie von ihnen allen fortgehen und sie nie wiedersehen. Der Gedanke an die kleinen Mädchen schnürte ihr das Herz ab. Sie würden sie vergessen. Sie dachte an die vielen Leute, die sie in Megs und Joycens Alter gekannt hatte. Garsty – nein, Garsty lebte in ihr weiter. Sie würde nie zu einem Schatten an einem fernen Ort werden. Garsty war jetzt und für immer. Sie dachte an die alte Mrs. Pennystone, die gestorben war, als sie in Megs Alter war. In ihrer Erinnerung war sie eine liebenswürdige alte Lady, sehr dick, die ihr immer Pfefferminzbonbons aufgedrängt hatte, wenn sie sich begegneten.

Und ein Jahr bevor sie starb hatte sie ihr eine wunderschöne Puppe zu Weihnachten geschenkt. Und was brachte es ihr, wenn sie an Mrs. Pennystone dachte oder an andere Leute im Dorf, die sie gekannt hatte und die inzwischen verstorben oder weggezogen waren? Es waren nicht ihre Leute. Doch die Forbes waren mit ihr verwandt. Das war eine Tatsache, die sie nicht übersehen konnte. Familie war Familie. Mac und Alan waren ihre Vettern, und die kleinen Mädchen ihre Kusinen. Von anderen Verwandten wußte sie nichts. Wenn sie aus diesem Haus ging, würde sie keine Familie mehr haben. Sie hielt inne und bedachte das. Lieber allein als mit Leuten leben, denen sie nicht trauen konnte.

Sie wollte sofort von hier weg, auf der Stelle, doch um das zu erreichen, mußte sie hinuntergehen und eine Rolle spielen. Etwas in ihr sagte: »Ich kann nicht. Ich kann nicht – ich kann es einfach nicht.« Und eine andere Stimme sagte: »Ich muß.« Dieser Stimme gehorchte sie.

Als sie in den Salon kam, war Mac im Zimmer. Er las die Zeitung, aber er sah hoch, lächelte sein charmantes Lächeln und sagte:

»Nun, wo hast du dich denn so lange verdrückt, Jenny – Liebes?«

Das Blut schoß ihr ins Gesicht. Sie durchquerte den Raum und stellte sich vor den Kamin. Sie hatte das schwarze Spitzenkleid angezogen, das sie sich im vergangenen Jahr für Weihnachten geschneidert hatte. Es paßte eigentlich nicht zu ihrem Alter; aber wenn man nur ein Abendkleid hat, paßt Schwarz zu jeder Gelegenheit, und Spitzen lassen sich immer wieder verwenden und ändern. An solche Dinge muß man denken, wenn man jung ist und arm.

Jenny wußte es nicht; doch das Kleid veränderte sie nur zu ihrem Vorteil. Es machte sie älter und außerordentlich anziehend. Sie beugte sich über das Feuer und drehte den Kopf von Mac weg. Sie konnte ihn nicht ansehen.

Sie sagte: »Oh, nirgends!« in einem möglichst unbekümmerten Ton. Zu ihrem Entsetzen spürte sie jedoch, wie ihr das Blut wieder zu Kopf schoß. Ihr Gesicht glühte, und dann floß es langsam, ganz langsam, wieder ab.

Mac legte die Zeitung beiseite, stand auf und kam zu ihr.

»Nanu, Jenny«, sagte er mit einem lachenden, spöttischen Ton, »wo kommt denn das viele Rot her? Es steht dir hervorragend. Nichts dagegen einzuwenden. Nur würde ich gern wissen, warum du so heftig Flagge zeigst.«

Jenny lachte ein bißchen und sagte:

»Was für eine blühende Phantasie du hast!«

»Habe ich das?«

Er lachte ebenfalls und stellte sich ihr gegenüber an den Kamin. Er war ihr so nahe, daß er nur die Hand auszustrecken brauchte, um sie zu berühren.

Das Gefühl, daß er ihr so nahe war, überfiel Jenny mit unerhörter Gewalt. Sie war nahe – sehr nahe – daran gewesen, sich in ihn zu verlieben, und das war nun vorbei, verwelkt und verweht. Wie konnte sie es ertragen, ihn so nahe bei sich zu haben?

Sie mußte, mußte das ertragen. Nur dieses eine Mal! Bis sie ihm entrinnen konnte. Nur diesen einen Abend mußte sie ihre Rolle spielen. Und dann – oh, dann hatte sie sie alle vom Halse.

Er sagte jetzt, mit einem Lächeln auf sie herabsehend, das sie für liebenswert gehalten hatte:

»Du hast dich fein gemacht heute abend.«

»Tatsächlich? Ich esse ja nicht oft mit dir, oder? Und das ist das einzige Abendkleid, das ich besitze.«

»Und dazu noch ein sehr hübsches. Ein bißchen zu alt für dich vielleicht, aber du bist jung genug, um das als Kompliment aufzufassen. Und es ist ein Kompliment, das ehrlich gemeint ist.« Er beugte sich näher zu ihr. »Jenny, würdest du morgen nachmittag mit mir spazierengehen?«

Sie hob den Blick, sah ihn an und sagte ernst:

»Ich weiß nicht.«

»Ich möchte es aber. Nur du und ich. *Bitte*, Jenny.«

Da ging die Tür auf, und Mrs. Forbes kam herein. Sie sagte etwas über die Schulter zu Alan, der ihr folgte. Als sie sich aufrichtete und Mac und Jenny sah, ging sie mit entschlossenem Lächeln auf sie zu.

»Ach, da seid ihr ja, ihr beiden! Also, Jenny, das ist

aber ein hübsches Kleid! Habe ich das schon einmal gesehen?«

»Ich habe es mir zu Weihnachten geschenkt«, sagte Jenny. »Garsty hatte den Stoff, und ich habe es genäht.«

»Das hast du aber sehr hübsch genäht.«

Mrs. Forbes war auf eine Art freundlich, die nur schwer zu ertragen war. Jenny dachte: Wenn ich nicht wüßte, daß sie mich haßt und warum sie mich so umschmeichelt, würde ich sie dann durchschaut haben? Und sie wußte, daß das nicht der Fall gewesen wäre. Da hätte sie in Mrs. Forbes nur die Lady mit den Allüren einer *grande dame* gesehen. Sie würde sich nichts weiter dabei gedacht haben.

Sie gingen hinüber zum Essen. Es wurde ein langer Abend, und für Jenny schlich er mit unerträglicher Langsamkeit dahin. Alans Leidensmiene schnitt ihr ins Herz. Er litt genauso wie sie. Und Mrs. Forbes litt ebenfalls. Jenny wußte das. In gewisser Weise bewunderte sie sogar, wie Mrs. Forbes das Ganze über die Runden schaukelte. Da war eine Rolle zu spielen, und sie spielte sie vorzüglich. Und Mac? Sie wußte jetzt, daß er sie nicht liebte. Sie wußte sogar, daß er niemanden liebte, außer sich selbst. Sie fragte sich, ob es leichter gewesen wäre, wenn sie entdeckt hätte, daß er eine andere liebte. Es war schrecklich zu wissen, daß er zur Liebe gar nicht fähig war, sondern nur an seinen eigenen Vorteil dachte. Sie hatte das Gefühl, daß da nichts mehr blieb, was man lieben konnte. Und sie war so nahe daran gewesen, sich in ihn zu verlieben.

Sie hatte einst einen Traum gehabt, wo sie leichtfüßig über einen mit Heidekraut bewachsenen Anger gelaufen war, und plötzlich, ganz unvermittelt, hatte sie sich abgebremst – gerade noch rechtzeitig am Rand einer Schlucht. Die Kante hatte sie schon mit den Zehen berührt. Ihr Instinkt hatte sie gerettet. Und auch diesmal würde sie nicht in den Abgrund springen. Sie würde fliehen.

KAPITEL 10

Sie sagte gute Nacht, als es an der Zeit war. Es war das letzte gute Nacht, das sie jemals zu diesen Leuten in diesem Zimmer sagen würde. Falls sie sich noch einmal wiedersahen, würde sich alles für sie geändert haben. Möglicherweise sahen sie sich niemals wieder. Jenny wußte es nicht, und es gab niemand, der ihr das sagen konnte.

Sie ging langsam hinauf in ihr Zimmer und schloß die Tür. Sie überlegte, ob sie absperren sollte. Aber dann dachte sie: Du mußt dich auch jetzt an die Routine halten. Du darfst nichts machen, was sie verleitet zu sagen: ›Warum tut sie das?‹ Also ließ sie die Tür unverschlossen.

Nachdem sie eine Weile gewartet hatte, zog sie ihr Kleid aus und hing es in den klotzig-düsteren Wandschrank, der die ganze Seitenwand ihres kleinen Zimmers in Beschlag nahm. Es sah sehr verloren darin aus. So ein mächtiger Kasten, in dem nur ihr kleines Spitzenkleid,ihr Rock für werktags, der dunkelgraue Mantel und der Rock, den sie sonntags trug, hingen. Da wäre noch Platz für hundert Kleider gewesen. Sie hatte sich zuweilen dem Tagtraum hingegeben, daß der Schrank gefüllt war – mit Kleidern für jede erdenkliche Gelegenheit, heitere und ernste. Doch nicht heute abend. Denn nun hatte sie den Kopf voll mit anderen Dingen.

Sie hängte das Spitzenkleid in den Schrank und überlegte. Sie würde den grauen Rock und Mantel mitnehmen. Beide waren neu und nützlich. Und sie würde ein weißes Seidenhemd anziehen, das andere einpacken. Sie überlegte, was sie noch mitnehmen mußte: Bürste und Kamm, Zahnpasta und Zahnbürste, Waschlappen, Seife und Nagelbürste. Sie hatte eine kleine Reisetasche, die sie immer benutzt hatte, als sie zu den Wochenenden aus dem Internat nach Hause kam. Darin war Platz für diese

Sachen, für das Seidenhemd, ihre Pyjamas und zwei Paar Strümpfe. Mehr ging nicht hinein. Nicht einmal Unterwäsche zum Wechseln. Sie konnte gerade noch ein halbes Dutzend Taschentücher hineinstopfen.

Als sie die Tasche verschloß, fiel ihr Blick auf die kleine Bibel ihrer Mutter auf dem Schemel beim Bett. Davon konnte sie sich nicht trennen. Es war nur ein kleines Buch, und es gelang ihr schließlich, es zwischen die Pyjamas zu schieben. Dann stellte sie die Tasche auf den Stuhl vor dem Fenster.

Nun zog sie sich ihre schwarzen Schnürschuhe an. Die anderen beiden Paare würde sie zurücklassen müssen, das Ersatzpaar für draußen und die Schuhe fürs Haus. Nein, ein Paar Schuhe fürs Haus mußte sie haben. Sie sah sich mit durchweichten Schuhen aus dem Regen kommen und dann auf Socken durch die Zimmer gehen. Keine zufriedenstellende Lösung. So machte sie aus beiden Paaren ein Paket und fühlte sich schon wohler. Doch im selben Augenblick bekam sie Gewissensbisse, auch die kleinen schwarzen Satinschuhe zurücklassen zu müssen, die sie heute abend getragen hatte. Aber es hatte keinen Sinn, sie mitzunehmen – absolut keinen Sinn –, und deshalb mußten sie dableiben, basta. Doch es waren die niedlichsten Schuhe, die sie je besessen hatte, und sie wußte nicht, ob sie ein solches Paar jemals wiedersehen würde. Sie hatte sie von Heather Peterson bekommen, die sie ihrerseits von ihrem Vetter geschenkt bekommen hatte in der Hoffnung, daß sie paßten, denn sie waren außergewöhnlich hübsch. Doch leider waren sie zu klein gewesen, und deshalb hatte Heather Peterson sie weiterverschenkt.

Jenny hielt die Schuhe in der Hand und betrachtete sie. Sie waren so hübsch und mußten viel Geld gekostet haben. Heather Petersons Vetter war reich, und er hatte die Schuhe damals in Paris gekauft. Sie hatten einen raffinierten Schnitt, und der kleine Brillant auf jedem Schuh war so geschickt plaziert, daß er den Fuß noch kleiner machte. Jenny wußte, wie dumm ihre Unentschlossenheit im Grunde war. Wenn man wegrannte, konnte man nicht einem Paar Schuhen nachtrauern, nur weil sie niedlich waren und sie das Gefühl hatte, sie würde so was nie wieder bekommen. Sie stellte sie in den großen dunklen Schrank und machte dann resolut die Türen zu.

Die Zeit kroch dahin. Sie war reisefertig. Sie wußte nicht, wohin die Reise gehen sollte. Sie wußte nur, daß sie von diesem Haus weglaufen und einen möglichst großen Vorsprung herausholen mußte.

Jenny wartete bis Mitternacht. Alle Geräusche waren verstummt. Das Haus war still, totenstill. Es war ein altes Haus – frühes siebzehntes Jahrhundert. Jennys Gedanken wanderten bis zu den Anfängen dieses Hauses zurück – zu dem hübschen jungen Mann, der das Haus gebaut hatte, und dessen wunderschöner Frau.

Der Erbauer war ein gewisser Richard Forbes, und sie hieß Jane. Jenny hatte sich stets gefragt, ob man sie auch so gerufen hatte oder ob man sie ebenfalls Jenny genannt hatte. Sie gefiel sich in dem Gedanken, daß es so gewesen sein könnte. Nur war ihr Name nicht von Jane abgeleitet, sondern von Jennifer. Trotzdem sah sie hier eine gewisse Verbindung, und es waren ja schließlich ihre eigenen Vorfahren – nach Blut und Gesetz. Ihre Porträts hingen an einem Ehrenplatz in der Halle. Ihr Sohn und dessen Frau, die beide ein halbes Jahrhundert später gemalt wurden, sahen alt aus im Vergleich zu deren strahlender Jugendlichkeit. Es gab Porträts von all ihren Vorfahren, die zum Teil von berühmten Künstlern gemalt waren.

Jennys Herz hüpfte in die Höhe, als sie sich mit dem Gedanken vertraut machte, daß sie kein Findelkind war, kein illegitimer Sproß, sondern der wahre Erbe all dieser Forbes. Sie würde fortgehen, doch etwas in ihr sagte: »Ich werde wiederkommen.« In diesem Moment wußte sie, daß ihre innere Stimme die Wahrheit sprach. Sie würde wiederkommen.

Sie drehte das Licht aus und setzte sich im Dunklen auf einen Stuhl und wartete. Dabei mußte sie eingeschlafen sein, denn als sie erschrocken auffuhr, war es viel kälter im Zimmer. Sie schaltete wieder das Licht an und sah auf ihre Uhr, die sie nie offen trug, weil es ein Familienerbstück war, das ihr Vater ihrer Mutter geschenkt hatte – so hatte es Garsty ihr jedenfalls erzählt, wobei sie sich fragte, woher Garsty dies wußte. Sie hatte unter Garstys Kostbarkeiten gelegen, bis sie starb, und dann hatte Jenny die Uhr an sich genommen. Erstaunlich war, daß nach so vielen Jahren der Untätigkeit die Uhr noch so genau ging. Sie war an einer langen, dünnen Goldkette befestigt.

Jenny öffnete die unterste Schublade der Wäschekommode und nahm die Sachen heraus, die sie bereitgelegt hatte – Handschuhe, einen kleinen schwarzen Hut, das Paket mit den beiden Paar Schuhen. Sie setzte den Hut auf und steckte die Handschuhe in den dunkelblauen Überzieher, den sie aus dem Schrank holte. Er war schwer, und sie würde darin schwitzen; aber man wußte in dieser Jahreszeit nie, wie das Wetter werden würde. Und der Mantel war ein gutes Stück, erst einen Winter getragen. Sie hatte ihn mit Garsty im Schlußverkauf besorgt. Er hatte mehr gekostet, als sie dafür ausgeben wollte, aber Garsty hatte ihr zugeredet: »Er hält ein paar Jahre, und du wirst immer gepflegt darin aussehen, mein Liebes.«

Jenny nahm die Reisetasche vom Stuhl und bedachte nun die anderen Dinge: daß sie das Zimmer nicht unordentlich hinterlassen durfte. Und daß sie die Tagesdecke zurückschlagen mußte. Als sie alles in Ordnung gebracht hatte, nahm sie ihre Sachen auf, schob das Paket mit den Schuhen über den Henkel ihrer Reisetasche und hatte so die linke Hand für ihre Handtasche frei. Sie stand da, die Klinke der geöffneten Tür in der Hand, und blickte sich im Zimmer um. Alles sah aufgeräumt und ordentlich aus. Nun mußte sie gehen.

Sie hob die Hand, über die sie die Bügel der Ledertasche gestreift hatte, und schaltete das Licht aus. Wenn die Tür ihres Zimmers geschlossen war, würde sie keiner vor halb acht Uhr morgens stören. Also hatte sie siebeneinhalb Stunden Vorsprung, falls eine Suche nach ihr eingeleitet würde.

Sie tastete sich zur Treppe und begann, die Stufen hinunterzuschleichen.

Es war, als watete sie in tiefes Wasser hinein. In tiefes, dunkles Wasser. Die Dunkelheit ängstigte sie nicht. Sie fühlte sich darin sogar sehr sicher. Und hinter dieser Dunkelheit befanden sich all diese Leute, mit denen sie ihr Blut und ihren Namen gemeinsam hatte und die seit der Errichtung dieses Hauses hier gelebt hatten. Das gab ihr dieses starke Gefühl von Unerschrockenheit. Sie wußte nicht, wohin sie gehen oder was sie tun sollte, doch sie wußte, wer sie war. Sie war kein namenloses Zufallskind mehr, das mit Wohlfahrtsunterstützung großgezogen werden mußte. Sie war Jenny Forbes, und dieses Haus mit den Porträts gehörte ihr.

Sie war etwa mitten auf der Treppe, als der Mond hinter den Wolken hervortrat. Das Haus schaute nach Südosten, und der Mond war voll. Das Mondlicht kam durch die Fenster über der Tür. Es war so hell, daß die Porträts im Mondlicht wie lebendig wirkten. Jenny dachte: Sie sagen mir Lebewohl. Aber ich komme wieder. Sie blieb auf dem Treppenabsatz stehen und betrachtete die Bilder. Einige Porträts waren nur schattenhaft oder kaum zu erkennen. Aber während sie sich nach links und nach rechts drehte, fiel das Mondlicht wie ein Scheinwerferkegel auf das Porträt in der Halle, das sie am meisten schätzte: auf Lady Georgina Forbes, im Jahr des Krimkrieges von einem berühmten Künstler gemalt. Das Bild war schon hundert Jahre alt, und doch trug dieses Gesicht keine Spuren von Sorge, Verfall und Leid. Es war strahlend jung, lächelnd, mit Blumen im Haar, und darunter ein fließend weißes Hochzeitskleid.

Jenny flüsterte: »Lebe wohl, Ururgroßmutter. Wir sehen uns eines Tages wieder.«

KAPITEL 11

Der junge Mann in dem Auto genoß die Fahrt. Es war eine schöne, herzerfrischende Nacht. Der Mond kam hinter den Wolken hervor. Am liebsten hätte er die Scheinwerfer gelöscht und wäre bei Mondlicht durch diese Landschaft gefahren. Er schüttelte ein wenig traurig den Kopf. Da war so vieles , was er gern tun mochte und doch nicht tun konnte. Nicht, weil es so schwierig oder unmöglich war, sondern schlichtweg deshalb, weil sein Unternehmungsgeist gegen so viele Gesetze und Verordnungen anrennen mußte, daß für die Sache selbst keine Kraft mehr blieb. Er lachte ein wenig bei dem Gedanken, wie eine moderne Welt aussehen würde, in der jeder machen konnte, was er wollte. Bedachte man es recht, gab es keinen freien Willen mehr. Jede Zeit hatte ihre eignen Zäune, private, politische und unzählige andere. Man wuchs innerhalb dieser Zäune auf, und wehe, man hüpfte darüber hinweg, weil man dann in einem Sumpf landete und darin erstickte. Jede Generation machte ihre eigenen Gesetze, und die nachfolgende änderte sie wieder. Was einer Generation unannehmbar schien, war für die nächste große Mode, und so ging es endlos weiter.

Er fuhr gern allein, und besonders gern nachts. Wenn man sich nicht an die Hauptverkehrswege hielt, traf man nach Mitternacht kaum noch jemand auf der Straße an. Sein Plan sah vor, daß er sich in strategischer Entfernung vom Alington Haus einen Platz suchte, wo er im Rücksitz seines Wagens schlafen konnte. Am Morgen dann, wenn ein Gasthaus den Betrieb eröffnete, wollte er frühstücken und alles andere seinen Eingebungen überlassen. Er hatte vor, das Herrenhaus und dessen Porträts zu besichtigen. Schließlich konnten ihm das die Besitzer, wenn es halbwegs anständige Leute waren, schlecht verwehren. Nicht daß er darauf einen Anspruch hatte oder ihn geltend machen wollte, falls er ihn kraft Gesetz doch besaß. Er war lediglich ein Seitensproß der Familie, der in den Besitz einiger Dokumente über das Haus und die Leute gekommen war, denen es gehört hatte. Was war natürlicher als der Wunsch, mit theoretischem Wissen konkrete Vorstellungen zu verbinden.

Er hatte gerade eine ziemlich scharfe Kurve am Ende eines schlafenden Dorfes genommen, und ein langes, gerades Stück Straße lag vor ihm – da war plötzlich jemand vor ihm, wo vorher nur ein flaches Band gewesen war. Jemand, nicht etwas, denn es bewegte sich. Er bremste und hielt den Wagen an.

Der Jemand war ein Mädchen. Es hielt eine Reisetasche in der Hand, und mit der anderen hatte es ihm ein Zeichen gegeben, daß er anhalten sollte. Er beugte sich stirnrunzelnd aus dem Wagenfenster.

»So was sollten Sie besser nicht tun, hören Sie.«

»Aber ich wollte doch, daß Sie anhalten.«

»Weshalb?«

Er war einen Moment sehr ungehalten, denn die Straße war sehr schmal und er hatte Angst gehabt, nicht rechtzeitig zum Stehen zu kommen.

Das Mädchen bewegte sich vom Kühler fort und kam zu ihm an die Fahrertür. Als sie das Scheinwerferlicht kreuzte, sah er, daß sie jung und blaß war – oder vielleicht wirkte sie nur so im Scheinwerferkegel. Sie trat an sein Wagenfenster und sagte:

»Würden Sie mich bitte mitnehmen?«

Sein Unmut war verflogen. Er sagte:

»Wohin wollen Sie denn?«

«Das spielt keine Rolle. Ich meine, mir ist es egal.«

»Sie sind wohl weggelaufen, wie?«

Das war offensichtlich der Fall. Was tut man mit einem Mädchen, das einen um Hilfe bittet, aber von zu Hause durchgebrannt ist? Er sagte:

»Sie sind von zu Hause weggelaufen, nicht wahr? Weshalb?« Er hatte das überhaupt nicht fragen wollen. Das ärgerte ihn. Das Mondlicht fiel auf ihr Gesicht. Es sah traurig und sehr müde aus. Da waren dunkle Ränder um ihre Augen. Sie sagte im ernsten Ton:

»Ich mußte weg – wirklich.«

Mit dieser Begründung würde ihm wohl jedes Mädchen kommen, das sich mit seinen Eltern und der Schule überworfen hatte.

»Warum?« fragte er. Sie kam näher und senkte die Stimme.

»Das kann ich Ihnen nicht sagen. Sie würden mir nicht glauben.«

»Sie könnten es versuchen.«

Jenny überlegte. Die ganze Zeit war er im Schatten gewesen – sie konnte sein Gesicht nicht sehen. Sie mußte sich ihn ansehen. Man weiß nie, ob man einer Person trauen kann, solange man sie nicht sieht. Sie sagte rasch und ein wenig atemlos:

»Wollen Sie bitte einen Moment aussteigen? Ich möchte Sie betrachten.«

»Warum wollen Sie das?«

Er hatte eine angenehme Stimme; aber sie mußte sich ihn ansehen. Sie sagte:

»Ich will wissen, ob ich Ihnen trauen kann.«

»Glauben Sie, das so ohne weiteres feststellen zu können?«

»O ja. Ich wüßte es, wenn ich Sie sehen könnte.« Sie sagte das mit ziemlich zuversichtlicher Stimme.

Wortlos öffnete er die Wagentür und stieg aus. Er schloß die Tür hinter sich und lehnte sich dagegen.

»Hier bin ich. Schauen Sie gut hin, und entschließen Sie sich dann.«

Sie sagte:

»Sie sind es doch, der sich entscheiden muß, nicht wahr?«

Sie standen da und sahen sich im hellen, klaren Mondlicht an. Er hörte, wie sie geräuschvoll die Luft einsog.

»Wer – wer sind Sie?« fragte sie.

»Mein Name ist Richard Forbes.«

Sie wiederholte im schwachen Flüsterton: »Richard Forbes . . .«

»So heiße ich.«

Jenny stand ganz still. Es war unglaublich, doch zuweilen passierten unglaubliche Dinge. Das da zum Beispiel. Er stand da, das Mondlicht schien auf sein Gesicht, und sie sah Zug für Zug diesen Richard Forbes vor sich, der Alington House gebaut hatte. Der Richard Forbes auf dem Gemälde hatte lange gelockte Haare, und er hatte kostbare Kleider getragen, nicht einen Regenmantel und Jeans. Aber es war das gleiche Gesicht, der gleiche Ausdruck – dieses Lachen in den Augen, dieses amüsierte Zucken in den Mundwinkeln. Und dann verlor sich dieses Lachen, und er sagte mit ernsthafter Stimme:

»Warum sehen Sie mich so an?«

»Weil ich Sie schon einmal gesehen habe.«

»Wo? Wann?« Er hatte sie noch nie zuvor gesehen. Er war bereit, das zu beschwören.

»Mein ganzes Leben lang. Sie sind das Porträt in der Halle – das Bild von Richard Alington Forbes.«

Nun holte er tief Luft.

»Aber so heiße ich ja.«

Er sah, wie ihr das Blut ins Gesicht stieg, nicht als Farbe, sondern als Schatten, weil im Mondlicht alles nur schwarz und weiß war. Er konnte das Beben in ihrer Stimme gerade noch wahrnehmen, als sie sagte:

»Wahrhaftig?«

»Ja. Und wie heißen Sie?«

»Ich bin Jenny Forbes. Ich stamme aus Alington House.«

Es war das erstemal, daß sie ihren wahren Namen nannte – das allererste Mal. Ihr ganzes Leben lang war sie Jenny Hill gewesen, doch das war nicht ihr richtiger Name. Sie war zwar Jennifer Hills Tochter, doch gleichzeitig auch Richard Forbes' Tochter – die Frucht ihrer ehelichen Verbindung. Sie hielt den Kopf erhoben, sah Richard Forbes ins Gesicht und sagte ihren Namen.

Etwas in diesem sehr direkten Blick schlug bei ihm durch. Mit verdutzter Stimme sagte er:

»Das verstehe ich nicht. Ich dachte, die Söhne wären schon erwachsen; aber die Töchter – die sind doch noch klein, oder?«

»Ja. Zu dieser Familie gehöre ich nicht. Ich bin die Tochter von Richard Forbes, der am Anfang des Krieges gefallen ist. Die Leute sagten, er sei nicht mit meiner Mutter verheiratet gewesen. Sie war krank. Da war ein Luftangriff – am Tag, als mein Vater fiel. Sie wurde am Kopf verletzt – sie sprach nichts mehr. Sie kam hierher zu Garsty.« Sie sah ihm immer noch in die Augen. Er hatte noch nie so einen aufrichtigen Blick gesehen. »Garsty war ihre Gouvernante gewesen. Sie kam zu ihr, weil das ihr Heim war – sie besaß kein anderes. So lernte sie meinen Vater kennen. Doch niemand wußte, daß die beiden verheiratet waren. Das entdeckte ich erst gestern abend.«

»Was haben Sie entdeckt?«

Jenny hatte ihre Reisetasche auf die Straße gestellt. Sie war ihr zu schwer geworden. Sie streckte die Hände aus, in der sie noch eine schäbige Ledertasche hatte.

»Sie glauben mir nicht? Ich sage Ihnen die Wahrheit, weil Sie Richard Forbes sind. Ich würde das keinem anderen erzählen – wirklich nicht. Aber bei Ihnen ist das etwas anderes.«

Das berührte ihn auf eine höchst merkwürdige Weise. Er spürte das mit jedem Nerv seines Körpers. Und er spürte es, weil es die Wahrheit war. Da war eine tiefgehende Beziehung zwischen ihnen: Verwandtschaft –

und noch etwas mehr als Verwandtschaft. Sie waren beide vom gleichen Kaliber. Das war der Unterschied, der sie bewegte, so rückhaltlos zu ihm zu sprechen.

»Ich erzähle es Ihnen – weil Sie Richard Forbes sind. Ich war im oberen Stockwerk im Schulzimmer, und Mac kam mit seiner Mutter herein.«

»Das ist der älteste Sohn?«

»Ja. Ich war hinter dem Vorhang in der Fensternische. Das Licht war ausgeschaltet. Ich hatte geweint, weil da etwas vorgefallen war, und ich wollte niemand sehen – oder daß mich jemand so sah . . . Wo war ich gerade?«

Er sagte ernst: »Mac war eben in das Schulzimmer gekommen.«

Sie nickte.

»Ich dachte, er wäre meinetwegen hereingekommen. Ich wollte ihn nicht sehen, deshalb verhielt ich mich mäuschenstill. Und dann kam plötzlich Mrs. Forbes herein; sie schloß die Tür, und die beiden begannen miteinander zu reden. Sie sagte: ›Was wolltest du mir mitteilen, Mac?‹ Und als er nicht gleich antwortete, fragte sie: ›Mac, was ist los?‹ Und er erwiderte: ›Schön, du sollst es erfahren.‹ Er sagt er wüßte es selbst erst seit einer Woche. Und dann fuhr er fort: ›Es ist Jenny. Sie ist ein legitimes Kind. *Er hat Jennifer Hill geheiratet.*‹ Mrs. Forbes sagte: ›Wovon redest du eigentlich?‹, und er antwortete: ›Ich rede von Jenny.‹ Und dann wurde sie wütend – sehr wütend. Sie sagte: ›Du redest Unsinn! Es gab keine Heirat!‹ Aber er bestand darauf: ›Doch, es gab eine Heirat. Und ich verlange auch gar nicht, daß du dich auf mein Wort verläßt. Ich habe die Urkunde in Somerset House gesehen.‹«

»Was!«

Nun, als es heraus war, fühlte Jenny sich schon wohler. Es war wie die Ruhe nach dem Sturm. Sie sagte:

»Sie fuhren fort, darüber zu reden. Über einen Brief von meinem Vater, den Garsty erwähnte, ehe sie starb. Garsty sagte, er befände sich in einer kleinen Kommode und darin habe mein Vater meine Mutter seine Frau genannt. Sie sagte, mehr habe sie nicht gelesen, doch sie habe ihn für mich aufbewahrt. Arme Garsty – sie liebte mich sehr –, sie war so gut zu mir. Sie war sich nicht so sicher, was die Heirat betraf, und sie wollte es auch nicht genauer wissen, weil sie fürchtete, man würde mich ihr dann wegnehmen. So war Garsty. Sie haben sie nicht gekannt. Niemand, der sie nicht gekannt hat, kann ermessen, wie gut sie war. Sie starb vor zehn Tagen, und ich zog in das Herrenhaus, um die beiden kleinen Mädchen zu beaufsichtigen. Deshalb war ich auch im Schulzimmer, als die beiden sprachen. Und anschließend wartete ich, bis alle schliefen. Dann habe ich das Haus verlassen.

Dann folgte eine lange Pause. Jenny stand wartend da. Sie wartete darauf, daß er eine Entscheidung traf.

Wenn er ihr half, würde es nicht damit enden, daß er sie irgendwo, wo sie zu bleiben wünschte, absetzte. Dessen war er sicher. Das war kein leichtsinniges Abenteuer, sondern eine todernste Angelegenheit. Er zog die Brauen zusammen.

»Wohin wollen Sie jetzt gehen?«

Sie antwortete ohne Zögern:

»Das ist mir egal. Ich will nur fort.«

»Haben Sie Geld bei sich?«

»O ja. Ich habe fast zehn Pfund bei mir. Ich dachte daran, irgendwo in einem Haushalt mit Kindern zu arbeiten. Ich mag Kinder.«

Er sagte widerstrebend – er war überrascht, wie schwer ihm das über die Lippen kam:

»Hören Sie, wäre es nicht besser, Sie gingen zurück und sprächen sich gründlich aus? Wenn Sie wirklich Richard Forbes' Tochter sind, können sie das nicht unter den Teppich kehren. Das müssen sie anerkennen, und es erspart Ihnen eine Menge Atem.«

Sie zuckte zurück und beherrschte sich dann. Sie sagte:

»Das kann ich nicht.«

»Warum können Sie das nicht?«

»Ich kann nicht.« Das Blut stieg ihr in die Wangen.

Er sagte ein wenig ungeduldig:

»Es ist das Vernünftigste, was Sie tun können.«

»Ich kann es nicht. Oh, Sie verstehen das nicht.«

»Ich kann es nicht verstehen, wenn Sie es mir nicht sagen.«

»Ich kann es nicht wegen – wegen Mac. Er sagte – er könnte mich heiraten. Einfach so. Als seine Mutter sagte: ›Nein – nein‹, lachte er und sagte: ›Du nimmst doch nicht an, daß ich das Mädchen heiraten möchte, oder?‹ Und dann sagte er noch schlimmere Dinge. Er sagte, er würde mich heiraten und sie würden den Mund halten. Und wenn ich jemals dahinterkäme, wäre das zwar sehr bedauerlich, aber dann könne man nichts mehr daran ändern. Sie hätten es nicht gewußt, und ich hätte es nicht gewußt, aber wenn wir verheiratet wären, spielte das ja keine Rolle mehr. Und Mac sagte: ›Ich werde als der noble Vetter dastehen, der sie heiratete, als sie noch eine uneheliche und mittellose Verwandte war.‹«

Jenny hatte ihren Spruch aufgesagt, ruhig und gefaßt. Wäre das alles, wie es ja hätte sein können, von Tränenströmen begleitet gewesen, hätte es nicht annähernd so überzeugend geklungen. Doch so war es überzeugend und noch etwas mehr. Richard Forbes wurde von so einem maßlosen Zorn auf Mac ergriffen, daß er all seine Kraft zusammennehmen mußte, um ihn niederzukämpfen. Er sagte: »Also gut. Steigen Sie ein. Wir sollten uns jetzt besser auf den Weg machen.«

KAPITEL 12

Sie fuhren schweigend dahin. Richard mußte seinen Zorn hinunterwürgen, und das war nicht so leicht. Tatsächlich war es überraschend schwierig. Überraschend? Ja, das war das richtige Wort. Warum diese plötzliche Wut auf Mac? Richard besaß ein hitziges Temperament, doch es ging selten so mit ihm durch wie jetzt – nicht mehr, seit er gelernt hatte, sich zu beherrschen. Jenny saß ganz still neben ihm. Er war froh, daß sie ihn jetzt nicht mit Plappereien ablenkte. Sofort schoß wütend ein Gedanke in ihm hoch – das würde sie nicht. Vor Verblüffung vergaß er seinen Zorn. Was wußte er denn von ihr, daß er so sicher sein konnte, was sie tun oder nicht tun würde? Er hatte sofort eine Antwort parat, eine stichhaltige Antwort. Er kannte sie so gut, wie sie ihn gekannt hatte. Sie waren miteinander verwandt und noch mehr: sie waren aus dem gleichen Holz geschnitzt. Er fuhr schweigend dahin und dachte nach.

Jenny sagte kein Wort. Ihr kam das alles ganz natürlich vor. Wie etwas, das man im Traum erlebt. Sie hatte ihre Reisetasche in den Kofferraum getan. Es war ein bequemes Auto. Sie war sehr glücklich darüber, daß sie einen Vetter gefunden hatte. Sie hatte das Gefühl, daß sie ihn sehr gut kannte – als wären sie zusammen aufgewachsen. Das war seltsam, aber auf eine Art auch wieder nicht. Es war eben so.

Als sie drei Meilen gefahren waren, drehte er ein wenig den Kopf und fragte:

»Was hatten Sie eigentlich vor?«

Sie erwiderte:

»Ich wollte so weit wie möglich fort von hier. Weil sie nach mir suchen werden, wissen Sie – dazu sind sie verpflichtet. Und dann hätte ich bei irgendeinem Bauernhof angeklopft und gefragt, ob sie Arbeit für mich hätten.«

Er war erschrocken. So etwas Ähnliches hatte sie schon vorhin einmal gesagt. Er erinnerte sich nun daran. Er sagte:

»Niemand hätte Sie unter diesen Umständen aufgenommen.«

»Wirklich nicht?«

»Die anständigen Leute nicht – die Sorte, mit denen Sie verkehren sollten.«

Sie sagte: »Oh . . .« Und dann: »Sind Sie sicher?«

»Absolut.«

Es folgte eine kurze Pause. Dann:

»Und was soll ich nun anfangen?«

Er sagte: »Sie werden bei meiner Tante wohnen. Sie ist eine sehr nette Frau – und keine Forbes. Sie entstammt dem anderen Zweig der Familie. Mein Vater und meine Mutter kamen bei einem Bombenangriff ums Leben – seither sorgt sie für mich. Sie wird Ihnen gefallen. Jeder mag sie, der sie kennt. Sie heißt Caroline Danesworth.«

Jenny meinte: »Wird sie nicht befremdet sein, wenn ich mit Ihnen nach Hause komme?«

»Sie wird gar nicht erst auf falsche Gedanken kommen, wenn sie Sie sieht.« Er war so sehr davon überzeugt, daß er sich erst viel später darüber wunderte, woher er diese Überzeugung nahm.

Jenny sah ihn ernst an.

»Sind Sie sich da so sicher?«

Er war sich absolut sicher, und er sagte ihr das.

Jenny seufzte leise. Sie war schrecklich müde. Sie überlegte, wie weit sie überhaupt zu Fuß gekommen wäre. Sie lehnte sich zurück und entspannte sich. Er war Richard Alington Forbes. Er trug den Namen ihres Vaters. Sie konnte ihm vertrauen – er würde sich um sie kümmern – sie brauchte sich darüber keine Sorgen mehr zu machen. Sie schlief ein.

Richard fuhr weiter durch die Nacht. Er hatte eine Verpflichtung übernommen, und er wußte, daß es eine sehr ernste Verpflichtung war. Eigentlich ging sie ihn gar nichts an – das würde ihm jeder sagen. Sie war ja auch keine richtige Verwandte mehr. Hundert Jahre waren vergangen, seit Lady Georgina in ihrem Hochzeitskleid gemalt worden war. Dieses Gemälde, das er nur von einer Fotografie im Album seines Vaters kannte. Es war ein gutes Foto. Er hätte das Original sehr gern besichtigen wollen. Und nun entfernte er sich wieder von Alington House und den Familienporträts.

Jenny – er dachte nun über dieses Mädchen nach. Er hatte sie noch nie zuvorgesehen, und doch war sie ihm schon so vertraut, als habe er sie seit Jahren gekannt. Lady Georgina hatte zwei Söhne, nur diese beiden, und das waren George und Stephen gewesen. Jenny stammte von George ab, und er von Stephen. Die beiden Söhne hatten erbittert um dieses und jenes gestritten und schließlich um ein Mädchen. Sie war mit George verlobt und brannte mit Stephen durch. Das hatte zu einem entsetzlichen Familienstreit geführt und zu einem totalen Zerwürfnis der Brüder. Stephen und das Mädchen, das Susanna Cruickshank hieß, hatten lange und glücklich auf dem Landgut gelebt, das sie von seiner Mutter erbten. George heiratete eine kränkliche Erbin, mit der er weder glücklich noch unglücklich war. Sie war ein Nichts mit einem großen Vermögen, und damit war auch schon alles gesagt, was es über sie zu berichten gab. Da sich die Brüder nie mehr trafen, wurde auch der Streit nie beigelegt. Es gab nie mehr eine Verbindung zwischen dem älteren und dem jüngeren Zweig der Familie. Was seinen Vater schließlich dazu gebracht hatte, den Ursprung der Familie zu erforschen, war ihm unerfindlich. Soweit man die Sache zurückverfolgen konnte, hatte ein Richard Alington Forbes die einzige Tochter von John Alington Esq. geheiratet, und mit dieser Heirat waren Reichtum und eine langanhaltende Tradition von Glück in die Familie gekommen. Es gab kein Porträt von diesem Ahn. Die Porträts begannen erst mit seinem Sohn Richard Alington Forbes, der das Herrenhaus gebaut hatte.

Das war die Familiengeschichte, soweit er sie kannte. Was ihm nur seltsam dabei erschien: daß er dem ersten Richard Alington Forbes so ähnlich sein sollte, dessen Namen er trug. Meile für Meile spulte er so seine Gedanken ab.

Nach einer Weile kehrten seine Gedanken zu Jenny zurück. Er würde sie zur Schwester seiner Mutter, Caroline Danesworth, bringen, die ihn großgezogen hatte. Damit gab er sie natürlich vollständig in ihre Hand; aber das ließ sich leider nicht vermeiden. Caroline würde Verständnis dafür haben. Er sah auf Jenny, die wie ein Baby neben ihm schlief. Er war betroffen über den Sturm der Gefühle, den ihr Anblick in ihm auslöste. Vermutlich war er darauf zurückzuführen, daß man gewohnt war, Mädchen bei allen möglichen Aktivitäten zu beobachten, doch nie schlafend. Jenny schlief tief und fest, die Hände auf ihrer Handtasche, das Gesicht etwas im Schatten an der Innenwand des Wagens. Er hatte das Gefühl, als wäre sie gar nicht da, sondern weit weg an einem unbekannten Ort. Er hätte gern gewußt, wo sie war und was sie träumte.

Sie lächelte plötzlich im Schlaf. Mit halboffenen Augen betrachtete sie etwas, das er nicht sah, und machte dann die Lider wieder fest zu. Ihre Lippen bewegten sich. Sie murmelten seinen Namen: »Richard Alington Forbes«. Aber war es sein Name, den sie aussprach? Auch sein Vater hatte diesen Namen getragen und desgleichen der erste Richard Alington Forbes, der Jane geheiratet und Alington House gebaut hatte.

Jenny fuhr fort zu träumen, daß sie flöge und nicht allein sei. Da flog jemand neben ihr, der auf sie aufpaßte – jemand, der seinen starken Arm um sie legte. Wenn er sie losließ, würde sie abstürzen und auf dem Boden zerschellen. Doch er würde sie nicht loslassen. Sie fühlte sich völlig sicher, und sie fühlte sich vollkommen glücklich. Sie konnte nicht sehen, wer sie mit seinem Arm stützte. Sie wußte, wer es war. Es war Richard Alington

Forbes. Sie war geborgen, weil sie bei ihm war und er ihr half. Sie öffnete halb die Augen und sprach seinen Namen. Dann umfing sie der Traum wieder, und sie schlief.

KAPITEL 13

Er fuhr mit gleichmäßigem Tempo Meile für Meile. Eine Stunde – zwei Stunden – drei. Er würde zu früh ankommen. Er konnte Caroline nicht vor Einbruch der Dämmerung wecken und sie mit dem schlichten Satz begrüßen: »Ich habe dir ein Mädchen mitgebracht.« Das wäre nicht sehr taktvoll gewesen – nicht einmal bei Caroline. Er bog von der Straße ab, die nach Hazeldon Heath führte. Es war kurz vor vier. Er nahm sich vor, bis sieben zu schlafen und dann die Fahrt zu Carolines Haus fortzusetzen. Er hatte sich nicht müde gefühlt, bis er den Wagen angehalten hatte, doch dann überfiel ihn die Müdigkeit wie aus einem Hinterhalt. Kaum war er auf der Böschung ausgerollt und hatte den Zündschlüssel abgezogen, als er auch schon einschlief. Daß er die Lehne seines Sitzes zurückkippte, merkte er schon gar nicht mehr. Er merkte gar nichts, bis er plötzlich wieder erwachte, und es waren ein paar Stunden vergangen. Er kam zu sich, blinzelte ein paarmal und sah sich um. Da fehlte etwas. Nein, nicht etwas – jemand: Jenny.

Es dauerte höchstens eine Sekunde, und er saß gerade. Sie war noch dagewesen, als er einschlief, dessen war er sich sicher. Wo steckte sie jetzt? Er öffnete die Fahrertür und stieg aus. Und dann sah er ihre Handtasche auf dem Rücksitz, und sein Herz machte einen Sprung.

Und plötzlich sah er sie. Sie kam über das Heidekraut, das sich links von ihm bis zu einem Wäldchen ausdehnte. Sie hatte etwas Strahlendes an sich, als gäbe es auf dieser Welt nur eitel Sonnenschein. Ihr Haar glänzte im Morgenlicht. Als sie ihn erblickte, winkte sie und rief:

»Dort hinter den Bäumen gibt es ein herrliches Plätzchen! Dachten Sie, ich wäre weggelaufen?«

Das war genau das, was er geglaubt hatte; doch das würde er nicht zugeben. Sie lachte und sagte:

»Ich glaube, das dachten Sie!«

Dann kam sie zum Wagen zurück und stieg ein.

»Ich habe wunderbar geschlafen«, sagte sie. »Vielen Dank.«

Er wußte nicht, wofür sie sich bedankte, und fragte deshalb:

»Wofür?«

»Oh, für alles. Sind wir jetzt in der Nähe der Wohnung Ihrer Tante?«

»Ja, wenn Sie nichts dagegen haben, werde ich erst allein hineingehen und ihr erklären, warum ich Sie mitbringe.«

»Wird sie Einwände erheben?«

»Nicht, wenn ich es ihr erkläre. Überlassen Sie das nur mir.«

Sie fuhren einen langen Hügel hinauf. Und dann bogen sie in eine Dorfstraße ab, die noch im tiefen Schlaf zu liegen schien.

»Halb sieben«, sagte er. »Und ein schöner Tag dazu.«

»Ist es hier?«

Er nickte.

»Das dritte Haus auf der linken Seite. Sie hat einen wunderschönen Garten – warten Sie, bis ich den Schlüssel gefunden habe.«

Er hielt vor einem Lattenzauntor. Im Vorgarten blühte alles, was zu dieser späten Zeit noch Blüten trieb: Astern, Phlox, Dahlien, Sonnenblumen und Ringelblumen in allen Schattierungen und Sorten. Jenny blickte wie verzaubert auf diese Blütenpracht.

»Sie hat eine Hand für Blumen – bei ihr gedeiht alles«, sagte Richard. Er kam um den Wagen herum und öffnete die Tür für sie. »Beeil dich, damit du im Haus bist, ehe Mrs. Merridew dich sieht.«

Jenny merkte gar nicht, daß er sie jetzt wie eine nahe Verwandte anredete. Den Fuß auf dem Trittbrett, fragte sie:

»Warum?«

»Weil sie aus einem Floh einen Elefanten macht«, scherzte er.

Er nahm Jenny bei der Hand, während er mit ihr sprach, und gemeinsam rannten sie zum Windfang an der Tür, der von purpurroter Klematis überwuchert war. Er beugte sich vor, um den Hausschlüssel ins Schloß zu stecken, und plötzlich hatte er das Gefühl, als brächte er sie nach Hause.

Auch Jenny empfand es so. Nur verbanden sich bei ihr damit gemischte Gefühle, trotz der vielen Blumen, die sie willkommen hießen. Angenommen, Richards Tante mochte sie nicht. Oh, sie muß, sie *muß* mich mögen. Warum sollte sie? Sie malte sich voller Entsetzen aus, was passieren würde, wenn Richards Tante sie wegschickte. Sie war jung und unerfahren; doch sie wußte sehr wohl, daß man von einer Tante, deren geliebter Neffe morgens um halb sieben mit einem Mädchen nach Hause kommt, das sie nicht ins Herz geschlossen hat, weil sie es gar nicht kennt, nicht erwarten kann, daß sie vor Freude an die Decke springt.

Die Tür ging auf. Sie kamen in einen Flur, der noch im Dämmerlicht lag, und Richard ging voran, als wäre es sein Haus. In gewisser Weise war es das auch – es war sein Heim. Sie erreichten einen schmalen Durchgang, wo die Treppe abging. Er öffnete wieder eine Tür, und vor ihr lag ein dunkles Zimmer mit zugezogenen Vorhängen, die das helle Sonnenlicht aussperrten.

»Kannst du sehen?« fragte er und faßte sie bei der Hand.

Jenny spürte, wie verkrampft sie plötzlich war. Sie hatte Angst – schreckliche Angst. Richard merkte, wie ihre Hand zitterte. Das bewegte ihn so sehr, daß er sie zu beruhigen versuchte: »Du bist hier gut aufgehoben, Liebes.« Jenny faßte seine Hand, als wollte sie sie nie mehr loslassen. Er sagte: »Jenny . . .«, und sie sah mit tränenumflortem Blick zu ihm auf.

»Wird – wird sie mich mögen?« fragte sie im Flüsterton.

Richard riß sich zusammen. Am liebsten hätte er ihre Hände losgelassen, sie umarmt und sie an sich gedrückt, bis sie überzeugt war, daß sie sich nie mehr zu fürchten brauchte.

Doch das wäre Wahnsinn gewesen. Er kannte sie schließlich erst ein paar Stunden. Er sagte deshalb:

»Jenny, du brauchst keine Angst zu haben. Caroline ist ein Lamm – ein gutmütiges Lamm. Ich gehe jetzt zu ihr hinauf und erzähle ihr von dir. Du setzt dich da hin und wartest hier in diesem Sessel.«

Es war schrecklich für sie, dieses Warten. Sie ließ seine Hand los und setzte sich. Sie hörte, wie er die Treppe hinaufging und dann die Stimmen zweier Menschen, die sich unterhielten. Sie mußte ihre ganze Kraft zusammennehmen, daß sie im dunklen Zimmer sitzenblieb und wartete. Es war das Schwerste, was sie je hatte vollbringen müssen.

Und dann hörte sie wieder Schritte auf der Treppe, leichte und schwere dahinter. Während ihr Herz zum Ersticken klopfte, stand sie auf. Dann kam eine große stattliche Frau herein, die sie mit Worten überschüttete:

»Mein liebes Kind – oh, du meine Güte, hier ist ja noch alles dunkel. Einen Moment – ich lasse rasch Licht herein. Richard ist ein Narr. Wie kann er dich nur allein im Dunklen sitzen lassen! Nur einen Augenblick Geduld . . .« Sie ging zum entfernten Ende des Zimmers und zog zurück, was sich im Sonnenlicht als hell gemusterte Chintzvorhänge mit einem apfelgrünen Futter entpuppte. Dahinter enthüllten sich Apfelbäume mit roten Früchten vor einem blauen, sonnenbeglänzten Himmel.

Die stattliche, große Gestalt schwang herum und kam zurück. Sie war einen halben Kopf größer als Jenny und hatte graue Haare. Das waren die ersten Eindrücke, die das Mädchen von ihr bekam. Graue, stark gewellte Haare, die zu unordentlichen Locken aufgedreht waren. Das fand Jenny sehr beruhigend. Selbst um halb sieben Uhr morgens hatte man Mrs. Forbes nie mit ungemachtem Haar angetroffen. Caroline Danesworth war offenbar sofort aus dem Bett gesprungen und hatte sich nur einen Morgenmantel übergeworfen. Der hellblaue Stoff stimmte mit der Farbe ihrer Augen überein.

Richard kam durch die offene Tür und sagte mit hörbarem Stolz:

»Jenny, das ist Caroline.«

»Wer könnte es wohl sonst sein?« sagte Caroline. »Wenn du dich nützlich machen willst, geh in die Küche und setze Teewasser auf. Und in der blauen Blechschale auf dem Regal sind Kekse. Nun – husch, in die Küche! Hier können wir dich jetzt nicht brauchen.«

Als Richard aus dem Zimmer war, machte sie die Tür zu und drehte sich wieder zu Jenny um, die wartend dastand. Sie hatte das Gefühl, als gehörte sie zu keinem und sei schrecklich allein. Und dann, im nächsten Augenblick, war dieses Gefühl verflogen. Carolines Augen lächelten ihr zu, und Carolines Hände nahmen ihre kalten Hände. »Mein liebes Kind, was ist passiert?« fragte sie, und Jenny begann zu weinen. Und als ihr die Tränen über die Wangen liefen, spürte sie Carolines Arme um ihre Schultern.

»Mein Kind – versuch ja nicht, die Tränen zurückzuhalten. Es ist viel besser, wenn man sich alles von der Seele weint. Du bist hier völlig sicher. Dafür sorge ich schon – und Richard ebenfalls. Hier hast du keinen Grund zum Weinen – ganz bestimmt nicht. Aber jetzt wein dir alles von der Seele, damit es dir dann wieder bessergeht.«

Es ist gar nicht so einfach zu weinen, wenn man dazu

aufgefordert wird. Jenny hörte mitten in einem Schluchzer auf.

»Es ist mir schon besser«, sagte sie mit bebender Stimme.

»Schön, dann komm und setz dich. Ich denke, du wirst jetzt etwas essen wollen. Wir trinken alle zusammen Tee, und dann werden wir uns wohler fühlen. Richard ist gar kein so übler Teekoch.«

Sie setzten sich auf ein grünes Sofa, und Jenny sah hinaus in den Garten. Er sah so heiter und friedlich aus in der Morgensonne. Sie sagte:

»Es ist überaus gütig von Ihnen, daß Sie so nett zu mir sind. Ich weiß nicht, was Richard Ihnen erzählt hat.«

Caroline dachte nach. Ihr Gesicht war weich und gütig. Ihre Augen waren sehr blau und sehr sanft.

»Er sagte, er sei nicht in Alington House gewesen. Er hatte schon lange hinfahren und sich die Gemälde und das Haus ansehen wollen. Aber natürlich war er nicht so dumm, anzunehmen, daß man ihn dort mitten in der Nacht empfangen würde, obschon, wenn man es recht bedenkt, die Menschen manchmal auf merkwürdige Ideen kommen. Nun ja – er sagte, er wollte bis in die Nähe des Hauses fahren und im Wagen schlafen, bis das nächste Gasthaus öffnete und er dort frühstücken konnte. Und dann, nehme ich an, rechnete er mit einem herzlichen Empfang der Familie Forbes. An einem Sonntagmorgen!«

Ja, tatsächlich. Seit gestern abend schien eine lange, lange Zeit vergangen zu sein.

Caroline fuhr mit ihrem Bericht fort:

»Dann, sagte er, wärst du plötzlich aus dem Nichts aufgetaucht, hättest dich mitten auf die Straße gestellt und die Arme ausgebreitet, daß er bremsen mußte.«

Hier fühlte sich Jenny zu einer Erklärung genötigt.

»Ich war verzweifelt. Die Reisetasche war so schwer, und mit jedem Schritt schienen noch ein paar Pfund hinzuzukommen. Ich wußte, daß ich nicht weit kommen würde, wenn mich kein Wagen mitnahm. Ich wußte, daß sie versuchen würden, mich wieder einzufangen. Hat er Ihnen erzählt, wer ich bin?«

»Er sagte mir deinen Namen – daß du Jenny Forbes wärst.«

Jenny wiederholte diese Worte:

»Ja, ich bin Jenny Forbes. Aber das wußte ich bis gestern nachmittag selbst noch nicht. Ich wußte, daß Richard Forbes mein Vater war und Jennifer Hill meine Mutter; aber daß die beiden geheiratet hatten, wußte ich nicht. Sie hielten das geheim. Der Krieg war daran schuld. Mein Vater wurde mit dem Flugzeug abgeschossen, und meine Mutter wurde von einem Bombensplitter in den Kopf getroffen – sie sprach danach nie mehr ein Wort. Sie schickten sie zu Garsty zurück.«

»Wer ist Garsty?«

»Sie war Jennifers Gouvernante und nahm sie nun in ihr Haus. Sie wohnte der Einfahrt zum Alington House genau gegenüber. Als die Forbes dort einzogen – Colonel Forbes erbte den Besitz, wissen Sie –, kam Mrs. Forbes zu Garsty. Sie wollte, daß sie sofort wegziehen und mich mitnehmen sollte, doch Garsty lehnte das ab.

Und nun sprudelte es alles aus Jenny heraus: Garstys Unfall und ihre letzten Worte von dem Brief ihres Vaters an ihre Mutter, den sie in einer kleinen Kommode aufbewahrte. Und wie sie den Brief nach Garstys Tod vergeblich gesucht hatte. Und daß sie später hörte, daß Mac ihn an sich genommen hatte. »Ich hätte es nie geglaubt, wenn er es nicht selbst gesagt hätte. Man glaubt so etwas nicht von Leuten, die man gut kennt, nicht wahr?« Mit treuherzigem Blick sah sie Caroline in die Augen. »Man traut es ihnen nicht zu. Doch ich saß hinter dem Vorhang, und sie wußten nicht, daß ich Zeugin war, als er erzählte, wie er den Brief meines Vaters stahl. Der Brief, in dem mein Vater meine Mutter als seine Frau anredete.«

Caroline sah sie an. War das Mädchen wirklich so

weltfremd? Unmöglich. Nicht am frühen Morgen. Sie sagte:

»Er bezeichnete sie als seine Frau? Nun –«, sie zögerte, »vielleicht war sie in seinen Vorstellungen seine Frau. Aber das macht noch keine gültige Ehe daraus.«

»Nein, daran dachte ich auch, als Garsty mir von diesem Brief erzählte. Doch als ich hinter dem Vorhang saß, erzählte Mac, er wäre in Somerset House gewesen und hätte dort die Urkunde gesehen. Sie waren schon fünf Monate verheiratet, als mein Vater fiel.«

»Mein liebes Kind!«

Jenny sah ihr noch immer fest in die Augen.

»Es ist eine traurige Geschichte, nicht wahr? Meine Mutter starb, als ich erst ein paar Stunden alt war. Ich habe oft darüber nachgedacht, und mir scheint, das war sehr traurig für mich und Garsty, aber nicht so traurig für die beiden – meinen Vater und meine Mutter. Sie müssen sich sehr geliebt haben, und nun waren sie wieder beisammen. Also war es nicht so traurig für sie, nicht? Glauben Sie, Mac hat diesen Brief verbrannt?«

»Ich weiß es nicht mein Kind. Ich denke, er wird so damit verfahren, wie es für ihn am günstigsten ist.«

»Ja, das dachte ich auch.« Sie seufzte tief und sagte: »Aber das ist ja nun nicht mehr von Bedeutung. Meine Mutter las, was mein Vater ihr schrieb, und nur das zählt.«

Da war ein kleines Geräusch an der Tür, und Richard kam mit einem Tablett herein. Große Tassen standen darauf, eine bauchige Teekanne und ein weißes Milchkännchen mit goldenen Streifen am Rand. Und ein Teller mit einfachem Frühstückskuchen und Keksen.

»Ich habe schrecklichen Hunger«, sagte er.

Jenny hatte plötzlich ebenfalls Hunger. Ihr war schon viel wohler. Sie hatte keine Angst mehr. Sie war hier gut aufgehoben – sehr gut.

KAPITEL 14

Sie hatten den Kuchen weggeputzt, den Teller mit den Keksen fast geleert, und Richard trank seine dritte Tasse Tee, als es an der Haustür klopfte.

»O *nein*!« rief Richard, schluckte den Tee hinunter und stellte die Tasse ab. »Nicht jetzt! Das ist ungehörig. Soll ich ihr das sagen?«

Caroline lachte. »Das hat keinen Zweck«, sagte sie. Dann wandte sie sich an Jenny. »Das wird meine Nachbarin sein, Mrs. Merridew. Ich bin neugierig, was sie sich diesmal ausgedacht hat. Ich geh' lieber mal nachsehen.«

Das Klopfen hielt an – drei Schläge, eine Pause – noch drei und wieder eine Pause. Das verriet, was Caroline schon unmißverständlich angedeutet hatte: Neugierde und Hartnäckigkeit. Die Haustür ging auf, und das nicht zum erstenmal an diesem Morgen. O nein – Mr. Richard war mit einem Mädchen nach Hause gekommen. Was sucht ein Mädchen am frühen Morgen in einem fremden Haus? Die unausgesprochenen Worte schwebten fast sichtbar durch den Flur.

Mrs. Merridew stand mit einem Henkeltopf vor der Haustür. Sie war angezogen. Sie hatte einen Hut auf. Ihre Haare waren ordentlich gekämmt. Sie war eine kleine Frau mit kleinen grauen Augen, die alles erspähten, was in Sichtweite lag, und Argwohn signalisierten, sobald ihnen etwas verborgen blieb. Sie hielt den Henkeltopf vor sich hin und begann sofort mit einer offenbar wohlpräparierten Ansprache:

»Oh, meine liebe Miss Danesworth, Sie müssen mir verzeihen; aber mir ist die Milch für meinen Morgentee ausgegangen, und Sie haben mir doch immer so liebenswürdig ausgeholfen. Timmy kann es einfach nicht lassen. Ich sagte Ihnen schon, wie schlau der Bursche ist. Wirft einfach die Milchflasche um, wenn er ein bißchen davon schlecken will. Habe ich Ihnen das schon erzählt?«

»Ja, das haben Sie.«

»Der Bursche – man kann es ihm einfach nicht abgewöhnen. Und wenn heute nicht Sonntag wäre . . .«

Caroline war von Natur aus nicht mißtrauisch. Doch diese Entschuldigung hatte schon ein paarmal herhalten müssen, und so hatte sie ihre Zweifel, erhebliche Zweifel.

Mrs. Merridew schob sich mit ihrem Henkeltopf über die Schwelle.

»Ihr Neffe kam ja heute morgen zeitig zurück. Sehr zeitig, nicht wahr?«

»Ja. Hier entlang, Mrs. Merridew. Milch habe ich genug.«

»Kam er allein?« fragte Mrs. Merridew, den Kopf zur Wohnzimmertür hingeneigt.

»O nein. Er brachte Jenny Forbes mit. Sie soll eine Weile bei mir bleiben.«

»Jenny Forbes? Wer ist denn das? Kein hiesiger Name. Schottisch, glaube ich. Aber natürlich – Ihr Neffe heißt ja auch so. Wie dumm von mir! Ist es eine Verwandte?«

Caroline sagte mit einer in langer Erfahrung erworbenen Ruhe: »So kann man sagen. Entfernt jedenfalls.«

»Oh, das ist aber aufregend!«

Sie hatten die Küche an der Hinterfront des Hauses erreicht. Caroline sagte:

»Ich hatte bisher noch keine Zeit dazu. Aber ich habe ja auch nicht so viel Phantasie wie Sie.«

Mrs. Merridew faßte das, zu Carolines Erleichterung, als Kompliment auf. Sie wollte nicht anecken. Sie wollte Frieden. Sie erinnerte sich mit einem leisen Schuldgefühl an Richards Vorwurf, sie wünsche sich Frieden um jeden Preis. Sie ging etwas überhastet in die Speisekammer und holte eine große Milchkanne heraus.

»Wieviel wollen Sie haben? Sie brauchen sich nicht zu genieren. Ich bin reichlich eingedeckt.«

»Oh, wirklich? Wußten Sie, daß das Mädchen zu Ihnen kommt?«

»Jenny? Mit dieser Möglichkeit habe ich gerechnet.«

Das war das Äußerste, was sich Caroline an Verschleierung zumuten durfte. Sie haderte mit ihrem eigenen Schuldkomplex.

Und dann sagte Mrs. Merridew. »Sie müssen ja sehr zeitig aufgebrochen sein – sehr, sehr zeitig. Sie sind ja nicht mal angezogen!«

Das hatte sie sofort bemerkt, als Caroline die Tür öffnete. Sie selbst hatte sich in Rekordzeit angekleidet, und ihre Haare waren viel mausiger als die von Caroline. Zudem hatte sie Naturlocken. Da mußte man nur einmal mit dem Kamm hindurchfahren, und sie sahen aus, als käme sie vom Friseur.

»Nein«, sagte Caroline, »ich habe verschlafen. Ich habe den Wecker nicht gehört. Ich bin noch nicht angezogen. Das wollte ich eben nachholen.«

»O ja, natürlich müssen Sie das nachholen. Ich will ja auch nicht weiter stören.«

Doch Miss Merridew hielt sich nicht an dieses Versprechen. Sie nahm nicht einmal ihren Henkeltopf auf. Sie kam einen Schritt näher und sagte mit vertraulich gedämpfter Stimme:

»Es ist ja wirklich noch sehr früh. Die beiden – sind sie etwa verlobt?«

Caroline blieben zwei Möglichkeiten: sie konnte darüber lachen oder sich darüber aufregen. Sie entschied sich für ersteres. Sie lachte und sagte:

»Ich habe nicht die leiseste Ahnung. Und ich werde mich hüten, sie zu fragen.«

Mrs. Merridew hob den Henkel und ließ ihn wieder fallen.

»O nein – natürlich nicht. Aber – ich dachte nur – so früh am Morgen – da muß man ja annehmen . . .«

»Ich denke, es gibt keinen Grund zu dieser Annahme. Wir können ja hineingehen und sie fragen, warum sie so zeitig aufgebrochen sind, wenn Sie das wirklich wissen wollen.«

Mrs. Merridew griff hastig wieder zum Henkel.

»O nein – nein, natürlich nicht. Es war sehr liebenswürdig von Ihnen, mir mit Milch auszuhelfen. Timmy wird sich freuen. Ich will Sie nicht länger aufhalten. So eine Rücksichtslosigkeit von mir. Sie sind ja noch nicht einmal angezogen.«

Caroline brachte sie zur Tür und schloß sie hinter ihr ab. Dann kam sie ins Wohnzimmer zurück.

Die beiden jungen Leute standen am Fenster und sahen auf die Apfelbäume und die Blumenbeete hinaus. Sie drehten sich um, als sie hereinkam.

»Das war Mrs. Merridew.«

»Wer hätte es sonst sein können!« rief Richard entrüstet.

»Ich weiß. Sie platzt vor Neugierde, und ich hätte sie am liebsten abgewiesen; aber das hat keinen Zweck, wenn man Garten an Garten lebt. Und ich glaube nicht, daß ihre Neugierde vorsätzlich ist. Sie scheint ihr angeboren zu sein. Und nun muß ich hinauf und mich anziehen. Willst du mitkommen, Jenny? Du kannst inzwischen den Wagen in die Garage stellen, Richard.«

KAPITEL 15

Meg war die erste von den Kindern, die in Alington House aufwachte. Es war erst halb sieben, und sie sollte Joyce keinesfalls vor Viertel nach sieben wecken, schon gar nicht, wenn sie tags zuvor zum Tee außer Haus gewesen waren. Viertel nach sieben war die äußerste Grenze, zu der Meg zu gehen bereit war, und falls nicht – nun, da gab es Möglichkeiten, die man nicht unbedingt als Wecken bezeichnen konnte. So konnte sie zum Beispiel aus dem Bett steigen, eine Schublade herausziehen und sie ein bißchen energisch wieder zumachen, weil sie klemmte. Das machte sie zweimal, doch Joyce hatte den Kopf zur Wand gedreht und schlief weiter. Zu ärgerlich!

Plötzlich fiel ihr Jenny ein. Sie würde ganz leise zur Tür hinausschleichen, zu Jennys Zimmer kriechen und die Tür ebenso leise öffnen. Sie würde zu Jenny ins Bett steigen. Dort war es herrlich warm. Und es geschah Joyce recht, wenn sie aufwachte und merkte, daß sie allein war. Das würde ihr gar nicht gefallen.

Sie schlich auf Zehenspitzen zur Tür und über den Korridor. Sie fühlte sich erst sicher, wenn sie in Jennys Zimmer war und die Tür hinter sich zugemacht hatte. Und sie mußte ganz, ganz leise sein. Das gelang ihr auch. Sie war schon im anderen Zimmer, die Klinke der geschlossenen Tür noch in der Hand haltend, ehe sie merkte, daß Jenny gar nicht da war.

Sie war so sehr darauf konzentriert gewesen, die Klinke ganz vorsichtig loszulassen, daß sie überhaupt nicht auf das Bett achtgegeben hatte. Und das war leer. Da war keine Jenny. Das Bett war nicht nur leer, sondern auch gemacht. Das Plumeau war faltenlos, und die Tagesdecke war über das Fußende gebreitet. Meg ging langsam an das Bett heran und legte die Hand auf die blauen Rosen des Überzugs. Die waren ganz, ganz kalt. Kein Hauch von Restwärme. Jenny mußte also schon vor Stunden aufgestanden sein.

Meg hatte Angst, und sie wußte nicht, weshalb. Hätte sie eine Erklärung für ihre Angst gehabt, wäre diese nicht so bedrückend gewesen. Sie stand ganz still da und überlegte. Heute war Sonntag. Vielleicht war Jenny in die Kirche gegangen. Und dann fiel ihr wieder ein, daß sie Jenny gefragt hatte, ob sie den Frühgottesdienst besuchen wolle, was Jenny verneint hatte. Vielleicht hatte sie ihre Meinung geändert. Vielleicht saß sie jetzt doch in der Kirche.

Nein, Jenny war nicht in die Kirche gegangen. Meg wußte das. Und dann fiel ihr Blick auf die Uhr, die auf dem Kaminsims stand. Es war eine altmodische Uhr in einem braunen Lederetui, und die Uhr zeigte halb sieben. Der Frühgottesdienst fing erst um acht an. Sie war zeitig aufgewacht, doch Jenny noch zeitiger. Wo war sie hingegangen?

Meg bibberte vor Kälte. Sie ging zur Frisierkommode. Jennys Bürste und Kamm waren nicht mehr da. Sie hatten ihrer Mutter gehört, und die Bürste trug auf dem Rücken die Initialen J. H. Der Kamm hatte eine silberne Einfassung, aber keine Initialen. Meg sah in die Schubladen. Sie waren leer, und Megs Blick wurde verstört. Sie suchte verzweifelt weiter, doch das Ergebnis wurde immer deprimierender. Jenny war fortgegangen, denn die Waschsachen fehlten – ihre Zahnbürste, ihre Nagelbürste, ihre Nagelschere. Und ihre Schuhe.

Es hatte keinen Sinn, weiter zu suchen. Jenny war fort. Sie hatte nicht gesagt, daß sie fortgehen würde. Nicht einmal auf Wiedersehen hatte sie gesagt. Sie war einfach fortgegangen.

Meg kroch in ihr Zimmer zurück.

Dinge, die man nicht versteht, sind am schwersten zu ertragen. Das Warum ist der erste Schritt aus dem Leid zum Trost. Meg konnte diesen Schritt nicht machen. Sie wußte nur, daß Jenny fortgegangen war. Das schien für sie das Ende der Welt zu bedeuten. Sie legte sich ins Bett und weinte, bis keine Tränen mehr kommen wollten.

Das Haus erwachte allmählich. Um halb acht brachte Carter Mrs. Forbes den Tee. Als sie auf dem Rückweg am Schlafzimmer der beiden Mädchen vorbeikam, sah sie dort Meg barfuß und zitternd im Türrahmen stehen.

»Was ist denn los, Meg? Ist was passiert? Ist Joyce etwa krank?«

Meg schüttelte den Kopf. Die Tränendrüsen hatten sich erholt. Es quoll nur so aus ihren Augen.

»Nein, nicht Joyce. Sie schläft noch. Wie kann sie nur! Es – Jenny ist fort.«

Das war ein Schock. Carter brauste auf:

»Was redest du da für Unsinn, Meg? Und Jenny könnte morgens wirklich ein bißchen pünktlicher aufstehen, oder deine Mutter wird sich darum kümmern!«

Meg zerfloß in ein hemmungsloses Schluchzen.

»Sie ist fort! Oh, Carter, sie ist fort! Oh, *Carter*!«

Carter lief über den Flur und öffnete die Tür zu Jennys Zimmer. Die Aufgeräumtheit, Stille und Leere schienen sie zu lähmen. Es sah so aus wie damals, bevor Jenny hier eingezogen war. Das war einfach nicht mehr Jennys Zimmer.

Als sie dort vor dem Zimmer standen, ging die Tür von Mrs. Forbes' Schlafzimmer auf. Sie trug einen teuren Frisiermantel, und ihre Haare waren so ordentlich, als habe sie die letzten Stunden auf einem Opernball verbracht. Sie wies Meg stirnrunzelnd zurecht, in ihr Zimmer zurückzugehen, und fragte dann Carter, was es da zu schauen gäbe. Meg, die ihre Tür einen winzigen Spalt offen ließ, spitzte die Ohren.

»Wo ist Jenny?« fragte Mrs. Forbes mit scharfer Stimme.

»Keine Ahnung.«

»Was ist das für ein Unsinn! Ist sie denn nicht bei den Kindern? Das sollte sie eigentlich sein!«

Carter schüttelte benommen den Kopf.

»Sie – sie ist fort«, sagte sie fassungslos.

Eine kalte Angst wetzte Mrs. Forbes' Stimme noch schärfer. Sie sagte rasch:

»Was soll das heißen?«

»Ihre Bürste und ihr Kamm sind fort. Und ihre Waschsachen. Oh, Madam, da kann sie nur fortgegangen sein!«

»Unsinn!«

Dieser Tonfall war für Meg das höchste Alarmzeichen. Sie flüchtete zum Bett. Draußen schob sich Mrs. Forbes an Carter vorbei, die zu begriffsstutzig war, um beiseite zu treten, und nahm selbst eine rasche und gründliche Durchsuchung des Zimmers vor. Als sie damit fertig war, wußte sie genau, daß Jenny fortgegangen war und was sie mitgenommen hatte. Zum Beispiel ihre Reisetasche. Wortlos ging sie wieder aus dem Zimmer und weiter zu Macs Tür.

Er war wach, lag auf dem Rücken, die Hände im Nacken verschränkt. Mrs. Forbes machte die Tür hinter sich zu und kam ans Fußende.

»Sie ist weg!«

Zugleich kochte der Zorn so heftig in ihr hoch, daß sie Jenny in diesem Moment hätte umbringen können. Sie genoß einen Augenblick dieses erhebende Gefühl. Dann hatte sie sich wieder in der Gewalt. Sie war sogar ein bißchen schockiert. Sie mußte vorsichtig sein. Ja, das mußte sie unbedingt.

Mac hatte sich nicht gerührt. Er fragte mit mühsam hervorgekehrter Sorglosigkeit:

»Was sagtest du eben?«

»Ich sagte, Jenny ist weg.«

»Was bringt dich auf diese Idee?«

»Es ist keine Idee, sondern eine Tatsache.«

»Ich fragte, was dich auf den Gedanken bringt, sie könne fortgegangen sein.«

Sein Blick ruhte auf ihrem Gesicht. Er war der stärkere von ihnen beiden. Sie brachte ihre Hände in einer hilflosen Geste nach vorne und sagte:

»Ich denke mir gar nichts. Ich weiß, daß sie fortgelaufen ist. Ihre Reisetasche ist weg. Dazu ihre Haarbürste, der Kamm und die Waschsachen. Ihr Bett ist unberührt; aber das Kleid, das sie gestern abend trug, hängt im Schrank. Ihr Mantel ist weg. Sie ist fort.«

Es entstand eine Pause. Dann sagte er:

»Warum?«

Mrs. Forbes starrte ihn an:

»Wie sollte ich das wissen?«

»Bist du sicher?«

»Natürlich bin ich mir sicher.«

»Du bist nicht noch gestern abend in ihr Zimmer gegangen und hast ihr etwas gesagt?«

»Natürlich nicht.«

Ihre Blicke trafen sich. Sie hielt seinem Blick stand und war innerlich dankbar dafür, daß sie nichts zu verbergen hatte. Mac nahm die Hände aus dem Nacken und stand auf.

»Ich sollte mich lieber anziehen«, sagte er. »Sie kann nicht weit gekommen sein. Wieviel Geld hat sie bei sich?«

»Ich weiß nicht. Nicht sehr viel.«

»Du weißt nicht, wieviel?«

»Nein.«

»Schön, ich werde mich jetzt anziehen, und dann können wir entscheiden, was zu geschehen hat. Wir werden vorsichtig sein müssen. Ist sie Jenny Hill, haben wir keine Handhabe gegen sie. Aber wenn sie Jenny Forbes ist . . .«

Mrs. Forbes rief: »Still! Bist du verrückt?«

Er lachte.

»Das bin ich keineswegs. Es muß nur alles bedacht werden, das ist alles. Nun geh, damit ich mich anziehen kann.«

Sie drehte sich um und verließ das Zimmer. Da waren noch andere Dinge, die sie zur Sprache bringen wollte, unterließ das aber jetzt. Sie war eine energische, hochfahrende Frau; doch es gab Zeiten, wo sie sich vor ihrem ältesten Sohn fürchtete. Dies war so ein Augenblick. Sie ließ die Tür leise ins Schloß fallen.

KAPITEL 16

Das passierte alles am Sonntagmorgen, und niemand hörte etwas bis zum Dienstag. Mac und Alan fuhren am Sonntagabend wieder nach London zurück. Das war eine Erleichterung, obschon Mrs. Forbes das nie zugegeben hätte. Es lag nicht an dem, was Mac sagte; denn er sagte sehr wenig, und auch nicht daran, was er tat, denn das war nichts Bemerkenswertes gewesen. Es lag daran, daß er sich kein bißchen aufgeregt hatte, soweit sie das zu beurteilen vermochte. Und das hatte ihr Angst eingejagt. Sie wußte nicht, warum; aber so war es nun einmal.

Und dann ging sie am Dienstagvormittag ins Dorf. Zunächst war sie unschlüssig gewesen, dann aber überlegte sie, wie wichtig es sei, sich zu zeigen – den Leuten Gelassenheit zu demonstrieren – ihnen vorzuführen, wie wenig Jennys Fortgang ihr bedeutete. Und warum sollte sie sich darüber aufregen – konnte ihr das einer sagen?

Sie zog ihr neues Tweedkostüm an. Es hatte die Farbe von Hafermehl und brachte ihr goldenes Haar und ihren rosigen Teint hervorragend zur Geltung. Niemand außer ihr wußte, wie sehr sie beides nachbessern mußte. Niemand bekam sie zu Gesicht, bevor nicht diese Reparaturarbeiten erledigt waren. Sie setzte einen goldbraunen Filzhut auf, band einen dazu passenden Schal um, nahm die dazu passenden Handschuhe und machte sich auf den Weg ins Dorf.

Der Ort war nur eine halbe Meile entfernt, doch auf dem Weg dorthin spürte sie, wie die Angst allmählich von ihr abfiel. Mac hatte die Angelegenheit sehr nüchtern betrachtet, und sie hätte fast den Kopf verloren. Es gab keinen Grund zur Annahme, daß Jenny die Wahrheit entdeckt hatte. Wie konnte sie auch? Wenn sie weggerannt war, dann vermutlich aus irgendeinem kindischen Grund. Irgendeine Liebesaffäre, ein Streit, vielleicht ein Zerwürfnis mit Mary, dem Stubenmädchen, das sie sich so zu Herzen nahm, daß sie durchbrannte. Die letzte Annahme gefiel ihr am besten. Sie beförderte Jenny dorthin, wo sie hingehörte – auf eine Stufe mit Mary. Sie hoffte von ganzem Herzen, daß sie Jenny zum letztenmal gesehen hatte. Mit der Hoffnung wuchs auch ihr Wohlbefinden, und sie bog mit heiterer Miene in die Hauptstraße des Dorfes ein.

Als erstes ging sie zum Gemischtwarenladen, wo man alles, von der Wäscheklammer bis zum Spitzennachthemd, kaufen konnte. Sie trat durch die Ladentür und konnte schon durch das Glasfenster erkennen, daß die lebhafte Konversation, die dort im Gange war, bei ihrem Auftauchen jäh ins Stocken geriet. Sie verstummte vollends, als sie den Fuß über die Schwelle setzte. Eine große Frau in einem schäbigen, brüchigen Regenmantel war die einzige, die noch redete. Sie stand mit dem Rücken zur Ladentür und konnte Mrs. Forbes nicht sehen. Sie dozierte mit dogmatischer Stimme: »Und kein Rauch ohne Feuer, sag' ich immer . . .« Und an dieser Stelle wurde sie energisch von Mrs. Boddle gebremst, einer rauhbeinigen, aber gemütlichen Frau mit ausladendem Busen und der Ruhe eines Droschkengauls.

»Guten Morgen, Mrs. Forbes«, sagte sie, »womit kann ich Ihnen heute dienen?«

Die Große im Regenmantel schwang herum und sah Mrs. Forbes mit offenem Mund an. Die anderen Damen standen nur da und spitzten die Ohren. Mrs. Forbes ließ sich Zeit. Sie trat an den Ladentisch und sagte mit einem strahlenden Lächeln:

»Guten Morgen, Miss Crampton. Ich wollte Sie nicht unterbrechen.«

Miss Crampton fing sich wieder.

»Oh, Mrs. Forbes«, sagte sie auf ihre sprunghafte Art. »Ich hab' Sie nicht gesehen.«

»Nein?«

»Hab' ich nicht. Ich stand mit dem Rücken zur Tür.«

»Ja?«

Miss Cramptons Atem wurde ruhiger. Sie wußte wieder, was sie gesagt hatte. Daraus konnte man ihr keinen Strick drehen, nicht mal einen Faden. Sie sagte:

»Wie geht es Ihnen, Mrs. Forbes? Gut, hoffe ich?«

»Ja, danke.« Mrs. Forbes wandte sich wieder Mrs.

Boddle zu. Da schwoll Miss Crampton der Kamm. Das war keine Art – überhaupt keine Art! Mrs. Forbes sollte gefälligst daran denken, daß sie die Tochter des verstorbenen Vikars war! Sie ließ sich nicht auf eine so schnöde Art in einem Laden voller Dorffrauen abfertigen! Sie drehte sich wieder den versammelten Frauen zu und sagte mit ihrer lauten, schneidenden Stimme, die so gut zu ihren scharfen Zügen paßte:

»Ich dachte, Sie würden sich vielleicht freuen, etwas Neues von Jenny zu hören.« Sie schob ihren zerbeulten Filzhut zurecht und sah Mrs. Forbes herausfordernd an.

Mrs. Forbes sagte:

»Von Jenny?«

»Sie ist doch jetzt in Hazeldon, nicht wahr? Ich bekam heute morgen einen Brief von meiner Kusine aus Hazeldon, und sie schreibt, sie hätte sie dort gesehen.«

Mrs. Forbes sagte: »Jenny?«

»Ja, so vermute ich. Obwohl sie sich dort Jenny Forbes nennt. Das dürfte sie ja eigentlich nicht tun, nicht wahr?«

Mrs. Forbes spürte, wie der Zorn in ihr hochkochte. Wie konnte sie es wagen – hier – vor drei Paar gespitzten Ohren! Sie würgte den Zorn gewaltsam hinunter und sagte kühl:

»Das war natürlich sehr töricht von ihr. Solche Sachen bringen einen stets ins Gerede.«

Miss Crampton war entzückt. Zum erstenmal hatte sie diese eisige Parade durchbrochen, dieser hochnäsigen Dame einen Hieb versetzt, die so tat, als wäre sie was Besseres. Das stand ihr gar nicht zu – nein, wahrhaftig nicht. Sie sagte:

»Natürlich. Und wenn meine Kusine nicht zufällig neben seiner Tante wohnen würde und sich nicht so ausgezeichnet mit ihr verstünde . . .«

»Von welcher Tante sprechen Sie eigentlich?«

»Oh, das wußten Sie nicht?«

»Das habe ich nicht gesagt. Sie müssen schon entschuldigen; aber ich muß meine Einkäufe erledigen. Wir halten hier nur die Leute auf.«

»Ich habe schon eingekauft«, sagte Miss Crampton. Sie lächelte. Es war kein angenehmes Lächeln. »Ich warte so lange, bis Sie bedient werden.«

Mrs. Forbes drehte sich wieder dem Ladentisch zu.

»Und wie zornig sie mich dabei angefunkelt hat«, erzählte Mrs. Boddle später ihrer Familie.

Ihr Sohn Jim sagte: »Ich würde nicht für sie arbeiten. Und wenn sie mir zwei Pfund die Stunde bezahlte. Ich verstehe gar nicht, wie der alte Jackson es bei ihr aushalten kann.«

Mrs. Boddle lachte und sagte:

»Mr. Jackson sagt: ›Ja, Madam‹ und ›nein, Madam‹, und macht dann doch, was er will. Er versteht sein Handwerk; aber Mrs. Forbes kann nicht mal Wicken von Erbsen unterscheiden. Es war ihr Mann, der was von der Gartenarbeit verstand.«

»Ah, der alte Colonel, das war ein richtiger Gentleman«, sagte Jim.

Doch das war ein Gespräch, das erst nach Ladenschluß stattfand. Noch ließ sich Mrs. Forbes bedienen, feilschte um den Preis, der ihr höher erschien als in vergleichbaren Läden in London, und zog sich dann wieder aus dem Laden zurück, um draußen Miss Crampton vorzufinden, die dort auf sie gewartet hatte.

»So schwer, ein vernünftiges Wort mit jemandem zu reden, der sich auf seine Einkäufe konzentrieren muß«, sagte sie. »Und die Leute sind ja so schwatzhaft. Mein Vater pflegte immer zu sagen, das Klatschen ist die Kardinalsünde der englischen Dörfer.«

Darauf hätte Mrs. Forbes eine passende Antwort geben können. Aber sie nahm davon Abstand, weil sie Miss Crampton nicht gegen sich aufbringen wollte. Und das hätte leicht das Ende ihres Gesprächs sein können. »Das ist sie wohl«, sagte sie und wartete.

Miss Crampton nickte.

»O ja, er war ein großer Menschenkenner. Nur schade, daß ich ihm so selten zugehört habe. So viele seiner Sprüche waren goldene Weisheiten, die es verdient hätten, aufgeschrieben zu werden.«

Mrs. Forbes lenkte das Gespräch in eine andere Richtung.

»Könnten Sie mir vielleicht Jennys Adresse geben?«

Miss Crampton starrte sie an.

»Wollen Sie damit sagen, Sie wüßten Jennys Adresse nicht!?«

Mrs. Forbes setzte ihre liebenswürdigste Miene auf. Das gelang ihr erst beim dritten Anlauf; denn es juckte ihr in den Fingern, Miss Crampton eine Ohrfeige zu verpassen – vor allen Leuten mitten auf der Hauptstraße!

»Nun, die Mädchen sind heutzutage so nachlässig. Sie ist offenbar weggefahren, ohne ihre Adresse dazulassen. Ich dachte, sie hätte sie Carter gegeben; aber das muß sie im letzten Moment vergessen haben.«

»Was für eine Ungehörigkeit! Selbst heutzutage darf man doch noch erwarten . . . aber das geht mich ja nichts an.«

»Nein«, sagte Mrs. Forbes. »Und da das dumme Kind auch noch die Hälfte seiner Sachen hiergelassen hat, wäre ich Ihnen dankbar für seine Adresse.«

»Nun, ich kenne natürlich nicht die Hausnummer von Miss Danesworth, aber meine Kusine heißt Mrs. Merridew und wohnt gleich nebenan – Mrs. Merridew, Ambleworth, Hazeldon. Ich bin sicher, sie ist nur zu gern bereit, Ihnen behilflich zu sein. Sie wird dafür sorgen, daß Jenny das Paket zugestellt wird.«

Mrs. Forbes zwang sich zu einer liebenswürdigen Erwiderung. Als sie sich zum Gehen wandte, sagte Miss Crampton:

»Natürlich kennen Sie diesen Richard Forbes, nicht wahr?«

Mrs. Forbes war über diese Bemerkung so erschrokken, daß sie erst fragte und dann nachdachte. »Was für ein Richard Forbes?« sagte sie schriller, als es die Klugheit gebot.

Miss Crampton war entzückt. Ihr Lächeln grenzte an Leutseligkeit, als sie erwiderte:

»Was, Sie kennen ihn nicht? Das ist ja unglaublich! Er ist Miss Danesworthens Neffe! Sie wohnt Garten an Garten mit meiner Kusine Mrs. Merridew, und Jenny wohnt bei Miss Danesworth. Das müssen Sie doch wissen!«

Mrs. Forbes sagte mit fester Stimme: »O ja, natürlich. Sie haben mich ganz verwirrt. Oh – also ist Jenny bei Miss Danesworth, und der Neffe wohnt mit ihr unter einem Dach . . .«

Miss Crampton konnte sich nicht erinnern, wann sie sich zum letztenmal so gut unterhalten hatte:

»Meine liebe Mrs. Forbes, sie kamen auch gemeinsam dort an! Dieser Neffe und Jenny schlichen sich um sieben Uhr morgens in das Haus seiner Tante! Was sagen Sie dazu?«

Mrs. Forbes verschlug es die Sprache. So viele Dinge brannten ihr auf der Zunge, die sie unter keinen Umständen Miss Crampton sagen durfte. Wie sie die Kraft fand, sich so zu beherrschen, konnte sie auch nicht sagen. Sie stand wortlos da und suchte ihre Fassung zu bewahren.

»Eine höchst unpassende Zeit für eine Ankunft, gleich welcher Art«, sagte sie endlich. »Natürlich ist der junge Mann ein Vetter der Familie, jedoch ein sehr entfernter. Ich habe ihn nie kennengelernt, glaube jedoch, daß Jenny ihn irgendwo gesehen hat. Das muß noch in der Zeit gewesen sein, als sie im Internat war. Nur beschwören kann ich es nicht.«

Miss Crampton genoß jedes Wort. Sie sagte: »So, ein Schulfreund?« Und Mrs. Forbes sagte in ihrem überzeugendsten Tonfall: »Ja, so kann man es nennen.« Und dann:

»Nun, ich muß jetzt wieder weiter. Guten Morgen, Miss Crampton.«

Miss Crampton ging nach Hause, setzt sich hin und schrieb einen Brief an ihre Kusine Mrs. Merridew:

Meine teure Laura,
Deine Zeilen haben mich außerordentlich interessiert. Ich bin Mrs. Forbes heute morgen im Dorfladen begegnet, und ich glaube, es gibt nicht den geringsten Grund zur Annahme, daß sie wußte, *wohin* Jenny gegangen ist. Das ist höchst ungewöhnlich, und es gibt nur eine Erklärung dafür: Das Mädchen ist durchgebrannt. Als Du vor zwei Jahren bei mir gewesen bist, hast Du sie ja nicht kennengelernt, weil sie damals noch auf dem Internat war. Und die Bekanntschaft von Mrs. Forbes konntest Du damals auch nicht machen. Doch ich habe Dir von dem Mädchen erzählt, und Du schienst damals sehr aufmerksam zugehört zu haben.

Nur scheinst Du vergessen zu haben, daß ihr Name überhaupt nicht Forbes ist. Sie ist das *uneheliche* Kind von Richard Forbes, dem Alington damals gehörte. Er fiel im Krieg, und Jennys Mutter kam zu ihrer alten Gouvernante, Miss Garstone, die vor dem Park von Alington House ihr Häuschen hatte. Ich muß schon sagen, daß Miss Garstone sich sehr eigenartig benahm, was das Mädchen betraf. Niemand durfte es sehen. Miss Garstone sagte, es wäre krank. Und wie ich hörte, hat das Mädchen nie ein Wort davon gesprochen. Aber *nicht* von Dr. Horton hörte ich es, der sich in dieser Angelegenheit *sehr merkwürdig* benahm. Er betreute damals meinen teuren Vater – während seiner letzten Krankheit –, und man hätte eigentlich von ihm erwarten können, daß er darüber *offen* mit mir spricht. Aber nein! Keineswegs! Er sagte nur: ›Ah, Miss Crampton, in einem Krieg passieren traurige Dinge.‹ Und daß man das Mädchen am besten in Ruhe lassen sollte. *In Ruhe lassen!* Sie brauchte Aufmunterung – das war meine Rede von Anfang an. Und wie sehr hatte ich recht: Das Mädchen starb bei der Geburt des Babys! Aber um auf diese Jenny zurückzukommen: Deinem Brief entnehme ich, daß sie sich Miss Danesworth und diesem Mr. Forbes gegenüber als *eheliche* Tochter ausgab. Falls es stimmt, wie Du mir schriebst, daß sie sich als Jenny Forbes vorstellte. In solchen Dingen darf man keinen Fehler machen. Also schreibe mir doch bitte unverzüglich, daß Du Dich da nicht geirrt hast. Wenn Jenny sich als eine Forbes ausgibt, sollte Miss Danesworth wissen, daß hier ein Betrug vorliegt.

Deine Dich liebende Kusine

Melita Crampton

Mrs. Forbes ging nach Hause. Zunächst verlieh ihr die Empörung neue Kräfte. Sie bewegte sich rasch und mit entschlosenem Schritt. Aber dann, als das Dorf zurücklag, wurde ihr Schritt langsamer und langsamer. Sie hatte anfangs das Gefühl, die Zeit, die sie für den Rückweg brauche, sei viel zu lang. Sie konnte es nicht erwarten, ans Telefon zu kommen und Mac zu berichten, was sie soeben gehört hatte.

Als ihre erste Wut sich gelegt hatte und ihr Gang schleppender wurde, wandelte sich ihr Sinn. Das Mädchen in der Telefonvermittlung – es würde lauschen. Mrs. Forbes war überzeugt, daß es sich in dieser kritischen Phase kein Gespräch entgehen ließ. Sie war bestimmt mit allen Einzelheiten vertraut, die Jennys Fortgang betrafen, und wurde bei jedem Gespräch, das sie mit Mac führte, hellhörig. Sie ging betont langsam die Auffahrt zum Haus hinauf. Sie durfte nichts tun, was Panik verriet. Sie mußte Mac schreiben.

Ein unglücklicher Moment für Meg, ihrer Mutter mit einem Anliegen zu kommen.

»Mutter . . .«

Mrs. Forbes drehte sich um.

»Was suchst du denn hier?«

Joyce wäre jetzt weggerannt, aber nicht so Meg.

»Ich wollte nur wissen, was nun mit Nannas Kätzchen wird. Es ist das niedlichste Kätzchen der Welt – schwarz mit grünlich blauen Augen –, und in vierzehn Tagen kann man es der Mutter wegnehmen. Aber Nanna wollte Bescheid haben, weil es sonst ihre Nichte bekommt, wenn wir es nicht nehmen.«

Mrs. Forbes sah ihre kleine Tochter verständnislos an. Sie wußte überhaupt nicht, wovon das Kind redete. Der Ärger stieg wieder in ihr hoch:

»Was ist los? – Was ist los?«

Meg begann von vorn. Erwachsene waren blöd. Sie hatte sich doch sehr einfach ausgedrückt.

»Es geht um Nannas schwarzes Kätzchen, das sie für uns zurücklegt – für Joyce und mich. Es hat einen weißen Stern auf der Brust und ist das putzigste Ding, das du dir vorstellen kannst. Ganz niedlich. *Bitte*, Mutter, sag, daß wir das Kätzchen haben dürfen.«

Mrs. Forbes brauste nun über sie her:

»Habe ich dir nicht vorhin gesagt, daß du ins Klassenzimmer hinaufgehen sollst? Ist dir nicht klar, was es bedeutet, wenn du mir nicht gehorchst?«

Meg erkannte die Gefahr, wenn sie sie sah. Das war nicht der Moment, wo sie das Gespräch über die Katze fortsetzen durfte. Sie schlürfte davon, und Mrs. Forbes drehte sich um und ging in ihr Schreibzimmer. Sie schrieb:

Lieber Mac,

ich hatte soeben ein sehr unangenehmes Erlebnis. Ich war im Dorf in Mrs. Boddles Laden, und diese Miss Crampton war auch dort. Sie ist eine sehr impertinente Person, und ich rede nur das Allernötigste mit ihr, doch heute ließ sich ein Gespräch mit ihr nicht vermeiden. Sie setzte nämlich nicht nur Mrs. Boddle, sondern auch alle anderen Frauen, die gerade einkauften, davon in Kenntnis, daß Jenny sich im Nachbarhaus ihrer Kusine Mrs. Merridew in einem Ort aufhält, der in der benachbarten Grafschaft liegt und Hazeldon heißt. Anscheinend ist sie dort am Sonntagmorgen um sieben Uhr mit einem jungen Mann eingetroffen. Der Himmel weiß, wie und wo sie ihn aufgelesen hat. Der Name des jungen Mannes ist – man höre und staune – Richard Forbes. Er ist vermutlich nicht mit uns verwandt; dennoch glaube ich mich erinnern zu können, daß dein Vater einmal von einem Vetter sprach, einem sehr entfernten Vetter, der mit seiner Frau bei einem Bombenangriff ums Leben kam. Die sollen einen Jungen hinterlassen haben. Ich erinnere mich auch an seine törichte Bemerkung, daß er dem Jungen zu einer Ausbildung verhelfen wollte, bemerkte jedoch später, das sei nicht nötig, da die Familie sehr begütert sei und die Schwester seiner Mutter bereit und begierig, sich um den Jungen zu kümmern. Das muß wohl diese Miss Danesworth sein, die Miss Crampton erwähnte. Sie sagte, Jenny sei mit diesem Mann um sieben Uhr morgens im Nachbarhaus ihrer Kusine eingetroffen! Und weiterhin behauptet sie, Jenny nenne sich jetzt Jenny Forbes! Falls das zutrifft, kann das nur eins bedeuten – *Jenny weiß Bescheid!* Wie sie dahinterkam, ist mir unerfindlich. Ich denke, du solltest am nächste Wochenende wieder herkommen.

Deine Dich liebende Mutter.

Als sie ihren Brief zugeklebt hatte, ging sie hinauf in das Unterrichtszimmer und schickte Carter mit den Mädchen zur Post. Mac mußte den Brief am nächsten Morgen in Händen haben.

Mac bekam ihn am nächsten Morgen. Er lag auf seinem Tisch, als er pfeifend aus seinem Schlafzimmer kam. Als er ihn dort liegen sah, nahm er ihn hoch und öffnete ihn. Er las ihn zweimal durch. Dann zündete er ein Streichholz an und verbrannte den Brief zu schwarzer Asche. Er ging zum Fenster und zerkrümelte die Aschenreste. Als er das Fenster wieder zugemacht hatte, stand er lange gedankenverloren davor. Das Wetter war nicht mehr so gut wie in Alington. Das ging ihm durch den Kopf. Wie viele Leute wußten davon, daß sie ihm geschrieben hatte? Er mußte vorsichtig sein – sehr vorsichtig. Er würde zum Wochenende nicht nach Alington kommen – ganz bestimmt nicht. Er betrachtete stirnrunzeln seine Hände. Etwas von der Asche des verbrannten Briefes war daran hängengeblieben. Er ging in sein Schlafzimmer zurück und spülte die Asche ab. Es war leicht genug, mit reinen Händen dazustehen, wenn man seinen Kopf ein wenig gebrauchte.

KAPITEL 17

Mrs. Merridew war nicht müßig geblieben. Mit der gleichen Post, die den Brief an Miss Crampton beförderte, schickte sie folgende Zeilen an eine andere Kusine, eine Mrs. Richardson, die eine große Familie und einen kleinen Geldbeutel besaß.

Meine teure Grace,
ich wäre Dir sehr dankbar, wenn Du eines Deiner Mädchen für einen Besuch entbehren könntest. Ich denke da an Miriam, wenn sie frei ist. Ich glaube, Du sagtest, sie wäre jetzt nicht mehr bei Mrs. Nettleby. Es ist sehr bedauerlich, daß sie so häufig die Stellung wechselt. Das kann ein Mädchen in Verruf bringen. Ich hoffe, daß dieses Techtelmechtel, von dem Du schriebst, nun endgültig vorbei ist. Solche Sachen gehören sich nicht für ein Mädchen, das Karriere machen muß, wie ich Dir bereits im Sommer gesagt habe, als wir uns zuletzt sahen. Miss Danesworth hat ein Mädchen als Logisgast – meine Nachbarin, wie Du

Dich erinnern wirst –, und ihr Neffe, der gerade bei der Armee ist, wohnt ebenfalls bei ihr. Deshalb dachte ich, das könnte eine angenehme Abwechslung für Miriam sein . . .

Mrs. Richardson legte den Brief mit etwas ratlosem Blick beiseite. Sie war eine große, schmuddelige Blondine, die vage den Eindruck vermittelte, sie tue ihr Bestes, sähe aber nicht ganz ein, warum sie das tun sollte. Sie hatte ihren Mann verloren, und obwohl ihr das natürlich sehr leid tat, fand sie das Leben doch ein bißchen leichter ohne ihn. Seine Erwartungen waren so groß gewesen und sein Einkommen so klein. Mit jedem Jahr verdiente er weniger, während die Preise in die Höhe kletterten und die Familie wuchs. Grace wünschte ihm nicht den Tod – dieser Gedanke hätte sie sehr erschreckt – aber sie sagte sich nach der Beerdigung, sie käme nun viel besser zurecht, wenn keine Kinder mehr folgten und kein Mann mehr im Haus war. Eines ihrer vier Mädchen wurde von einer Kusine adoptiert, und so blieben noch drei, die mit Kleidern, Nahrung und Jobs versorgt werden mußten. Miriam war die älteste. Sie war auch die Attraktivste. Sie hatte gelocktes schwarzes Haar und ein Paar kühne, leicht stiere Augen von hellblauer Farbe. Und sie hatte eine sehr unglückliche Begabung, sich in Schwierigkeiten zu manövrieren. Sie befand sich im Augenblick wieder in Schwierigkeiten. Wie groß sie waren, wußte sie noch nicht genau. Zu jeder anderen Zeit hätte sie das Angebot, ihre Tante Laura zu besuchen, weit von sich gewiesen; aber unter den gegebenen Umständen würde sie es vielleicht annehmen.

Mrs. Richardson sah seufzend von ihrem Brief hoch.

»Ich habe eine Einladung von Laura bekommen. Du sollst sie besuchen. Vermutlich hast du keine Lust dazu.«

Miriam sah unentschlossen aus.

»Was schreibt sie denn?«

Mrs. Richardson gab eine Zusammenfassung:

»Ein Mädchen ist zu Gast bei der Nachbarin – sie meint, du könntest ihm Gesellschaft leisten. Oh, und der Neffe von Miss Danesworth ist auch da. Ich glaube, du hast ihn kennengelernt, als du im Frühjahr ein paar Tage bei Tante Laura warst.«

»Wann soll ich denn zu ihr kommen?«

»O ja – ja – sofort, schreibt sie.«

Miriams Herz machte einen Sprung. Ja, sie würde zu Tante Laura fahren. Und sie würde Jimmy sagen, wo er sie erreichen konnte. Und daß sie ihn unbedingt sehen müsse. Er würde selbstverständlich kommen. Sie würde dort mit ihm ins reine kommen – und wenn nicht . . .

Sie sagte etwas unwirsch:

»Wenn es denn sein muß.«

Eleanor und Lilian, die beiden anderen Mädchen, atmeten erleichtert auf. Sie waren siebzehn und achtzehn und fest entschlossen, Tante Laura nicht zu besuchen. Sie vermieden es, sich anzusehen, bis sie aus dem Zimmer waren. Sie waren ein verschworenes Geschwisterpaar, doch ihre Schwester Miriam mochten sie nicht besonders. Bedauerlicherweise kam Jimmy Mottingley etwa um diese Zeit zu dem gleichen Ergebnis.

Mrs. Merridew hörte am Mittwoch wieder von Mrs. Richardson:

Meine teure Laura,
es ist sehr nett von Dir, daß Du Miriam zu Dir einlädst. Zufällig ist sie derzeit nicht in Stellung und kann daher Dein Angebot mit Freuden annehmen. Ihr letzter Arbeitgeber war außerordentlich unfreundlich und hat die Gefühle des Kindes zutiefst verletzt. Ich wäre wirklich froh, wenn sie einmal in eine andere Umgebung käme . . .«

Es folgte noch eine ganze Seite; doch Mrs. Merridew ersparte sich die Mühe, sie durchzulesen. Miriam kam auf Besuch. Mehr hatte sie eigentlich nicht wissen wolleln. Sie suchte aus den folgenden Zeilen noch das Datum ihrer Ankunft heraus und warf den Rest in den Papierkorb.

Dann ging sie zur Nachbarin, um ihr die Neuigkeit zu verkünden.

Nirgends ein Lebenszeichen von Richard oder Jenny. Sie sah sich gründlich um, vermochte sie jedoch nirgends zu entdecken. Miss Daneworth fragte sich, weshalb sie herübergekommen war, wurde in diesem Punkt aber nicht lange im unklaren gelassen. Nachdem Mrs. Merridew alles und jedes genau inspiziert hatte, wie es ihre Gewohnheit war, schoß sie zielstrebig auf ein Taschentuch los.

»Das gehört nicht Ihnen!«

Miss Danesworth lächelte.

»Nein, es gehört Jenny – das zerstreute Kind.«

Mrs. Merridew schniefte.

»Ist sie noch bei Ihnen?«

»O ja. Ich hoffe, sie wird auch noch lange bleiben.«

Mrs. Merridew sagte:

»Ich frage nur, weil eine meiner Nichten zu mir zu Besuch kommt. So ein nettes Mädchen.«

Miriam hätte sich sehr gewundert über diese Bemerkung. Zu Recht! Sie hatte ihrer Tante nie Anlaß gegeben, sie für ein nettes Mädchen zu halten.

Miss Danesworth erfuhr nun, daß es sich um Miriam handelte. Sie hatte Miriam bereits im Frühjahr kennengelernt und mochte sie nicht sonderlich. Sie merkte, daß Mrs. Merridew einen bestimmten Druck auf sie ausübte. Sie hatte keine Erklärung dafür; doch die Tatsache stimmte sie bedenklich. Sie wollte nicht zu noch größerer Vertraulichkeit zwischen Nachbarn ermuntern. Und sie spürte, daß sie in diesem Punkt mit Mrs. Merridews energischem Widerstand rechnen mußte.

Jenny und Richard waren auf der Hazeldon-Heide. Es war ein ausgesprochen schöner Tag, wie man ihn nicht oft bekommt. Eine Lerche stieg immer höher in den Himmel, und ihr Lied wollte nicht aufhören. Es wehte zwar ein kühler Wind, aber in der Sonne war es noch mollig warm. Richard sah Jenny an, und Jenny sah hinüber zu den Hagebutten, die an den Dornenhecken leuchteten. Sie sagte:

»Ich wollte, ich hätte sie in der Blüte erlebt. Sind das alles weiße Rosen?«

»Nein, der in der Mitte trägt rosa Blüten.«

Jenny sah auf den Busch, auf den er deutete.

»Ich dachte, pinkfarbene Rosen gibt es nur in Gärten.«

Er lachte.

»Vielleicht hat jemand sie hier gepflanzt. Oder der Wind hat ihren Samen hierhergetragen.«

»Was es doch alles hier zu sehen gibt«, sagte Jenny mit einem zufriedenen Seufzen.

Richard sah sie an. Er sah sie so lange an, bis ihm der Gedanke kam, daß er nun doch lieber wieder etwas sagen sollte. Was er sagte, hatte er eigentlich nicht sagen wollen.

Er sagte es, weil er nicht anders konnte.

»Weißt du, daß ich dich küssen möchte, wenn du so aussiehst?«

Jenny ließ ein kleines Lachen hören.

»So etwas darfst du nicht sagen! Sonst muß ich wieder nach Hause gehen.«

»Hast du etwas dagegen einzuwenden?«

»Nein, du hast das ja nur so dahergesagt.«

»Wirklich?«

Sie beobachtete eine kleine grün-weiße Spinne, die auf einen Halm kletterte, und als sie oben angekommen war, schien sie vergessen zu haben, was sie hier oben wollte, und lief hurtig wieder hinunter. Nach einer Weile meinte sie:

»Natürlich hast du das nur so gesagt. Und ich möchte jetzt wirklich noch nicht nach Hause.«

»Warum gehst du dann?«

»Tu' ich nicht. Wenn du nicht fortfährst, Unsinn zu reden.«

»Aber wenn's kein Unsinn war . . .«

»Das kann aber nichts anderes gewesen sein. Wir kennen uns ja schließlich erst ein paar Tage.«

»Jenny – ist die Zeit denn so wichtig für dich? Muß man sich daran halten?«

Sie warf einen hastigen Blick über die Schulter auf ihn. Er meinte es ernst. Sie hatte das Gefühl, an der Schwelle von etwas, das sie nicht kannte, zu stehen, dem sie dann aber ausgeliefert war. Sie hatte Angst – nicht vor ihm oder sich. Sie wußte nicht, warum sie Angst hatte. Sie sah ihn mit erschrockenen Augen an, und er sah, daß er zu früh gesprochen hatte. Sie war noch nicht bereit dafür.

»Jenny, schau mich nicht so an. Ich wollte dich nicht in Verlegenheit bringen.«

Jenny richtete sich auf. Sie sagte mit einer Stimme, die fest klingen sollte:

»Es ist nichts.« Sie sah auf ihre Uhr. »Ich – ich glaube, wir sollten jetzt lieber nach Hause gehen – wirklich.«

»Nein! Ich werde nicht mehr davon anfangen. Ich verspreche es. Schau – du kannst von hier die Kirche von Chiselton sehen. Dort – ein bißchen mehr nach links – in der Verlängerung des Dornbusches. Man kann ihn nur bei schönem Wetter sehen, und dann auch nur mittags.«

Jenny sagte: »Oh, warum?« Sie wollte eigentlich nicht nach Hause gehen. Sie war durchaus bereit, über ferne Kirchtürme zu reden. Es schien ihr ein sehr sicheres Thema zu sein.

»Weil«, sagte Richard, »weil der Kirchturm verzaubert ist. Wenn du ihn mittags bei Sonnenschein siehst und du bist nicht allein, mußt du es sagen, damit ein Wunsch in Erfüllung geht.«

»Richard!« Sie sah ihn mit einer Mischung aus Belustigung und Zweifel an.

»Es stimmt. Wenn du es nicht glaubst, mußt du eben warten, bis er in Erfüllung geht.«

Jenny wandte ihre Aufmerksamkeit wieder der Spinne zu.

»Ich glaube kein Wort«, sagte sie.

KAPITEL 18

Miriam Richardson saß im Zug und überlegte. Eigentlich wollte sie gar nicht nach Hazeldon. Sie wollte aber auch nicht zu Hause bleiben. Sie hatte Jimmy gesagt, daß sie fahren würde. Er hatte zwar nicht ausdrücklich zugesagt, daß er nachkommen und sie besuchen wollte, doch ihrer Meinung nach konnte sie damit rechnen. Sie konnte ihm das Leben sehr ungemütlich machen, falls er sie im Stich ließ. O ja, die Dinge mochten auch für sie sehr unangenehm werden, doch ihm konnte sie das garantieren. Mr. und Mrs. Mottingley waren strenge Leute, gehörten zum Kirchenvorstand, und Jimmy hatte eine entsprechende Erziehung genossen. Miriams Lippen kräuselten sich ein wenig, als sie daran dachte, was die Familie Mottingley wohl dazu sagen würde, wenn sie es erfuhren. Sie erfuhren es nur, wenn Jimmy sich nicht ganz ihren Wünschen beugte.

Sie dachte über dieses Problem nach. Sie würden sich auf der Stelle trauen lassen müssen. Ja, das war wohl das beste – zum Standesamt und anschließend die Mitteilung an die Eltern. Wenn sie dann noch eine kirchliche Trauung wünschten, sollten sie sie haben. *Sie* hatte nichts dagegen. Sie wollte Jimmy nur festnageln, daß er aus der Geschichte nicht mehr herauskam, und ob sie ihn nun über das Standesamt oder in der Kirche festnagelte, war ihr einerlei. Sie wollte sich lediglich absichern.

Unter der glatten Strömung ihrer Zukunftsplanungen

bewegten sich entsetzliche Strudel. Sie wußte kaum, was sie bedeuteten, doch hin und wieder spürte sie ihren Sog – den Sog und das namenlose Entsetzen, das damit verbunden war. Sie machte große Anstrengungen, sich daraus zu befreien; doch immer wieder wurde sie von der Einsicht überwältigt, was passierte, wenn Jimmy sie im Stich ließ. Schließlich wandte sie sich entschlossen von dieser Vorstellung ab und dachte sich einen Schlachtplan aus.

Mrs. Merridew holte sie vom Bahnhof ab. Mit ungewöhnlicher Liebenswürdigkeit küßte sie Miriams Wange, holte mit einem energischen Winken ihres Parasols einen Gepäckträger herbei und begleitete Miriam zum Gepäckwagen, wo sie ihren schäbigen Pappkoffer heraussuchen mußte. Miriam stand mit mühsam verhüllter Ungeduld dabei.

»Ist das dein Gepäck? Atkins, das ist es! Aber Miriam, hatte deine Mutter denn keinen besseren Koffer für dich? Das Ding fällt ja ohne Strick auseinander!«

Miriam wurde von einem heftigen Widerwillen gegen ihre Tante ergriffen. Sie wußte sehr genau, daß sie zu Hause keinen besseren Koffer hatten. Was für eine Unverschämtheit, auch noch alle Leute darauf aufmerksam zu machen. Sie haßte ihre Tante, und wäre es nicht um Jimmy gegangen, wäre sie gar nicht erst hierhergefahren.

Mrs. Merridew beaufsichtigte den Abtransport des Pappkoffers zum Taxistand, während sie immer wieder dessen schäbigen Zustand rügte, und erkundigte sich zwischendurch, wie es Mrs. Richardson und ihren anderen beiden Nichten ginge.

Als sie vom Bahnhof losfuhren, verkündete sie mit heiterer Miene:

»Ich möchte, daß du dich besonders gut mit dem Mädchen stellst, das im Augenblick in Miss Danesworthens Haus logiert. Ich habe einen besonderen Grund dafür, daß ihr beide Freundinnen werdet.«

Und sie fing an, diesen besonderen Grund zu erläutern, doch Miriam hörte nur mit halbem Ohr zu, bis der Name Richard Forbes fiel.

»Er kam doch tatsächlich sonntags morgens um halb sieben mit ihr nach Hause!«

»Wer?«

»Meine Liebe, du hast mir nicht *zugehört*! Ich sagte es eben! Richard Forbes natürlich. Du hast ihn doch kennengelernt, als du das letztemal bei mir warst, und ich dachte . . .«

Miriam tat das mit einem Schulterzucken ab. Sie wäre bestimmt ganz gut mit Richard Forbes zurechtgekommen, wenn er für sie eine Verwendung gefunden hätte. Sie wollte es nicht ganz so kraß ausdrücken, in Wirklichkeit jedoch lief es darauf hinaus. Aber vielleicht hatte sie für ihn eine Verwendung. Wenn sie Jimmy eifersüchtig machen konnte . . . Sie tat Mrs. Merridew nun den Gefallen, etwas genauer zuzuhören.

Sie erreichten Hazeldon gerade rechtzeitig zur Teestunde, und anschließend schritt Mrs. Merridew ihrer Nichte voraus zur Tür des Nachbarhauses. Miss Danesworth war nicht sonderlich begeistert über diesen Besuch. Aber dann meldete sich ihr Gewissen, und sie bemühte sich, die beiden freundlich zu empfangen.

Richard hörte die Veränderung in ihrer Stimme und stöhnte innerlich. Ausweichen konnte er den beiden auch nicht mehr, denn die Tür führte in den Flur hinaus. Blieb nur das Fenster zum Garten, aber konnte er so gemein sein, Jenny den beiden zu überlassen? Dieser Augenblick der Unentschlossenheit war tödlich; aber das hätte er vorher wissen müssen. Miss Danesworth öffnete bereits die Tür zum Wohnzimmer und trat beiseite, um die Gäste vorangehen zu lassen. Miriam sah Jenny, und Jenny sah Miriam. Die Antipathie war spontan und wechselseitig. Mrs. Merridew, die keinen Augenblick geschwiegen hatte, fuhr mit einem neuen Wortschwall über die beiden her:

»Ah, da seid ihr ja! Richard, du erinnerst dich doch noch an Miriam! Du hast sie im Frühjahr bei mir kennengelernt. Soweit ich mich erinnern kann, habt ihr euch damals ziemlich häufig gesehen. Und Jenny – du kennst Miriam vermutlich noch nicht. Das ist die Tochter meiner Kusine, Miriam Richardson. Ich hoffe, ihr beiden vertragt euch gut. Bei uns gibt es zwar nicht viele Zerstreuungsmöglichkeiten im Ort; aber ich sage immer, wenn die jungen Leute sich nicht mehr miteinander amüsieren können, wo kämen wir da hin? Bei Gott, ich weiß es nicht.«

Jenny mochte Miriam zwar nicht, aber das war noch kein Grund, sie unhöflich zu behandeln. Sie bemühte sich um Miriam, wobei ihr Miriam kaum entgegenkam. Miriam langweilte sich. Sie war nicht hierhergekommen, um mit Jenny zu reden. Sie ließ Jenny ihre Langeweile so deutlich spüren, daß die Konversation sich sehr schwierig und zäh gestaltete. Doch als Richard sich einschaltete, weil Jenny ihn mit einem Blick um Hilfe bat, war Miriam plötzlich wie ausgewechselt. Sie berichtete angeregt und nicht ohne Witz von ihrer Reise.

»Da waren zwei schreckliche Kinder in meinem Abteil«, erzählte sie. »Denen quollen die Pfefferminzdrops buchstäblich aus den Ohren heraus. Mampfende Kinder im Abteil sind schon schlimm genug; aber die sabberten auch noch. Das waren vielleicht häßliche Kröten!«

»Sie mögen keine Kinder?« fragte Jenny.

»Ich mag gut erzogene Kinder. Aber das waren ungezogene Fratzen – solche, die man am liebsten aus dem Fenster wirft oder in der nächsten Station auf die Schienen setzt.«

Richard lächelte verlegen.

»Aber du bist dieser Versuchung wohl nicht erlegen, wie?«

»Ich hätte es getan. Aber die Mutter hätte was dagegen gehabt. Die fütterte sie ja dauernd, um ihnen den Mund zu stopfen.«

Jenny blendete sich in diesem Augenblick aus dem Gespräch aus.

»Wie *konntest* du nur!« sagte sie zu Richard hinterher, als ihre Gäste wieder gegangen waren.

»Wie konnte ich nur was?«

»Du hast ihr den Hof gemacht – das weißt du genau. Ich halte sie für ein grauenhaftes Mädchen.«

»Wie kommst du denn darauf?« fragte Richard scheinheilig.

»Richard, du kannst sie doch nicht mögen!«

»Kann ich nicht?« sagte er mit seltsam glucksender Stimme.

Sie räumten gerade das Wohnzimmer auf. Jenny hatte ein Sofakissen in der Hand und sah ihn an.

»Richard – *magst* du sie?«

»Leidenschaftlich gern!« erwiderte er lachend.

Jenny warf mit dem Kissen nach ihm. Als sie es losgelassen hatte, hatte sie Angst, es könnte etwas in Scherben gehen. Aber sie bereute ihre Tat nicht. Er duckte sich unter dem Kissen weg und packte ihre Handgelenke. Es war ein Moment knisternder Spannung. Und dann küßte er sie. Er konnte nicht anders. Als er das getan hatte und es noch einmal tun wollte, bekam er Angst, weil Jenny nicht errötete, bebte oder lachte. Sie wurde im Gegenteil wachsbleich, während seine Hände noch ihren Nacken umschlungen hielten. Und da bekam er Angst, daß er etwas Schlimmes angerichtet hätte, und ließ sie los.

»Jenny . . .«

»Schon gut.«

»Jenny . . .«

Sie stampfte mit dem Fuß auf.

»Ich sagte, schon gut!« Und damit schwang sie herum und lief aus dem Zimmer.

Miriam und Mrs. Merridew traten nebenan gerade durch die Haustür.

»Ich glaube, mit Richard hast du dich recht gut unterhalten«, sagte Mrs. Merridew. »Wo steckt denn dieser Kater? Hierher, Timmy – Timmy . . . Ja, sehr gut. Er muß sich schrecklich langweilen mit dieser kleinen Kusine, die zur Zeit bei seiner Tante wohnt.«

»Oh, es ist eine Kusine?«

»Gewissermaßen. Natürlich heißt sie gar nicht Forbes. Ich weiß sehr gut Bescheid über sie, weil meine Kusine Miss Crampton in dem Dorf wohnt, aus dem sie stammt. Sie ist die uneheliche Tochter des letzten Forbes, der im Krieg gefallen ist. Ihre Mutter starb bei ihrer Geburt, und so blieb sie bei der ehemaligen Gouvernante ihrer Mutter, die dem Herrenhaus direkt gegenüber wohnte. Eine sehr merkwürdige Geschichte. Ich glaube, Mrs. Forbes hat sich bemüht, die Gouvernante zum Fortziehen zu ermuntern; aber die Gouvernante wollte nicht. Da sieht man, unter welchen Verhältnissen sie aufgewachsen ist. Und nun ist die Gouvernante vor kurzem gestorben, und sie steht morgens um sieben mit Richard vor der Haustür seiner Tante. Was sagt man dazu?«

»Was für ein Witz!« sagte Miriam.

»Nun, ich nenne das eine Schande . . . Ach, da bist du ja, mein Katerchen! Schau mal, was ich dir hingestellt habe!« Während sie zur Küche ging, drehte sie sich noch einmal um: »So ein Mädchen begreift einfach nicht, daß Richard keine ernsten Absichten haben kann! Und wenn ich Miss Danesworth wäre und Richard *mein* Neffe, hätte ich es erst gar nicht so weit kommen lassen!«

Jenny war den ganzen Abend über ungewöhnlich schweigsam. Sie kam erst kurz vor dem Abendessen wieder herunter. Und dann zog sie sich kurz darauf wieder mit der Entschuldigung zurück, sie sei müde und wolle zu Bett gehen.

Kaum hatte sich die Tür hinter ihr geschlossen, als Miss Danesworth sich an ihren Neffen wandte und fragte:

»Was hast du ihr getan?«

»Ich?« fragte Richard im Ton gekränkter Unschuld.

»Ja, du. Und schau mich nicht so groß an! Wenn du es mir nicht erzählen willst, brauchst du es nicht. Aber tu nicht so, als wäre nichts gewesen!«

Richard stand vor dem Kamin. Er drehte Caroline den Rücken zu. Er hatte sie sehr gern. Ihr konnte man alles anvertrauen. Sie bewahrte Geheimnisse wie ein Grab. Aber es war noch zu früh für eine Beichte. – Und dann beichtete er doch.

»Es – nun, Jenny . . .«

»Ja?«

Da war etwas in ihrer Stimme, das ihm das Beichten sehr erleichterte. Er sagte:

»Ich habe mich Hals über Kopf in sie verliebt. Ich vermute, das weißt du.«

»Ja.«

Es folgte eine lange Pause. Dann sagte er:

»Ich habe die Dinge überstürzt, fürchte ich.«

»Ja?«

»Ich – ich fürchte, ich habe sie geküßt.«

»Nun, das ist noch kein Weltuntergang.«

»Möglicherweise doch.«

»So?«

»Nun, es begann eigentlich ganz harmlos, bis sie mit einem Kissen nach mir warf und ich sie küßte. Dann war es aus mit ihrer Unbeschwertheit. Sie wurde weiß wie ein Laken und rannte aus dem Zimmer. Ich nehme an, sie denkt jetzt, daß ich jedes Mädchen küsse, das mir über den Weg läuft.«

»Vermutlich.« Nach einer Weile fuhr sie fort: »Du willst mich doch nicht veräppeln, oder?«

»Um Gottes willen!«

»Dann würde ich mir heute abend keine Gedanken mehr machen. Warte ab, wie sie sich morgen früh verhält. Sie hat einen Schock erlitten. Ich denke, du solltest vorsichtiger sein mit dem, was du sagst oder tust.«

»Ich glaube, ich gehe sehr behutsam mit ihr um.«

»Dann solltest du heute abend nichts mehr unternehmen. Morgen früh kannst du dich ja für diesen Kuß bei ihr entschuldigen. Warte ab, wie sie es aufnimmt. Überstürze nichts. Ich denke, du hast sie verschreckt. Sie wollte dir vertrauen.«

KAPITEL 19

Am nächsten Morgen – es war Samstag – schien Jenny sich von ihrem Schrecken ein wenig erholt zu haben, obwohl sie immer noch blaß und schweigsam war und sich an Miss Danesworth zu klammern schien. Jedenfalls kam es Richard so vor. Nachdem er zwei Vorschläge gemacht hatte, wie sie den Tag verbringen könnten, und beide Vorschläge abgelehnt wurden, fügte er sich und griff Miss Danesworth Anregung auf, seinen Freund Tommy Risdall zu besuchen.

»Er wundert sich bestimmt schon, wo du die ganze Zeit steckst.«

Dann wandte sie sich Jenny zu. »Tommy ist wie ein Schoßhund – ich mag ihn schrecklich gern. Und er ist Richards langjähriger Freund. Zur Zeit dient er in der Marine. Purer Zufall, daß sie beide gleichzeitig Urlaub bekommen haben. Ich denke, er sollte die Chance nützen und sich mal bei ihm sehen lassen.«

Jenny nickte, ohne die Augen vom Boden zu hebn.

Ein Anruf bei Tommy brachte die Bestätigung, daß Tommy zu Hause war und sich schrecklich mopste . . . »Du weißt ja, wie das ist. Meine Eltern haben den ganzen Tag zu tun, und ich langweile mich zu Tode. Du bist mein Lebensretter. Darauf gebe ich dir mein Wort.«

Als Richard sich vom Telefon abwandte, stand Jenny im Zimmer.

»Ich habe es mir überlegt«, sagte sie.

»Und was hast du dir überlegt, Jenny?«

»Daß ich hier wohne und so . . .«

»Ja?«

»Ich wollte nicht hierbleiben – nicht so. Ich – ich muß mir eine Beschäftigung suchen.«

Er zwang sich, ruhig neben dem Telefon stehenzubleiben; aber es war nicht so einfach.

»Ist es wegen gestern?«

Ihre Wangen wurden noch dunkler.

»Nein – nein – natürlich nicht. Es ist nur . . .« Sie stockte plötzlich. Sie konnte nicht weiterreden. Es war schrecklich. Es war das Schlimmste, das ihr je widerfahren war, doch sie konnte nichts daran ändern. Sie konnte einfach nicht weitersprechen. Sie stand nur mit großen Augen da, und sie sahen sich gegenseitig an.

Richard konnte das nicht ertragen. Caroline hatte gut reden, daß er ihr Zeit lassen und nichts überstürzen solle. Er ging langsam auf sie zu, während sie die Augen zu ihm hob. Doch da waren Schritte draußen, und Miriams Stimme, die rief:

»Bist du zu Hause, Richard? Ich komme zu dir!«

Richard sagte »Verdammt!« und hielt mitten im Schritt inne. Und im selben Augenblick kam Miriam herein.

»Ich habe eine Botschaft von Tante Laura zu überbringen«, sagte sie. »Sie will euch heute zum Lunch einladen. Aber das Wetter ist so schön, daß ich vorgeschlagen habe, wir sollten ein Picknick machen. Ich weiß einen sehr hübschen Platz auf der Heide.«

»Ich fürchte«, sagte Richard, »daß ich nicht zusagen kann. Ich habe mich eben mit einem Freund drüben in Tillingdon verabredet. Wir wollen den Tag zusammen verbringen.«

»Oh – vielleicht würde der auch gern ein Picknick mitmachen.«

»Ich fürchte, er hat bereits andere Pläne.«

«O Himmel – wie schade! Wie wäre es mit morgen?«

»Da ist Sonntag«, gab Richard zu bedenken.

Miriam setzte, wie sie meinte, ein für Männer unwiderstehliches Lächeln auf.

»Ist das so wichtig?«

»Ja, ich denke schon. Wir leben in einem Dorf, wie du weißt. Da herrschen sehr strenge Regeln. Nur Krankheit gilt als Entschuldigung, wenn man den Gottesdienst versäumt.«

»Nun gut, dann Montag . . .«

Jenny schien offenbar in dieses Gespräch nicht mit einbezogen. War sie nun ebenfalls eingeladen, oder war sie nicht? Sie wurde sehr, sehr wütend. Sie hatte sich die ganze Zeit nicht vom Fleck gerührt, was sie nun nachholte. Sie sagte: »Ich glaube, Miss Danesworth braucht mich«, und damit stürzte sie aus dem Zimmer.

»Was für ein komisches Mädchen sie ist – nicht wahr?« sagte Miriam. Sie lachte bei diesen Worten – ein mit Spott gemischtes Lachen, das Jenny auf den ihr zustehenden Platz verweisen sollte.

Richard gab keine Antwort. Er war zu wütend. Dieser herablassende Ton, in dem Miriam von Jenny sprach und erwartete, daß er ihr auch noch beipflichten sollte, regte ihn dermaßen auf, daß er sich nur mit Mühe beherrschen konnte.

Fast hätte er ihr offen die Meinung gesagt, doch das konnte er sich nun auch wieder nicht leisten.

Miriam starrte ihn an. Sie genoß die Szene. Wenn Richard anderer Meinung war, konnte er ihr das doch offen sagen, nicht wahr? Feinfühligkeit war nicht gerade ihre Stärke. Sie lachte und sagte: »Nun, wenn sie nicht mitkommen möchte, müssen wir eben auf sie verzichten.«

Richard begleitete sie wieder zur Haustür. Als Miriam versuchte, ihn für das Picknick am Montag zu verpflichten, hatte er ihr im bestimmten Ton gesagt, er wolle zunächst Jenny fragen, was sie vorhabe, und ihr dann Bescheid geben.

Mit dem festen Entschluß, dieses Picknick zu meiden,

ging er in die Küche und fand dort Jenny. Sie drehte sich weder um, noch sah sie ihn an, als er hereinkam.

»Wo ist Caroline?« fragte er.

»Sie ist im Garten. Sie wollte ein paar Blumen für die Vase abschneiden. Willst du mit ihr sprechen?«

Sie sah ihn dabei nicht an. Warum nicht? Er trat ganz dicht an sie heran.

»Wenn dieses Mädchen mir weiter so zusetzt, werde ich noch ausfallend«, sagte er.

Jenny spürte, wie der Druck ein wenig von ihr wich. Er mochte das Mädchen also nicht wirklich – er konnte das gar nicht. Sie war schauderhaft. Jenny fuhr fort, sorgfältig das Porzellan abzuwaschen. Sie war ziemlich blaß.

Er sagte: »Jenny . . .« – in diesem Augenblick kam Caroline mit einem Rosenstrauß in die Küche.

Es ergab sich keine weitere Gelegenheit mehr für ein privates Gespräch. Caroline spürte sehr wohl, daß Richard gern mit Jenny allein gesprochen hätte, aber sie war nicht geneigt, ihm diesen Wunsch zu erfüllen oder ihm die Sache zu erleichtern. Jenny brauchte Zeit, und Richard hatte nicht das Recht, sie wie eine Dampfwalze zu überrollen.

Sie freute sich sehr, als Jenny sich im Lauf des Tages weiter erholte. Sie gingen zusammen einkaufen, kochten gemeinsam, und nach dem Essen, als alles abgewaschen und aufgeräumt war, saß Jenny zusammengerollt in einem Lehnstuhl, las ein Buch und vergaß, daß sie wegrennen wollte. Sie vergaß eigentlich alles, nur daß hin und wieder der Gedanke an Richard hochzuckte und ihr den Atem nahm. Wo gingen sie hin? War es der gleiche Weg? Wollte er, daß sie den Weg gemeinsam gingen? Im Grunde wollte er sie gar nicht.

Und dann kam plötzlich der Gedanke an Mac. Vor kurzem noch hatte er ihre Welt ausgefüllt. Sie war noch keine Woche hier, seit sie sein Gespräch mit Mrs. Forbes belauscht hatte. Es war, als wären seine Worte Säuretropfen gewesen, die ihr Bild von Mac zerfressen hatten.

Es war kein wahres Bild von ihm gewesen. Das wußte sie nun. Es war nicht echt, war es nie gewesen. Sie hatte sich alles herausgesucht, was ihr an ihm gefiel – seine Größe, seine attraktive Erscheinung, seine angenehme Stimme – und hatte daraus ein Bild geformt, das sie für Wahrheit hielt. Und dann, als sie hinter dem Vorhang im Klassenzimmer saß, war plötzlich der echte Mac hinter dem Bild, das sie sich von ihm gemacht hatte, hervorgetreten, und dieser echte Mac war – scheußlich.

Sie schauderte vor diesem Bild zurück, aber sie konnte es nicht verdrängen. Fast eine Woche war vergangen, und sie hatte Zeit gehabt zum Nachdenken. Dieser Mac, den sie sich vorgestellt und den sie geliebt hatte – oder fast geliebt –, hatte niemals existiert. Er war eine romantische Schwärmerei gewesen. Das sagte sie sich, und das tat ihr gut. Es half beim Heilungsprozeß.

Ihre Gedanken wandten sich Richard zu. Es war nicht seine Schuld, daß diese gräßliche Miriam nebenan wohnte. Soweit sie es beurteilen konnte, würden sie beide all ihre Zeit dafür aufwenden müssen, um eine Minute allein sein zu können. Diese Miriam war die rücksichtsloseste Person, die ihr je begegnet war. Wenn sie nicht vor Tagesanbruch aufstanden und sich fortstahlen, ehe Miriam aufwachte, sah sie keine Möglichkeit, dieser Person zu entrinnen. Es war angenehm, sich in dieser Beziehung auf Richards Seite zu wissen. Das Gefühl, daß er mit Miriam auf der anderen Seite stand und sie, durch einen weiten Abstand und eine dicke Dornenhecke von ihm getrennt, auf der einen, hätte sie nicht ertragen können.

Caroline war weggegangen, um einen kranken Nachbarn zu besuchen. Sobald sie zurückkam, würden sie den Tee einnehmen. Es war ein Tag, an den sie später noch oft zurückdenken sollte.

Als sie Tee getrunken und abgewaschen hatten, sprachen Caroline und Jenny miteinander. Jenny erzählte ihr von Garsty und den beiden kleinen Mädchen; aber sie erwähnte weder Mrs. Forbes noch ihre beiden erwachsenen Söhne.

Caroline war die geborene Zuhörerin. Sie schnappte nicht nur einzelne Worte wie Bissen auf und versuchte, die Leute schlechtzumachen, wie Mrs. Merridew das tat. Sie sagte sehr wenig, aber man spürte die Welle von Mitgefühl und Verständnis, die von ihr kam. So verging die Zeit wie im Flug.

Es wurde gerade dunkel, als Miriam herüberkam. Sie hatten im Zwielicht gesessen, doch nun stand Caroline auf und schaltete das elektrische Licht ein. Sogleich verschwanden auch die Schatten vor dem Fenster, und die Dämmerung schien noch ungewiß.

»Ist Richard noch nicht zurück?« fragte Miriam. »Tante Laura ist zu einer Versammlung gegangen. Eine unpassende Zeit für so eine Veranstaltung, nicht wahr? Ich wollte Richard sprechen.«

Jenny sagte nichts. Miss Danesworth, die an den vorderen Fenstern stand, sah über die Schulter und sagte:

»Er ist noch nicht zurück. Ich erwarte ihn erst, wenn ich ihn sehe.«

»Oh – das ist aber sehr unbequem für Sie, nicht wahr? Nun, ich kann ja hier eine Weile auf ihn warten, nur nicht zu lange.« Sie setzte sich in den bequemsten der vorhandenen Sessel und fuhr mit ihrer ziemlich lauten Stimme fort: »Nicht gerade ein Kompliment für dich, Jenny, daß er dich gleich einen ganzen Tag allein läßt, nicht wahr? Ich meine, ich würde mich nicht gerade geschmeichelt fühlen, wenn ich in einem Haus zu Besuch bin, zusammen mit einem jungen Mann, und er macht sich so rar wie Richard.«

Caroline zog den letzten Vorhang zu und drehte sich um.

»Oh, er wollte ja gar nicht fort«, sagte sie mit lachender Stimme. »Wir haben ihn beide erst aus dem Haus jagen müssen, nicht wahr, Jenny?«

Jenny hob den Kopf. Sie fühlte sich wehrlos. Aber Caroline verteidigte sie. Sie konnte sich nicht selbst verteidigen. Sie war nicht in der Lage dazu. Miriam mochte sagen, was sie wollte, doch sie würde ihr nicht antworten. Sie hatte angefangen, Strümpfe zu stopfen, bis ihr das Licht zu schlecht wurde. Nun nahm sie die Stopfnadel wieder zur Hand. Den Faden zu einem Muster zu verflechten, hatte eine beruhigende Wirkung. Sie würde Miriam das Reden überlassen.

Und ob Miriam redete.

Von ihren Schwestern und ihrer Wohnung, ihrer letzten Stellung, und wie sehr ihre Arbeitgeber es bedauert hätten, als sie die Stellung kündigte.

In diesem Ton ging es eine Weile fort. Und dann, mit einem jähen Blick auf die Uhr, sagte sie: »Geht die richtig?«

»Ja, sie geht auf die Minute genau.«

»Oh – dann muß ich jetzt gehen. Sagen Sie Richard, daß ich ihn sprechen möchte, ja? Nicht heute abend – da habe ich etwas anderes vor. Aber wenn er möchte, kann er gleich morgen früh auf einen Sprung zu mir hinüberkommen.« Sie war schon an der Haustür, als sie noch nicht zu Ende geredet hatte.

Jenny wunderte sich ein bißchen. Diese Miriam ist schon ein seltsames Mädchen, dachte sie und war sehr erleichtert, daß sie sich endlich verabschiedete. Hätte sie gewußt, daß es ein Abschied für immer war, hätte sich ihre Erleichterung doch mit einem schmerzlichen Gefühl verbunden.

KAPITEL 20

Miriam verließ das Haus durch die Vordertür. Da sie aus dem hellerleuchteten Flur kam, blinzelte sie, weil ihre Augen nicht an die Dunkelheit gewöhnt waren. Die Tür ging hinter ihr zu, und sie stand eine Weile da, um sich zu orientieren. Die beiden Häuser standen am Ende der Straße. Hinter Mrs. Merridews Haus kam nichts mehr, was ihre Tante immer mit Genugtuung vermerkte: »Hier bin ich, am Ende des Dorfangers, und keiner kann mehr neben mir bauen: Zugleich habe ich aber auch in der netten, ruhigen Miss Danesworth als Nachbarin immer einen Gesprächspartner.«

Da war eine kleine Reihe von Weißdornbäumen an der entfernten Seite von Mrs. Merridews Garten, und dahinter die Heide, übersät mit Dornenhecken und mit Farnkräutern ausgelegt.

Miriam ging an ihrer Haustür vorbei und dann weiter die Straße hinunter. Jimmy würde auf sie warten. Eine halbe Meile die Straße hinunter, hatte er gesagt. Sie sollte die Sache am besten gleich mit ihm festmachen. Richard bedeutete ja eigentlich nichts. Sie konnte sich nicht damit schmeicheln, daß er nichts bedeutete. Aber Jimmy – nun, den hatte sie fest in der Hand – oder etwa nicht? Jimmy war eine todsichere Sache, wenn sie ihre Trümpfe richtig ausspielte. Und es bestand kein Grund zu der Befürchtung, daß sie sie nicht richtig ausspielte. Am besten wäre es, wenn sie Jimmy dazu brachte, sie sofort zu heiraten, dann konnten die Leute nichts mehr daran ändern und mußten das Beste aus einem Job machen, der ihnen aus den Händen genommen war. Selbstverständlich würde es hinterher ein schreckliches Theater geben; aber was scherte sie das, wenn sie bekam, was sie wollte? Und das hatte sie vor.

Es war dunkel. Der Mann, der hinter ihr ging, war nur ein Schatten, der sich mit anderen Schatten vermischte, die auf dem Weg lagen. Miriam war viel zu sehr mit ihren Gedanken und Plänen beschäftigt, als daß sie auf das gedämpfte Geräusch seiner Schritte geachtet hätte. Und er trat sehr behutsam auf. Zuweilen steigerte sich die Ungeduld in ihm zu einem trommelnden Pulsschlag. Dann blieb er kurz stehen, bis er sich wieder in der Gewalt hatte. Und mit jedem Schritt erschien ihm sein Vorhaben leichter. Er hatte eine Stunde gewartet. Er hatte ihr eine so lange Frist gelassen. Falls sie nicht gekommen wäre, hätte er sich einen Plan zurechtlegen müssen . . . Da war eine Arroganz in ihm, die die Möglichkeit eines Fehlschlagens gar nicht erst erwog. Falls sie nicht herauskam, oder nicht allein herauskam, würde ihm schon etwas anderes einfallen. Man hat Erfolg, wenn man ihn nur hart genug will. Mißerfolge hatte er nie einkalkuliert, und bisher hatte er noch immer erreicht, was er sich vorgenommen hatte.

Er ging in Gedanken seine Pläne durch. Er wußte nicht, daß der Junge, dem er die Botschaft gegeben hatte, bekannt war für seine Unzuverlässigkeit. Er hatte sich, wie geplant, sorgfältig verkleidet, trug Bart und Perücke, und er hatte den Wagen eine halbe Meile vor dem Dorf abgestellt. Niemand konnte ihn also erkennen. Aber wenn sie nicht kam . . . Diesen Gedanken schob er weit von sich. Er erinnerte sich an den Text der Botschaft . . .

Jenny, sage niemand ein Wort, sondern komm und triff mich nach Einbruch der Dunkelheit draußen auf der Heide.

Mac

Bring diesen Zettel mit.

Nun, sie waren jetzt weit genug von den Häusern entfernt. Er beschleunigte seinen Schritt und erreichte sie genau an einer Stelle, wo hohe Ginsterbüsche am Wegrand standen und tiefe Schatten warfen. Er rief leise ihren Namen:

»Jenny . . .«

Miriam blieb stehen. Das war nicht Jimmy. Und er hatte sie Jenny gerufen. Also war es auch nicht Richard.

Also spielte diese Jenny sogar ein doppeltes Spiel, wie? Darüber wollte sie gern ein bißchen mehr erfahren. Er hatte sie für Jenny gehalten. Nun, sie war ja auch aus Miss Danesworthens Haus gekommen. Sollte er doch noch eine Weile in dem Glauben bleiben, daß sie Jenny wäre. Vielleicht erfuhr sie so mehr. Es kribbelte nur so auf ihrer Haut von Abenteuerlust. Sie brauchte nichts zu sagen. Sie drehte sich um, und einen Augenblick lang befanden sie sich im Schatten. Nichts regte sich um sie her.

Es war Miriams letzter bewußter Augenblick, erhellt von einem Blitz der Erwartung, erfüllt von einem Triumphgefühl. Und dann kam der Schlag.

Sie sackte zu Boden, gab nur einen tiefen Seufzer von sich. Er hob sie auf, trug sie auf die andere Seite der Ginsterbüsche und warf sie dort wieder zu Boden. Er beugte sich über den reglosen Körper. Er mußte sichergehen.

Und das tat er. Dann ging er fort.

Zehn Minuten später kam er mit seinem Wagen wieder auf die Landstraße und brauste davon, mit einem Triumphgefühl im Herzen. Er war fast zehn Meilen gefahren, als er sich wieder an den Zettel erinnerte.

Er hatte sie gebeten, ihn mitzubringen. Hatte sie getan, was er ihr aufgetragen hatte? Wenn ja, mußte er zurück. Jede Faser seines Instinks sträubte sich dagegen. Das tote Ding, das da neben den Ginsterstäuchern lag, gehörte der Vergangenheit an. Man kann nicht in die Vergangenheit zurückkehren und seine Fehler korrigieren. Man sagt, ein Mörder mache immer einen schweren Fehler. Was für ein Idiot er doch gewesen war – was für ein verdammter Narr. Er wendete und fuhr zurück.

Doch als er das gerade Stück der Straße wieder vor sich hatte, wußte er, daß er zu spät kam. Er sah das Licht, die Laterne, die am Handgelenk eines Mannes baumelte, und dahinter die dunkeldrohende Masse der Gisterbüsche. Da konnte er nur eines tun – und das tat er auch.

Als er mit fast sechzig Stundenkilometer die Stelle passierte, hörte er ein schwaches Scheppern. Stimmen riefen ihm etwas zu. Er hörte sie einen Moment, und dann war er vorbei.

Der Junge, dem er den Zettel gegeben hatte, hieß Dicky Pratt. Zufällig war es der wahrscheinlich unzuverlässigste Junge, den er für diesen Zweck hätte auswählen können. Seine Mutter sagte es oft: »Trag dem Jungen etwas auf, und schon bei der nächsten Ablenkung hat er es vergessen.« Doch in diesem Fall tat sie ihm Unrecht. Dicky hatte einen ausgeprägten Sinn für das, was ihm paßte. Er hatte sich fest vorgenommen, den Zettel zu überbringen, als er sich auf den Weg machte. Er war stets willig und guter Dinge. Er hatte sich fest vorgenommen, den Botengang zu erledigen, als er zufällig auf Roger Barton und Stuffy Craddock stieß, und die beiden hatten einen wundervollen Plan entwickelt. Mr. Fulbrooks Äpfel waren reif – jedenfals reif genug –, und Roger erinnerte sich an den alten Karren, der vor einer Woche verunglückt war. Ein Rad war abgegangen und in den Teich gerollt, doch niemand hatte sich die Mühe gemacht, das Rad wieder aus dem Teich zu holen.

Roger sagte:

»Wenn wir das Rad aus dem Teich herausfischen und wieder am Karren befestigen, können wir ihn an die Mauer schieben. Wenn zwei ihn dann festhalten und der dritte über die Mauer steigt und die Äpfel holt, weiß niemand, wer es gewesen ist.«

Der Zettel, den Dicky abzuliefern versprochen hatte, war vorläufig aus Dickys Gedächtnis verschwunden, als hätte es ihn nie gegeben. Für ihn hörte er tatsächlich auf zu existieren. Er sagte, das wäre eine fetzige Idee, und alle drei rannten los, um den Plan in die Tat umzusetzen. Man darf hier erfreulicherweise vermerken, daß die drei ihr Ziel nicht erreichten. Das Rad klebte im Schlamm auf dem Grund des Teiches und trotzte allen Bemühungen, es zu befreien. Als sie schließlich aufgaben, waren sie naß bis auf die Haut und mußten die Angelegenheit zu ihrem Bedauern erst einmal vertagen.

Der unzugestellte Brief hatte die Aktion wunderbarerweise überlebt. Er lag zerknittert unter den anderen Sachen in Dickys Hosentasche. Wäre Dickys Mutter eine ordnungsliebende Fraua gewesen, hätte sie den Plunder samt Brief weggeworfen. Doch sie war ein quengeliges Wesen von schwachem Willen. Sie hängte Dickys Hose auf die Leine über dem Ofen und ließ den Kram in den Taschen stecken.

Der Brief überlebte; in Dickys Gedächtnis auch die Zulassungsnummer des Wagens. Der Mann hatte in dem Wagen gesessen. Er war ausgestiegen und Dicky hinterhergelaufen. Dicky sammelte Zulassungsnummern. Er war zunächst weiter auf das Dorf zugelaufen, war dann, als er sich im sicheren Abstand von dem Wagen befand, wieder stehengeblieben und hatte sich vorsichtig zurückgepirscht. Der Mann war wieder in den Wagen gestiegen. Es war ein großer Mann. Vielleicht wollte er nicht, daß Dicky sich seine Autonummer aufschrieb. Zudem machte es mehr Spaß, wenn man sich an die Autos anschlich. Dicky war ein sehr erfahrener Pirscher.

Er erreichte das Heck des Wagens und entdeckte dort etwas Sonderbares. Die Wagenlichter waren ausgeschaltet. Da hing etwas aus dem Kofferraum und verdeckte das Nummernschild. Puh – das war aber eine lausige Tour! Der Mann in dem Auto wollte offensichtlich nicht wiedererkannt werden. Deshalb diese Geheimnistuerei! Dicky überlegte, wie vorteilhaft es doch war, daß er immer eine Schachtel Streichhölzer bei sich trug. Sehr nützliche Gebrauchsgegenstände, diese Streichhölzer. Er riß eines an und konnte so die Zulassungsnummer am hinteren Schild ablesen. Da waren die Buchstaben, die für die Grafschaft standen, und dahinter die Nummer. 505 – leicht zu merken. Er ließ die Decke wieder fallen und kehrte ins Dorf zurück, wo er auf Roger Barton und Stuffy Craddock stieß.

KAPITEL 21

Jimmy Mottingley war ein sehr unglücklicher junger Mann. Er hatte etwas Unrechtes getan, und er würde nun dafür bezahlen müssen. Er würde sogar sehr schwer dafür bezahlen müssen. Wenn er sich vorstellte, mit Miriam verheiratet zu sein, mit ihr zu leben, mit ihr zu schlafen und sich Tag für Tag mit ihr zum Essen an den Tisch zu setzen, hatte er das Gefühl, daß er das einfach nicht konnte. Und doch mußte er. Er konnte sonst seinem Vater nicht mehr unter die Augen treten.

Als er in dem Wagen saß, den seine Eltern für unnötigen Luxus hielten und entsprechend mißbilligten – obwohl er ihn von Chadwick, der ständig seine Autos wechselte und so viel Geld hatte, daß er gar nicht wußte, was er damit anfangen sollte, für ein Butterbrot bekommen hatte –, dachte er mit banger Sorge an den bevorstehenden elterlichen Zorn. Was er auch tat oder nicht tat, dieser Zorn war ihm sicher, und bei dem Gedanken daran, daß er sich vor seinem Vater hinstellen und ihm die Sache mit Miriam beichten mußte, hatte er das Gefühl, daß er das einfach nicht konnte. Nur würde ihm nichts anderes übrigbleiben. Es sei denn, er konnte Miriam dazu überreden, ihn nicht so zu drängen. Sie wäre ja nicht besser dran, wenn er sich umbrächte. Das hatte er natürlich nicht ernsthaft vor. Er bekam sogar ein schlechtes Gewissen bei dem Gedanken, daß er Miriam mit einer so sündigen Sache unter Druck setzte; aber wenn sie daran glaubte . . . Ja, das wäre vielleicht ein Ausweg – wenn er sie zur Einsicht brachte, daß sie keinesfalls besser dastand, falls sie ihn zu sehr in die Enge trieb. Ja, in dieser Richtung ließ sich vielleicht etwas machen. Er konnte es einfach nicht wagen, sie zu heiraten und seinen Eltern zu trotzen. Und Segen brachte das auch nicht. Miriam kannte ihren Vater schlecht. Wenn er sagte, daß er etwas machen würde, war es schon so gut wie gemacht. Er war durchaus imstande, Jimmy zu enterben und ihm keinen Penny mehr zu bezahlen. Miriam konnte ihn doch unmöglich mehr heiraten wollen, wenn sich eine solche Situation daraus entwickelte.

Er wagte nicht, gegen den Willen seines Vaters zu handeln. Und vor Miriam war er mit Kathy Lingbourne befreundet gewesen. Wenn er zurückdachte, war Kathy immer freundlich und nett gewesen. Sie hätte ihn nie so behandelt. Sie hätte ihn nie gezwungen, sie zu heiraten. Der Gedanke an Kathy hatte eine außerordentlich beruhigende Wirkung auf ihn. Wie hatte er Kathy nur für Miriam aufgeben können? Er wußte es nicht. Es war, als erholte er sich von einer schweren Krankheit. Als erwachte er aus einem schlimmen Traum. Kathy war gut. Nicht nur eine gute Kirchgängerin, sondern auch alltags-gut. Als sie erst siebzehn war, war ihre Mutter gestorben, und sie war an deren Stelle getreten. Jimmy war dort stets willkommen gewesen. Er war der Freund ihres ältesten Bruders gewesen und hatte Kathy tagein, tagaus gesehen. Er kannte ihren Charakter. Und dann war er Miriam begegnet. Miriam – er erschauerte heftig. Es hatte keinen Sinn, an Kathy zu denken. Er taugte nicht einmal dazu, ihr die Stiefel zu küssen – er wußte das. Sie würde ihn nie mehr anschauen, wenn sie wußte – wenn sie wußte . . .

Er fuhr weiter nach Hazeldon. Der Gedanke an Kathy hatte ihn wieder aufgerichtet. Allmählich sah er einen Hoffnungsschimmer am Horizont. Miriam wollte doch genausowenig wie er einen Streit vom Zaun brechen. Was hatte sie dabei schon zu gewinnen? Und dann sah er plötzlich Miriams Gesicht vor sich, die Lippen so fest aufeinandergepreßt, daß sie ihn an eine Falle erinnerten, und die Augen etwas zu eng beieinander. Als er sie so vor seinem inneren Auge sah, diesen stieren, wütenden Blick auf sich gerichtet, sank ihm das Herz wieder in die Hosentasche.

Er fuhr durch das Dorf Hazeldon und dann weiter nach Heath.

Er kam an den Ginsterbüschen vorbei und fuhr noch ein Stück. Sie war nicht da. Das war eigenartig, denn er hatte sich fest eingebildet, daß sie ihn dort bereits erwartete. Wenn man es genau bedachte, war sie bei ihren Rendezvous immer die erste gewesen, und sie hatte ihm Vorwürfe gemacht, weil er sich verspätet hatte. Er hatte sich zwar nicht immer verspätet, obwohl sie das behauptete, doch heute war er unpünktlich. Aber es war nicht seine Schuld, daß die alte Mrs. Marsden in letzter Sekunde zu Besuch gekommen war und seine Mutter ihn gezwungen hatte, ihr wenigstens guten Tag zu sagen. Dann hatte er zwar immer wieder einen Ansatz gemacht, ihnen zu sagen, daß er eine Verabredung habe, aber die beiden ließen ihn einfach nicht zu Wort kommen. Wenn Miriam wenigstens auf ihn hören wollte. Aber das würde sie nicht. Er wußte das. Er erlebte einen Moment der Hellsichtigkeit. Wenn er Miriam heiratete, würde sein Leben genauso aussehen: Jedesmal, wenn er irgendwo hinging, würde sie genau wissen, wie lange er ausbleiben durfte. Und wenn er diese Zeit auch nur um Minuten überschritt, würde er für die Verspätung Rechenschaft ablegen müssen. Er sah nun, was vor ihm lag, wenn er nicht fest blieb, und er beschloß, fest zu bleiben, egal, was sie sagte.

Er fuhr an den Ginsterbüschen vorbei und hielt ungefähr dreihundert Meter dahinter an. Als er zu Fuß zurückging, bröckelte seine Courage mit jedem Schritt ab. Als er den Ginster wieder erreichte, war seine Courage so gut wie verbraucht. Die Dunkelheit, die Stille, das ging ihm an die Nerven. Doch seine Laune hellte sich ein wenig auf. Miriam war nicht da. Sie hatte ihm befohlen, hierherzukommen, und er hatte sich eine halbe Stunde verspätet. Vielleicht hatte sie nicht auf ihn gewartet. Seine Laune stieg wie eine Leuchtkugel empor, um sogleich wieder zu erlöschen. Das war nicht Miriams Art – ganz und gar nicht. Wenn sie ihn zu sehen wünschte, dann wollte sie ihn sehen. Er hatte nie erlebt, daß sie in irgendeiner Sache ihren Entschluß umgestoßen hätte. Das war nicht Miriams Art. Und damit spülte eine hohe Welle der Depression über ihn hinweg, und er begriff, daß er kein Abwehrmittel gegen sie hatte, wenn sie ihn zum Ehemann haben wollte. Wenn sie ihn haben wollte, würde sie ihn bekommen. Das war so sicher wie das Amen in der Kirche.

Er stand reglos da, als ihm klar wurde, daß er geliefert war. Dieser Gedanke beraubte ihn jeder Chance zur Gegenwehr. Es dauerte ein paar Minuten, bis er sich wieder aufraffen konnte. Allmählich wurde es ihm bewußt, daß diese Stille etwas Unheimliches hatte. Wo war Miriam? Er war auf der Straßenseite der Ginsterbüsche eine Weile auf und abgegangen. Da kam ihm der Gedanke, daß sie vielleicht auf der anderen Seite wartete. Daß sie ihn beobachtete, seine Sorge wachsen ließ und auf den richtigen Moment wartete, um über ihn herzufallen. Dieser Gedanke machte ihn zornig, und der Zorn tat ihm gut. Er hatte eine Taschenlampe bei sich. Er holte sie aus der Tasche, knipste sie an und ging um die Ginsterbüsche herum. Er sah einen Fuß und blieb wie erstarrt stehen. Die Lampe schien in seiner Hand zu Eis zu gefrieren. Er rief ihren Namen, und der Klang seiner bebenden Stimme erschreckte ihn:

»Miriam . . .«

Doch Miriam lag reglos da und wollte sich weder bewegen noch sprechen. Er ließ das Licht über sie hingleiten. Es zeigte ihm ihre leeren Hände, ihren Mantel. Sie lag auf der Seite, ihr Kopf in einem unnatürlichen Winkel dazu.

Eine Ohnmacht? Ja, das mußte es sein – sie war in Ohnmacht gefallen. Warum? Das wußte er nicht. Da hatte er nicht die leiseste Ahnung. Er wußte nicht, was er tun mußte. Er faßte sie bei den Schultern und schüttelte sie.

»Miriam – Miriam . . .«

Der Kopf fiel zur Seite.

Jimmy Mottingley sprang zurück. Er wußte nicht viel, aber das wußte er: Der Kopf fiel nur so, wenn das Genick gebrochen war. Er stand da und zitterte am ganzen Körper. Er mußte Hilfe holen – einen Arzt. Er mußte jemand zu Hilfe holen.

Er fand sich auf der Straße wieder, ohne eine klare Vorstellung, wie er dahin gekommen war. Die Lampe in seiner Hand schwankte. Er mußte Hilfe besorgen. Eine tiefere Stimme in ihm sagte: »Keinen Sinn, Hilfe zu holen. Sie ist tot. Miriam ist tot.« Er übertönte diese Stimme, indem er laut zu rufen begann, ehe er wußte, daß er das Fahrrad gesehen hatte. Dann rief er nochmals, weil er das Licht gesehen hatte, und wußte, was es bedeutete – eine gelbe Fahrradlampe, die rasch das leichte Gefälle zum Dorf herunterkam.

Mr. Fulbrook, der seine Tochter auf der anderen Seite der Heide besucht hatte, bremste, sprang ab und fragte mit seiner lauten, beherzten Stimme:

»Was ist los?«

Er dachte nicht daran, nervös zu sein. Als Junge und Mann hatte er fünfundvierzig Jahre in Hazeldon gelebt, und er hatte sich noch nie vor etwas gefürchtet beziehungsweise Anlaß dazu gehabt. Er hatte eine gute Farm, eine gute Frau und gute Kinder. Er hatte seine Älteste besucht, die vor einem Jahr geheiratet hatte und nun was Kleines erwartete.

Mutig schritt er in den zitternden Lichtkegel von Jimmy Mottingleys Lampe hinein. Die nervöse Stimme, die ihm im Dunklen antwortete, würde ihn beruhigt haben, falls er dieser Beruhigung bedurft hätte.

Jimmy stammelte: »Ich glaube, sie i-i-ist t-tot . . .«

»Wer ist tot? Hatten Sie einen Unfall?«

»N-nein. Ich f-fand sie. Ich g-glaube, s-sie ist tot.«

»Wo?«

»Hier entlang.«

Jimmy führte ihn hinter die Büsche. Der Boden war uneben. Er stolperte und wäre fast gestürzt. Mr. Fulbrook streckte einen Arm aus wie eine Brechstange und zog ihn wieder in die Höhe.

»He – immer auf den Beinen bleiben!« rief er. Und dann tanzte der schwankende Lichtkegel über Maulwurfshügel und Mauselöcher, bis er die regungslose Schulter erreichte und den Kopf in seiner sonderbaren Stellung.

»He – geben Sie mir die Lampe!« sagte Fulbrook, und Jimmy gab sie ihm.

Mr. Fulbrook beugte sich über die Leiche. Er wußte sofort, daß das Mädchen tot war, und er wußte auch, wie sie getötet worden war. Man hatte ihr das Genick gebrochen. Fragte sich nur, wer es getan hatte. Er sagte:

»Sie ist tot. Wissen Sie, wer es ist?«

Jimmy sagte: »Ja – es ist Miriam Richardson. Sie war zu Besuch bei Mrs. Merridew. Ich kam her, um sie zu besuchen.« Er sprach, ohne viel nachzudenken. Miriam war tot. Das war eine Befreiung für ihn, doch so weit hatte er noch nicht gedacht. Er war noch nicht weiter als bis zu der Tatsache vorgedrungen, daß sie tot war. Diese schreckliche Tatsache tötete alles andere – Miriam war tot.

Mr. Fulbrook richtete sich auf und faßte Jimmy beim Arm.

»Sie kennen Sie also?«

Jimmy antwortete ihm immer noch auf diese blinde, verwirrte Weise.

»Ja. Ich kam hierher, um sie zu treffen. Aber sie war tot.«

»Und Sie sind . . .«

»Ich bin Jimmy Mottingley.«

Das Ganze erschien ihm wie ein Traum, in dem Frage und Antwort sich abwechselten.

Mr. Fulbrook sagte: »Wie kamen Sie hierher? Ist das Ihr Wagen da an der Straße?«

»Ja.« Zum erstenmal kam ihm der Gedanke, daß er

hätte wegfahren können. Doch dazu war es jetzt zu spät. Er hatte seine Chance gehabt . . . und sie verspielt.

Mr. Fulbrook faßte ihn am Arm.

»Nun, dann kommen Sie mal mit. Ich lasse mein Fahrrad so lange hier, und Sie können mich zur Polizeistation begleiten.«

Jimmy sah ihn verständnislos an.

»Zur Polizeistation?«

»So sagte ich. Das sind die Leute, die sich von Berufs wegen um so etwas kümmern. Und Sie haben sie gefunden, also kommen Sie mit!«

KAPITEL 22

Die Nachricht erreichte das Haus am Ende der Heide fast eine Dreiviertelstunde später. Mrs. Merridew war ungefähr eine halbe Stunde zu Hause. Sie war zweimal bei Miss Danesworth drüben gewesen, um ihr zu sagen, daß Miriam noch nicht da sei und was mit ihr passiert sein könnte. Sie war bereits im Begriff, das zum drittenmal zu tun, als es an der Vordertür laut klopfte und Mr. Graves, der Polizist, mit einem sehr ernsten Gesicht vor ihr stand, als sie öffnete. Und er sagte ihr schlicht und einfach, nur sie konnte es schlicht und einfach nicht begreifen, daß Miriam oben auf der Heide ermordet worden sei. Sie glaubte es nicht; aber schon vom Zuhören wurde ihr ganz schlecht.

Sie hielt sich an der Rückenlehne des nächstbesten Stuhles fest und stammelte: »W-was ist l-los? I-ich glaube k-kein Wort dav-von. Sie h-haben sich das nur au-ausgedacht. M-Miriam . . .«

»Es ist der Schock«, sagte Dobbs auf seine bedächtige Weise. »Ist immer so, wenn man nicht darauf gefaßt ist. Aber es stimmt.«

Mrs. Meridew setzte sich auf das Sofa und brach in Tränen aus. Es dauerte eine Weile, ehe Dobbs etwas Vernünftiges aus ihr herausbrachte, doch schließlich raffte sie sich auf und begleitete ihn zum Polizeirevier, wo sie die Leiche identifizierte und Jimmy Mottingley.

»Ja, er war mit ihr befreundet. Ich wußte nicht, daß er sie hier besuchen wollte. Sie sagte kein Wort davon. Ich nehme an, sie haben sich gestritten . . .«

»Nein – nein«, japste Jimmy. »Ich habe sie gar nicht mehr lebend gesehen. Sie lag nur noch tot dort.«

»Unsinn!« schnappte Mrs. Merridew. »Niemand würde ihr hier ein Haar krümmen. Und was suchte sie denn auf der offenen Heide – wollen Sie mir mal das verraten, junger Mann?«

»Sie ist hingegangen, um mich zu treffen. Aber als ich zur verabredeten Stelle kam, war sie tot. Ich habe sie überhaupt nicht angefaßt. Sie lag dort und war tot, sage ich Ihnen. Ich hatte damit nichts zu tun!«

Mrs. Merridew lachte. Das Lachen schockierte Mr. Dobbs aufs äußerste. Er sagte mit beschwichtigender Stimme: »Na, na, Mrs. Merridew . . .« Doch er erreichte damit nur ein lauteres, höhnischeres Lachen.

»Sie hatten nichts damit zu tun? Das behaupten Sie! Das Mädchen will sich mit Ihnen treffen und wird ermordet aufgefunden – und Sie wollen nichts damit zu tun haben? Natürlich nicht.«

Mr. Dobbs griff tatkräftig ein. So konnte es nicht weitergehen – auf keinen Fall. Er sagte das, nahm Mrs. Merridew am Arm und brachte sie vor die Tür. Dort sagte er ihr, sie solle wieder nach Hause gehen. Als er in die Wachstube zurückkam, weinte Jimmy Mottingley wie ein Schuljunge. Als er Dobbs erblickte, drehte er sich ihm zu.

»Das werden sie wohl alle sagen – nicht wahr? Sie werden sagen, ich bin es gewesen! Und ich war es nicht – war es nicht! Ich schwöre, ich habe sie nicht angefaßt!«

»Das kann ich nicht entscheiden. Ich habe in Headingley angerufen, und der Chefkonstabler ist bereits auf dem Weg hierher. Sie sollten sich lieber überlegen, was sie ihm sagen wollen.«

Jimmy rollte sein nasses Taschentuch zwischen den Fingern.

»Ich kann ihm nichts anderes sagen«, sagte er verzweifelt.

Mrs. Merridew ging die dunkle Straß hinunter. Der Zorn, der sie aufrechtgehalten hatte, verebbte langsam. Sie fing an, auf jede Bewegung, jeden Atemzug im Dunkeln zu achten. Sie hatte es nicht weit bis nach Hause; aber ein Mord kann auf kleinstem Raum verübt werden. Dobbs hatte kein Recht dazu, sie erst aufs Revier zu bringen und sie dann wieder allein heimgehen zu lassen.

Sie erreichte das vorletzte Haus und hatte plötzlich das Gefühl, daß sie keinen Schritt weitergehen könne. Sie blieb am Lattenzauntor stehen und ging hindurch. Im Haus wurde gerade zu Abend gegessen. Richard war noch nicht lange daheim. Er war mit einem erwartungsvollen Gefühl nach Hause gekommen. Während er den Fahrweg herunterkam, spürte er eine mühsam gebändigte Erregung: In einer halben Stunde – in zwanzig Minuten – in zehn Minuten – *jetzt* würde er Jenny wiedersehen! Und als er das Haus erreicht und den Wagen in die Garage gestellt hatte, war es wieder da, dieses Gefühl: gleich – gleich sehe ich sie wieder.

Doch Jenny war kalt. Sie erwiderte seine Gefühle nicht. Er durfte sie nicht erschrecken. Er mußte sachte vorgehen. Er half ihr, die Suppe von der Küche ins Eßzimmer zu tragen. Caroline war eine Zauberin, was Suppen betraf. Das sagte er ihr vor dem Servieren. Und dann, als sie die Teller wieder abräumten, kam das lästige Klopfen an der Tür und unmittelbar darauf der Auftritt von Mrs. Merridew mit rotgeweinten Augen und verrutschtem Hut.

Im nächsten Moment herrschte heillose Verwirrung.

Mrs. Merridew fiel in einen Sessel und weinte. Und gleichzeitig deklamierte sie mit schriller, bebender Stimme:

»Ich mochte ihn nie – habe ihm nie getraut. Das sagte ich auch zu Miriam, aber sie wollte nicht auf mich hören. Junge Leute wollen ja nie hören – bis es zu spät ist. Und was hat sie nun davon, frage ich euch – was hat sie nun davon, daß sie tot ist?« Hier folgte ein sehr lauter Heulkrampf. »Ich sagte zu Miriam: ›Gib acht, was du tust!‹ Sie lachte nur und sagte: ›Er ist doch nur ein Junge.‹ Und ich sagte ihr damals vor drei Monaten, als sie das letztemal hier war: ›Das glaubst *du*!‹

Caroline Danesworth war entsetzt, aber kompetent. Sie gab Richard Weisung, Jenny zu entfernen, und als die beiden gegangen waren, widmete sie sich ganz Mrs. Merridew. Es dauerte einige Zeit, ehe sie entdeckt hatte, was vorgefallen war. Sie hatte Miriam Richardson nicht gemocht; aber der Gedanke, daß sie aus diesem Haus in den Tod gegangen war, erschütterte sie sehr. Es schien kaum glaublich. Sie sagte:

»Aber sie war vorher hier bei uns! Sie wollte Richard sprechen, doch er war noch unterwegs, und sie konnte nicht so lange warten. Es war bereits dunkel, als sie ging. Sie sagte, sie könne nicht länger bleiben.«

Mrs. Merridew setzte sich auf und tupfte ihre Tränen ab.

»Weil sie noch eine Verabredung mit diesem Verbrecher hatte.«

»Sie wußten das?«

»Natürlich wußte ich das nicht! Ich hätte nie zugelassen, daß so etwas passiert, wenn ich davon gewußt hätte – diese mörderische Kreatur!«

Im Nachbarzimmer stand Richard beim Fenster und sah Jenny an. Sie zitterte ein wenig. Er wußte nicht, wie er noch länger an sich halten konnte. Es gab Dinge, die man ertragen konnte, und Dinge, bei denen das unmöglich war. Er ging durchs Zimmer und kniete nieder. Sie saß auf dem Sofa und sah auf ihre Hände hinunter, die ein wenig bebten. Als Richard sie anfaßte, sah sie zu ihm auf. Ihre Augen waren voll von unvergossenen Tränen, ihre Hände ineinander verkrampft, als brauchte sie etwas, woran sie sich klammern konnte.

Er sagte: »Jenny . . .« mit bewegter Stimme, und sie antwortete im bebenden Ton:

»Sie war hier. Sie konnte nicht mehr länger warten. So sagte sie. Sie wollte dich sprechen; aber du warst nicht da.«

»Jenny – Liebling . . .«

Die Tränen ließen sich nicht länger bändigen. Sie rollten über ihre Wangen. Er konnte das nicht mehr ertragen. Er schlang einfach die Arme um sie und barg sie an seiner Brust.

KAPITEL 23

Miss Maud Silver schrieb an ihre Nichte Ethel. Sie hatte eben das Blatt umgedreht und saß, die Hand in der Schwebe, während sie überlegte, wie sie nun das Thema einfädeln sollte, das der Anlaß ihres Schreibens war. Das war Ethels jüngere Schwester Gladys Robinson, die schon so viel Verdruß gemacht hatte, und Ethel hatte wahrhaftig schon Sorgen genug. Diese ständig wiederkehrenden Reibereien zwischen Eheleuten! Wenn sie ehrlich sein sollte: Diese Ehe war von Anfang an eine Mesalliance gewesen. Gladys war eitel, leichtsinnig und undankbar. Sie war als Kind von einer törichten Mutter verwöhnt worden, die sie ihres guten Aussehens wegen vergöttert und total versäumt hatte, ihre Fehler zu korrigieren. Jetzt war es jedoch zu spät, über Versäumnisse zu klagen. Man mußte eine Art Waffenstillstand zwischen ihr und ihrem zu Recht erbosten Gatten herbeiführen.

Sie beschloß, das Thema doch nicht aufzugreifen. Im Augenblick war Ethel noch zu sehr befrachtet mit der Sorge um ihren zweiten Jungen, der sich erst langsam von einer schweren Krankheit erholte.

Sie beschloß, mit einem anderen Thema fortzufahren, als die Tür aufging und ihre Perle, Hannah Meadows, über die Schwelle trat.

»Wollen Sie Mr. Mottingley empfangen, Miss?«

Miss Silver war dieser Name unbekannt, und doch schienen sich damit flüchtige Erinnerungen zu verbinden. Sie sagte: »Ja, natürlich«, und legt ihren Federhalter weg.

Nun trat einer der größten Männer ein, die sie jemals in ihrem Arbeitszimmer empfangen hatte. Er beeindruckte nicht nur durch seine Länge, sondern auch durch seine enorme Schulterbreite. Er sah eine zierliche Dame im altmodischen Aufzug und mit Haarnetz vor sich, die durch ihr Auftreten Respekt einflößte. Er brachte sein Anliegen viel verhaltener vor, als er das eigentlich beabsichtigt hatte.

»Sie sind Miss Maud Silver?«

»Ja.« Miss Silver kam hinter ihrem Schreibtisch hervor, und er schüttelte ihr die Hand. »Was kann ich für Sie tun, Mr. Mottingley? Wollen Sie nicht Platz nehmen?«

Sie wies auf den Sessel, der mit dem Rücken zum Fenster stand. Mr. Mottingley fühlte sich lebhaft an das Haus seiner Großmutter in Bristol erinnert. Sie hatte eine Menge ähnlicher Möbel gehabt. So etwas sah man heutzutage nur noch selten. Sie waren längst aus der Mode, jedoch noch nicht so alt, um als antik zu gelten. Aber sie flößten ihm Vertrauen ein. Sie hatten etwas Anheimelndes an sich, was eigentlich für das ganze Zimmer galt, den Schreibtisch ausgenommen. Das war ein ganz und gar praktisches Möbelstück.

Mottingley richtete den Blick auf Miss Silver und sagte: »Es ist nicht einfach. Ich dachte, ich sollte mal zu Ihnen kommen und darüber reden. Ich habe Ihre Adresse von

Mr. Grimshaw bekommen. Ich hatte eben in einer geschäftlichen Angelegenheit mit ihm verhandelt, und er hat Sie mir empfohlen. Sehr empfohlen.«

Miss Silver hatte in ihrem Lieblingssessel neben dem Kamin Platz genommen. Sie erinnerte sich an den Grimshaw-Fall, eine einfache Sache, die jedoch sehr viel Fingerspitzengefühl erfordert hatte. Sie lächelte und sagte:

»Ich habe sehr angenehme Erinnerungen an Mr. Grimshaw. Ich hoffe, daß es ihm gutgeht?«

Mr. Mottingley sagte: »Ja – ja . . .«, im Ton eines Mannes, der nicht bei der Sache ist. Und dann rückte er mit seinem Anliegen heraus. Er beugte sich vor, quetschte seine mächtigen Hände und sagte:

»Meine Frau und ich, wir haben einen Jungen – der einzige, der uns geblieben ist. Wir verloren drei Kinder, doch der blieb am Leben. Er ist jetzt dreiundzwanzig – alt genug, um den Kinderkram zu lassen und was Ordentliches im Leben anzufassen. Doch er ist eine Enttäuschung gewesen.«

Miss Silver hatte ihren Strickbeutel vom Tisch genommen und holte eine Babyweste von hellrosa Farbe hervor. Sie hielt die Nadeln zwischen den Fingern und sagte:

»In welcher Beziehung, Mr. Mottingley?«

»Er nimmt die Dinge nicht ernst genug. Ich bin ein religiöser Mensch, Miss Silver. Jimmy ist gläubig erzogen worden; doch auch hier mußten wir eine Enttäuschung erleben. Und ich möchte nicht, daß Sie glauben, wir hätten ihn verzogen. Wir waren uns als Eltern unserer Pflicht bewußt. Wie oft gerieten wir in Versuchung, ihm diesen und jenen Fehler nachzusehen, weil er unser einziger war; aber wir versagten uns das, weil wir nur an sein Wohl denken durften . . .« Er stockte, weil er nicht weiterreden konnte.

Miss Silver sagte im gütigem Ton:

»Und wo drückt Sie jetzt der Schuh, Mr. Mottingley?«

»Er wird einer Sache beschuldigt, die er nie getan hat.

Hören Sie, Miss Silver, ich will die Fehler nicht verniedlichen, die mein Sohn haben könnte. Gott weiß, wie viele Sünden er begangen hat – ich will das nicht beschönigen. Er hat sich mit diesem Mädchen eingelassen, und das ist schlimm genug. Aber wenn Sie mich fragen, ob ich glaube, daß er nach Hazeldon Heath gefahren ist und sie ermordet hat, dann sage ich, daß ich das nicht glaube. Und wenn Sie Jimmy kännten, würden Sie es auch nicht glauben.«

Nun ging Miss Silver ein Licht auf. Der Name Mottingley hatte in der Zeitung gestanden. Jimmy Mottingley – das war der Name des jungen Mannes in der Hazeldon-Heath-Mordsache, und das war der Vater des Beschuldigten. Ihre Miene wurde noch ernster als zuvor.

»Einen Moment, Miss Silver. Würden Sie bitte diesen Brief lesen, ehe Sie etwas sagen? Er wird Ihnen verraten, weshalb ich zu Ihnen gekommen bin.«

Er überreichte ihr einen Brief in einem dicken, rechteckigen Umschlag. Während sie ihn entgegennahm, regte sich wieder eine Erinnerung in ihr. Als sie den Brief auseinanderfaltete, nahm die Erinnerung konkrete Formen an. Es war lange her, daß sie die Handschrift von Miss Twisledon entziffern mußte. Aber als sie das Schreiben las, kam es ihr so vor, als hätte sie erst gestern mit ihr gesprochen. Sie blickte hoch und nickte.

»Ich erinnere mich noch gut an Miss Twisledon«, sagte sie. »Sie war eine außerordentlich zuverlässige Person.«

Mr. Mottingley fand diesen Satz sehr zutreffend. Er sagte:

»Ja, das ist sie.« Und dann: »Wären Sie so freundlich, zu lesen, was sie dazu zu sagen hat?«

Miss Silver kehrte zur Lektüre des Briefes zurück:

Sehr verehrte Mrs. Mottingley, sehr geehrter Mr. Mottingley, ich wollte Ihnen unverzüglich schreiben, um Ihnen zu sagen, daß ich kein Wort glaube – über Jimmy, meine ich natürlich. Ich verstehe, daß er sich

mit diesem Mädchen in Schwierigkeiten gebracht hat. Ich kann mich natürlich an das Mädchen erinnern. Sie war ein sehr vorwitziges, ziemlich rücksichtsloses Ding. Ich mochte sie nie, und ich sehe keinen Grund, so zu tun, als hätte ich sie gemocht, nur weil sie jetzt ermordet worden ist. Aber ich bin mir *absolut sicher,* daß Jimmy sie nicht umgebracht hat. Wie Sie wissen, gehörte er zu meinen Zöglingen in der Sonntagsschule, und was ich von meinen Zöglingen nicht wußte, lohnt das Wissen nicht. Jimmys Fehler waren deutlich genug – ich brauche sie Ihnen nicht erst zu verraten. Aber daß er eine junge Frau niederschlägt und erwürgt, kann ich unmöglich von ihm glauben. Und Dinge, die unmöglich sind, passieren nicht. Wollen Sie sich jetzt von mir beraten lassen? Ich lege Ihnen dringend nahe, sich mit Miss Silver in London, Montague Mansions, Montague Street, S.W., in Verbindung zu setzen. Sie wird sich an die schreckliche Geschichte der vergifteten Raupen erinnern und an meine Verbindung mit diesem Fall. Miss Silver war es, die dieses heimtückische Komplott aufgedeckt und eine unschuldige Familie vor dem beschämenden Los einer Anklage bewahrt hat. Ich kann sie nicht genug loben für die Unterstützung und den Trost, den sie mir in einer Zeit äußerster persönlicher Gefährdung gegeben hat. Nehmen Sie Kontakt mit ihr auf. Zeigen Sie ihr den Brief, wenn Sie möchten. Ich glaube, sie wird sich an mich erinnern.
Mit herzlichen Grüßen
Kate Twisledon.

Miss Silver faltete den Brief zusammen und gab ihn Mr. Mottingley zurück.

»Ich erinnere mich noch recht gut an Miss Twisledon«, sagte sie. »Ich glaube, ich sollte ihrem Urteil vertrauen, wenn sie sich nicht zu sehr verändert hat.«

»Ich kenne sie nun schon fast zwanzig Jahre, und sie

hat sich nicht im geringsten verändert«, sagte Mr. Mottingley. »Sie konnte unglaublich gut mit den Jungen umgehen. Sie betreut nun eine invalide Verwandte, und wir vermissen sie sehr an der Sonntagsschule, das kann ich Ihnen versichern. Und wollen Sie mir jetzt zuhören? Was diese Affäre anlangt – Jimmy fuhr am Samstag nach Hazeldon. Er wollte sich mit diesem Mädchen treffen – hatte eine Verabredung mit ihr. Aber er fuhr mit Verspätung los. Das kam daher, weil meine Frau ihn wieder zurückrief, als er gerade das Haus verlassen wollte; eine alte Freundin meiner Frau war nämlich zu Besuch gekommen, die Jimmy als kleinen Jungen gut gekannt hatte. Nun, es war schon halb sieben, als er losfahren konnte, das können meine Frau und ihre Freundin beschwören. Er sagt, er wäre durch Hazeldon gefahren und dann noch ein Stück durch die Heide. Er habe seinen Wagen abgestellt und sei zu Fuß zu einer Gruppe von Ginsterbüschen zurückgegangen; denn diese Stelle hatten sie als Treffpunkt ausgemacht. Er sei dann eine Weile vor den Ginsterbüschen auf und ab gegangen und habe sich gefragt, ob sie vielleicht wieder nach Hause gegangen war, weil er sich verspätet hatte. Und dann habe er überlegt, daß das nicht ihre Art wäre. Womit er völlig recht hatte. Eine entschlossenere junge Frau habe ich persönlich noch nicht erlebt, und das ist die Wahrheit. Ich möchte nicht sagen, daß ich Jimmy für das entschuldige, was er getan hat; aber ich behaupte, daß sie nur bekommen hat, was sie verdiente.«

Miss Silvers Blick ruhte auf seinem Gesicht. Es war ein durchbohrender Blick.

»Mr. Mottingley«, sagte sie, »wollen Sie einen Mord rechtfertigen?«

»Ich? Miss Silver, was halten Sie von mir? Ich erkläre Ihnen nur, was für eine Sorte Mädchen sie war.«

Sie beobachtete ihn genau. Er stand fraglos noch unter einem schlimmen Schock.

Er sagte: »Nein – nein. Ich weiß nicht, was ich gesagt

habe, daß Sie solchen Eindruck von mir bekamen. Jimmy hatte, Gott weiß, genug gesündigt; aber einen Mord würde er niemals begehen. Hören Sie, Miss Silver, es gibt welche, die so was fertigbringen, wenn sie sehr aufgebracht sind. Und es gibt welche, die das nicht fertigbringen. Zu letzteren gehört auch Jimmy. Das beschwöre ich, und ich bin nicht einer, der so ohne weiteres die Schwurhand hebt.«

Miss Silver sagte: »Ich sehe ein, daß ich Sie mißverstanden habe. Sie werden jedoch zugeben müssen, daß Anlaß zu einem Mißverständnis gegeben war.«

Er sagte mit tiefernster Stimme: »Miss Silver, wenn ich glaubte, daß Jimmy dieses Mädchen ermordet hat, wäre ich nicht hier und bäte Sie darum, ihn freizubekommen. Ich würde ihm sagen, daß er die Konsequenzen seiner Tat zu tragen hat.« Er errötete heftig. »Es käme mich hart an, aber ich würde ihm das sagen. Gott sei Dank ist das nicht nötig. Er ist ein Sünder und wird für seine Sünden büßen. Aber vor dem Gesetz ist er nicht schuldig. Das behaupte ich, und dabei bleibe ich. Wollen Sie mir helfen, das auch zu beweisen?«

Miss Silver blickte in das massige Gesicht mit den hochroten Wangen. Sie sah auf seine klobigen Hände, die dermaßen ineinander verkrampft waren, daß die Knöchel so weiß waren wie blanke Knochen. Sie sagte:

»Ja, Mr. Mottingley.«

KAPITEL 24

Miss Silver war unterwegs nach Hazeldon. Sie mußte den Untersuchungsgefangenen sprechen und wollte auch den Ort der Tragödie besichtigen. Was ersteres betraf, hatte sie das paradoxerweise an das Ende der Tagesordnung gesetzt, da sie zunächst den Tatort studieren und sich mit allen lokalen Details vertraut machen wollte. Zudem war Jimmy in das Gefängnis der Kreisstadt gebracht worden. Sie stieg aus dem Zug und sah sich nach einem Taxi um, als sie von einer bekannten Stimme angesprochen wurde.

»Miss Silver! Was suchen Sie denn hier?«

Sie drehte sich lächelnd um und freute sich, einen alten Bekannten begrüßen zu können: Detektivinspektor Abbott von Scotland Yard.

»Ich vermute, wir sind wegen derselben Sache hier«, sagte sie.

Frank Abbott betrachtete sie mit einem Blick, in dem sich so etwas wie Bestürzung spiegelte.

»Meine teure Madam, Sie wollen damit hoffentlich nicht sagen, Sie mischten sich in eine Mordsache ein!«

Miss Silver warf den Kopf leicht in den Nacken.

»Wenn Sie mit ›Mordsache‹ die Beschuldigung gegen den jungen Mr. Mottingley meinen, habe ich das in der Tat vor.«

Frank stöhnte im Geiste.

»Er ist der Täter. Ist zu weit gegangen, und als sie ihm mit Enthüllungen drohte, schlug er sie nieder.«

Mill Silver bewegte sich zum Ausgang des Bahnhofs hin.

»Ist das Ihre Meinung, Frank?«

Er nickte kurz.

»O ja. Und Sie werden sich meiner Meinung anschließen, wenn Sie die Beweislage kennen. Es ist alles sonnenklar. Tut mir leid, daß Sie sich dafür haben einspannen lassen. Aber wenn Sie nach Hazeldon Heath wollen, nehme ich Sie natürlich gerne mit. Ich muß ebenfalls dorthin.«

Miss Silver nahm das Angebot an. Es war ein großer Vorteil, mit einem Fuß im anderen Lager zu stehen. Sie sprach es zwar nicht so deutlich aus, empfand es aber so. Auf der Strecke nach Heath bekam sie ein Bild vom letzten Stand der Ermittlungen. Es sah schlecht aus für Jimmy Mottingley. Das konnte sie nicht bestreiten.

Sie griff sich den einzigen Punkt heraus, der Jimmy entlastete:

»Niemand wußte, daß sich die beiden verabredet hatten. Warum ist er dann, wenn er das Mädchen wirklich ermordet hätte, nach der Tat nicht geflüchtet? Sein Wagen stand doch nur ein kleines Stück vom Tatort entfernt. Er hätte bereits in beträchtlicher Entfernung vom Tatort sein können, als der Radfahrer auftauchte. Statt dessen bleibt er am Tatort und lenkt die Aufmerksamkeit des Radfahrers auf sich.«

»Oh, meine teure Madam, das ist der Junge in ihm. Er hat das Mädchen in einer Anwandlung von Wahnsinn umgebracht und verliert nun völlig den Kopf. Er ist total verwirrt – weiß nicht, was er tut. Bei Affekthandlung ist das keine Seltenheit.« Er zuckte mit den Achseln. »Junge vergißt sich und sucht sich die schnellste Lösung für sein Problem heraus. Doch nach der Tat tut sie ihm leid – bitter leid. Und er schämt sich. Das Mädchen scheint ja eine harte Nuß gewesen zu sein. Ich möchte sagen, sie setzte ihm gewissermaßen die Pistole auf die Brust.«

»Trotzdem«, erwiderte Miss Silver ernst, »stellt er sich auf die Straße und ruft einen vorbeikommenden Farmer an. Er behauptet, als er das Mädchen fand, sei es bereits tot gewesen.«

Frank Appott bewegte die Schultern auf und ab.

»Er hatte eine Verabredung mit ihr – das gibt er zu. Sie kommt zuerst. Er verspätet sich. Das gesteht er ebenfalls – seine Mutter bekam Besuch und hielt ihn auf, sagt er. Damit waren die Voraussetzungen für einen Streit gegeben. Das Mädchen hat fast eine Stunde gewartet, als er zum Stelldichein kommt. Glauben Sie, das Mädchen wäre ihm um den Hals gefallen?«

»Vermutlich nicht.«

»Soweit wir den Hintergrund des Mädchens kennen, möchte ich sagen, sie machte ihm eine schreckliche Szene. Da schlägt er sie nieder und erwürgt sie anschließend.«

Miss Silver sah ihn aufmerksam an.

»Sagen Sie das noch mal, Frank.«

»Er verpaßt ihr einen Schlag gegen die Schläfe und erwürgt sie dann.«

»Ist das der Tathergang?«

»Das ist der Tathergang.«

»Das wußte ich nicht. Sehen Sie nicht, daß sich damit die Sachlage wesentlich verändert? Ein jungen Mann, der nicht zu Gewalttätigkeiten neigt, mag begreiflicherweise einmal zuschlagen; aber es fällt mir schwer, zu glauben, daß er diese Affekthandlung dann so entschlossen verfolgt, bis sie nicht mehr am Leben ist. Ich kenne nur Mr. Mottingleys Darstellung des Tathergangs, und der war so geschockt, daß ich vorläufig davon Abstand nahm, mir Einzelheiten berichten zu lassen. Ich wußte, daß ich das nachholen konnte, sobald ich an Ort und Stelle recherchierte. Wenn das Mädchen zuerst niedergeschlagen wurde, kann ich unmöglich glauben, daß Jimmy Mottingley der Mörder gewesen ist.«

Frank Abbott wandte den Kopf einen Moment zur Seite. Er kannte seine Miss Silver sehr gut. Wenn sie sagte, sie fände es unmöglich, eine Sache zu glauben, brauchte er ihre Ansicht nicht zu teilen. Doch respektieren würde er sie auf jeden Fall.

»Nun, dann wissen wir ja beide, wo wir stehen«, sagte er. »Es tut mir leid, daß wir uns nicht auf derselben Seite befinden; aber was soll's!«

»Mein lieber Frank«, sagte sie, »Antagonismus zwischen Leuten, die nach der Wahrheit suchen, ist ein Ding der Unmöglichkeit. Ich bin nicht für Jimmy Mottingley, und Sie sind nicht gegen ihn. Wir sind beide, wie ich hoffe, ernsthaft darum bemüht, die Wahrheit zu ergründen und unbefangen an die Sache heranzugehen. Denn nur der Unbefangene vermag die Wahrheit zu erkennen.«

Frank, der diesen Vorhaltungen nichts entgegenzusetzen wußte, war froh, daß die beiden Häuser auf halber Höhe des Hügels bereits in Sicht kamen.

»Hier sind wir schon«, sagte er. »Das erste Haus gehört Miss Danesworth, das zweite und letzte Haus Mrs. Merridew. Die Ermordete war ihre Nichte und wohnte zur Tatzeit bei ihr. Ich verrate kein Dienstgeheimnis, wenn ich Ihnen sage, daß Mrs. Merridew ein harter Brocken ist.«

»Miss Caroline Danesworth?« fragte Miss Silver und sah Frank dabei mit lebhaftem Interesse an.

»Ich glaube, ja. Nun sagen Sie bloß, Sie kennen sie?«

»Ich hatte das Vergnügen, im vergangenen Jahr ihre Bekanntschaft zu machen. Sie war eine Freundin von Mrs. Lucius Bellingdon, die in den Fall Scott verwickelt war.«

Er nickte, als er sich daran erinnerte.

»Eine außerordentlich liebenswürdige Person. Nun, sollen wir sie zuerst aufsuchen? Oder sind Ihre Ermittlungen rein privater Natur? In diesem Fall hätte ich zuerst ein Anliegen an Mrs. Merridew.«

»Wenn Sie zuerst zu Mrs. Merridew gingen, wäre mir das sogar lieber.«

Miss Silver lächelte ihm gnädig zu, als sie ausstieg. »Ich weiß nicht, wie lange ich mich bei Miss Danesworth aufhalte. Vielleicht sollte ich lieber Lebewohl sagen.«

»Nein, das ist nicht nötig. Ich gebe Ihnen nur einen Vorsprung und komme dann nach. Mrs. Merridew ist eine Gift und Galle sprühende Person. Ich habe lediglich ein kleines Anliegen an sie, und das dauert nicht lange.«

Als Miss Silver an die Haustür von Miss Danesworth klopfte, mußte sie an den Fall von Mrs. Scott zurückdenken. Damals hatte sie die Besitzerin dieses Hauses kennengelernt. Wie klein die Welt doch ist, überlegte sie, und wie erfreulich, die Beteiligten zuweilen unter erfreulicheren Umständen wiederzutreffen. Lucius Bellingdon und dessen Frau sah sie hin und wieder, wenn sie zu deren Freunden, dem Ehepaar Moray, zum Tee eingeladen wurde.

Sie klopfte zum zweitenmal, und dann ging die Tür auf. Sie sah sich einem Mädchen gegenüber – einer außerordentlich bezaubernden Erscheinung, wie Miss Silver sie beschrieben haben würde. Sie hatte dunkles, gelocktes Haar und klare braune Augen.

»Ich wollte fragen, ob ich vielleicht Miss Danesworth sprechen könnte. Mein Name ist Silver – Miss Maud Silver.«

KAPITEL 25

Jenny ging ihr zum Wohnzimmer voraus. Unter dem freundlichen Willkommensblick glaubte Miss Silver eine Verstörung bemerkt zu haben. Sie fragte sich, ob dieses Mädchen die Ermordete gut gekannt hatte. Zwei Mädchen im gleichen Alter, die Tür an Tür wohnten – nein, die Ermordete mußte drei oder vier Jahre älter gewesen sein; aber dieser Altersunterschied bedeutete nicht viel. Man durfte vermuten, daß sie Freundinnen gewesen waren. Jedenfalls mußte der tragische und unerwartete Tod des Mädchens nebenan für dieses sensible Geschöpf ein schwerer Schock gewesen sein.

Miss Silver war stehengeblieben. Sie drehte sich um, als die Tür aufging und Miss Danesworth hereinkam.

»Meine liebe Miss Silver, wie nett, Sie wiederzusehen!« sagte sie.

Miss Silver lächelte und erwiderte:

»Aber ich muß Ihnen gleich sagen, daß ich geschäftlich zu Ihnen komme.«

»In der Mottingley-Sache? Schrecklich, nicht wahr? Ich habe den Jungen im Sommer kennengelernt. Ich kann einfach nicht glauben, daß er einen brutalen Mord begangen haben soll. Er wirkte auf mich immer so schüchtern – sanft und ziemlich verklemmt. Aber setzen Sie sich doch bitte!«

Miss Silver nahm Platz. Sie sagte:

»Ihre Bemerkung ist sehr interessant. Ich möchte gleich klarstellen, daß ich im Auftrag von Jimmy Mottingleys Eltern hierhergekommen bin. Sie haben mich beauftragt, mich mit dem Fall zu befassen und Entlastungsmaterial für den Beschuldigten aufzutreiben.«

Miss Danesworth schwieg einen Moment. Dann sagte sie:

»Ich glaube nicht, daß ich Ihnen da weiterhelfen kann; denn wenn mir jemals ein Mädchen herzlich unsympathisch war, dann war es diese Unglückliche, die hier in der Nähe ermordet wurde.«

Miss Silver sah sie ernst an.

»Miss Danesworth, wollen Sie mir mit Ihren Worten schildern, was passiert ist, soweit Ihnen die Umstände der Tat bekannt sind? Ich bitte Sie nicht um einen ausgewogenen und objektiven Bericht. Ich möchte nur wissen, wie Sie die ganze Sache sehen. Ich verlange nicht, daß Sie Ihre Worte abwägen. Berichten Sie lediglich, welche Eindrücke Sie von dem Mädchen und den Beteiligten hatten. Wollen Sie mir diesen Gefallen tun?«

Miss Danesworth blickte Miss Silver in die Augen und erlebte, was schon so viele Leute unter ähnlichen Umständen erlebt hatten. Vieles bewegte sie in diesem Moment, was sie nicht mit Worten hätte ausdrücken können. Die Wahrheit – das war es, was zählte, und nichts anderes zählte als die Wahrheit. Konventionen waren nicht wichtig. Es kam einzig und allein auf die Wahrheit an. Sie sagte:

»Ja, ich werde Ihnen die Wahrheit berichten, soweit sie mir bekannt ist. Viel ist es nicht . . .« Sie hielt einen Moment inne und fuhr dann fort: »Ein Neffe wohnt bei mir. Sein Name ist Richard Forbes. Er ist verliebt in das

Mädchen, das Ihnen die Haustür öffnete. Sie heißt Jenny Forbes und ist eine weitläufige Kusine von ihm, daher derselbe Nachname. Sie sind nicht verlobt, und wir haben nichts über ihre persönlichen Verhältnisse verlauten lassen. Ich weiß, daß Sie sehr diskret sind – die beiden kennen sich erst seit zehn Tagen. Ich stelle keine Fragen; aber ich kann beiden ansehen, wie es um sie steht. Aber das ist eine andere Geschichte. – Das Mädchen, das ermordet wurde, kam erst am letzten Freitag hierher. Sie wohnte bei Mrs. Merridew – das ist die Kusine ihrer Mutter, die ihr Haus nebenan hat. Und sie sprach die ganze Zeit nur mit Richard, nicht mit Jenny. Sie ist halt so ein Mädchen. Ich erinnere mich, wie sie uns erzählte, daß sie Kinder nicht ausstehen könne, die im Zug dauernd Bonbons in sich hineinstopfen, bis sie ihnen aus den Ohren herausquöllen. Oh, ich weiß nicht – mir gefiel die Art nicht, wie sie sich über Kinder äußerte. Sie versuchte nur, Richard damit zu imponieren. Und er ermunterte sie sogar noch dazu. Wie Männer das manchmal tun, wenn ein Mädchen ihnen überhaupt nicht liegt. Jenny ärgerte sich darüber – ich konnte ihr das ansehen. Ich glaube, sie haben sich später deswegen gestritten – aber das wird Sie kaum interessieren.«

»Mich interessiert alles«, sagte Miss Silver. »Bitte fahren Sie fort.«

Caroline überlegte einen Moment und sagte dann:

»Sie wollen alles wissen, also werde ich Ihnen auch alles erzählen. Jenny ging früh zu Bett, und Richard beichtete mir, daß er ernste Absichten habe, jedoch zu voreilig gewesen sei. Offenbar hatte er ihr einen Kuß gegeben, worauf Jenny weiß wie ein Laken wurde und aus dem Zimmer rannte. Am Morgen wollten sich die beiden gerade aussprechen, als Miriam herüberkam. Sie sollte die beiden im Auftrag von Mrs. Merridew zum Mittagessen einladen. Doch Richard hatte sich bereits mit seinem Freund Tommy Risdall verabredet, der in Tillingdon wohnt. Und Miriam sagte: ›Wie wäre es mit morgen?‹ Richard erwiderte, das käme nicht in Frage, denn morgen wäre Sonntag, und nur Krankheit würde man in so einem Dorf als Entschuldigung gelten lassen, wenn man der Kirche fernblieb. Und dann sagte sie: ›Wie wäre es mit Montag?‹, und Richard sagte: ›Schön!‹ Ich war bei diesem Gespräch nicht dabei, aber so hat mein Neffe mir berichtet.

Bis zum Abend geschah dann nichts mehr. Richard war in Tillingdon, und ich besuchte einen kranken Nachbarn. Ich kam erst zum Tee wieder nach Hause. Danach plauderte ich mit Jenny, bis es dunkel wurde. Da kam Miriam zum zweitenmal herüber und sagte, ihre Tante wäre zu einer Versammlung gegangen. Sie wollte Richard sprechen, und als ich ihr sagte, er wäre noch nicht nach Hause gekomen, meinte sie zu Jenny, es wäre ja nicht gerade ein Kompliment für sie, daß er allein weggefahren sei und sie den ganzen Tag hier sitzen lasse. Sie würde sich nicht gerade geschmeichelt fühlen, wenn sie mit einem jungen Mann unter einem Dach wohnte, und der junge Mann machte sich aus dem Staub.

Vielleicht sollte man das jetzt gar nicht mehr erwähnen, wo sie auf eine so schreckliche Weise ums Leben gekommen ist. Aber ich kann ihr ja nicht bescheinigen, daß sie ein taktvolles Mädchen gewesen ist. Dann sprach sie noch von ihrer letzten Stellung, und daß ihre Arbeitgeber es sehr bedauert hatten, als sie kündigte. Dann blickte sie plötzlich auf die Uhr und fragte, ob sie richtig ginge. Als ich ihr sagte, daß sie auf die Minute ginge, sprang sie auf und sagte, sie müsse jetzt gehen. Wir sollten Richard ausrichten, daß sie ihn zu sprechen wünsche – ›nicht heute abend – da habe ich etwas anderes vor. Aber wenn er möchte, kann er gleich morgen früh auf einen Sprung zu mir hinüberkommen.‹ Und ehe sie ihren Satz beendet hatte, war sie bereits an der Haustür. Und dann ist sie gegangen.«

Miss Silver schwieg eine Weile. Dann sagte sie:

»Wann kam Ihr Neffe nach Hause?«
»Ungefähr eine halbe Stunde darauf.«
»Welchen Weg hat er genommen?«
»Er kam aus der entgegengesetzten Richtung – vom Dorf her. Miss Silver . . .«
»Ja, Miss Danesworth?«
»Sie denken doch nicht – Sie können doch nicht . . . Oh . . .«
Miss Silver sah sie ernst an.
»Was habe ich gesagt, daß Sie so erschrecken könnte, Miss Danesworth?«
Die Tür ging auf, und Richard kam herein. Miss Silver sah einen gutausehenden jungen Mann vor sich. Er war groß und schlank und in diesem Moment feierlich ernst.
Miss Danesworth sagte mit einiger Mühe:
»Mein Neffe Richard Forbes – Miss Silver.«
Miss Silver verneigte sich kurz. Richard machte eine Verbeugung. Miss Danesworth fuhr fort zu reden. Sie hatte ihre Stimme wieder unter Kontrolle.
»Miss Silver ist hergekommen, um Informationen über Miriams Tod zu sammeln. Sie eine Detektivin. Verzeihen Sie, Miss Silver, daß ich mich so schlicht und einfach ausdrücke.«
Miss Silver lächelte.
»Ich habe Ihnen nichts zu verzeihen, Miss Danesworth. Ich möchte nicht, daß Sie mich als etwas ausgeben, was ich gar nicht bin.«
Richard sah von der einen zur anderen. Er hatte schon von Miss Silver gehört, und nun stand sie persönlich vor ihm. Er wollte seinen Augen nicht trauen. Wirklich unglaublich! Er betrachtete ihre adrette, ältliche Erscheinung; den Hut mit der verwaschenen Seidenschleife; den sauberen, aber ziemlich fadenscheinigen schwarzen Mantel; die schwarzen, doch keineswegs neuen Lederhandschuhe und überlegte, als was er sie wohl bezeichnet hätte. Gewiß nicht als Detektivin – dessen war er sich sicher. Und dann sah sie ihn plötzlich an, und er

änderte seine Meinung. Ihr Blick ging glatt durch einen hindurch. Das war natürlich Unsinn; aber das Gefühl war sehr beharrlich, daß sie ihm bis auf den Grund seiner Seele schaute. Was es da zu sehen gab, würde sie sehen. Er war von ganzem Herzen dankbar dafür, daß Mord und Totschlag nicht zu den Dingen gehörten, die sie vielleicht in seinem Herzen erspähte. Der Blick hatte vielleicht nur ein paar Sekunden gedauert, doch er wußte, daß er ihn nie vergessen würde. Sie sagte:

»Sie sind hoffentlich hereingekommen, um uns zu helfen. Miss Danesworth und ich sind alte Bekannte. Es freut mich, daß wir uns nach so langer Zeit wiedergesehen haben, doch ich wünschte mir wie sie, daß die Umstände nicht so tragisch wären.«

Richard sagte: »Ja.« Und dann: »Meine Tante hat Ihnen schon erzählt, was wir wissen?«

»Ich glaube ja. Sie haben an dem fraglichen Abend Miriam Richardson nicht gesehen?«

Richard sah ihr in die Augen.

»Nein, ich habe sie an jenem Abend nicht gesehen. Wie ich hörte, kam sie hierher und wollte auf mich warten. Dann sah sie plötzlich auf die Uhr und sagte: ›Richtet Richard aus, daß ich ihn sprechen möchte. Aber nicht mehr heute abend – da habe ich etwas anderes vor: Aber wenn er will, kann er morgen früh auf einen Sprung zu mir hinüberkommen.‹ Zitiere ich richtig?« Er wandte sich seiner Tante zu.

»Ja, so sagte sie. Und sie war schon zur Tür hinaus, ehe wir ihr eine Antwort geben konnten. Ich hatte den Eindruck, sie fürchtete, sonst zu einer Verabredung zu spät zu kommen.«

»Miss Forbes war ebenfalls im Zimmer?«

Miss Danesworth sagte: »Ja, Jenny war hier.«

»Könnte ich sie vielleicht ebenfalls sprechen?«

»O ja.«

Miss Danesworth war inzwischen wieder die Ruhe selbst. Man konnte kaum glauben, wenn man sie ansah, daß sie eben noch auf eine Bemerkung hin die Fassung verloren hatte. Miss Silver konstatierte voller Anteilnahme, daß sie um Richard bangte – Richard, den schwachen Punkt in ihrer Rüstung. Sie erinnerte sich an die Worte von Mrs. Lucius Bellingdon: ›Sie hat ihren Verlobten im letzten Krieg verloren, und dann noch ihren Schwager und dessen Frau. Sie kamen bei einem Autounfall ums Leben – oder bei einem Bombenangriff. Das weiß ich nicht mehr genau. Sie hat deren Jungen ins Haus genommen und ihn vorbildlich erzogen. Er ist zur Zeit bei der Armee – ein sehr netter Bursche, ungefähr fünfundzwanzig.«

Miss Danesworth war zur Tür gegangen. Sie öffnete sie und rief: »Jenny!«

Miss Silver verstand. Jenny sollte nicht voreingenommen sein, sondern sich unbefangen den Fragen von Miss Silver stellen.

Jenny kam herein.

»Das ist Miss Silver. Sie wollte dich im Zusammenhang mit Miriams Besuch am Samstag einiges fragen.«

Jenny stand da und begriff nicht ganz. Sie sah zu Richard hinüber und dann wieder auf Miss Silver.

»Miriam? Sie kam herüber, weil sie Richard besuchen wollte. Was wollen Sie darüber wissen?«

»Alles, meine Liebe.«

Jenny wiederholte das letzte Gespräch mit Miriam. Sie sah sehr blaß aus, war aber sehr gefaßt. Richard beobachtete sie die ganze Zeit. Als sie zu der Stelle kam, wo Miriam auf die Uhr blickte, änderte sich ihr Ton plötzlich. Sie sagte:

»Sie sah unvermittelt zur Uhr hinüber und fragte, ob sie richtig ginge. Miss Danesworth sagte, sie ginge auf die Minute, und Miriam sagte: ›Oh – dann muß ich gehen. Richten Sie Richard aus, daß ich ihn sprechen will. Doch nicht heute abend – da habe ich schon etwas anderes vor. Aber wenn er will, kann er morgen früh einen Sprung zu mir hinüberkommen.‹ Und damit war sie schon aus der Tür, ehe sie den Satz zu Ende gesprochen hatte. Das ist alles. Wir – wir haben sie nicht mehr wiedergesehen.«

KAPITEL 26

Frank Abbott kam in diesem Moment, sehr dienstlich, und drängte darauf, Miss Silver mitnehmen zu dürfen. Erst als sie wieder im Wagen saßen, wurde er ein wenig lockerer.

»Nun?« sagte er. »War Ihr Besuch zufriedenstellend?«

»Ich denke doch, Frank. Wollen Sie mich etwa zu Jimmy Mottingley bringen?«

»Möchte ich, wenn Sie damit einverstanden sind. Es würde Ihre Mission wesentlich erleichtern.«

Miss Silver warf ihm einen dankbaren Blick zu.

»Das ist überaus liebenswürdig, Frank. Sehr entgegenkommend.«

»Wie ging es bei Ihnen? Oder sollte ich nicht fragen?«

»Ich denke, daß Sie mich nicht fragen sollten, sondern daß ich es Ihnen erzählen werde. Zunächst war ich davon beeindruckt, daß Miss Danesworth zur Tür ging und nach Jenny Forbes rief, als ich das Mädchen sprechen wollte. Ich sollte begreifen, daß sie das Mädchen weder auf das Gespräch vorbereiten noch von den Dingen, die wir vorher besprochen, in Kenntnis setzen wollte. Jenny Forbes' Bericht von dem Besuch des ermordeten Mädchens im Haus deckte sich vollkommen mit der Schilderung, die mir Miss Danesworth bereits gegeben hatte. Das bemerkenswerteste an beiden Berichten ist der Schluß des Besuchs. Beide bezeugten, Miriam habe plötzlich auf die Uhr gesehen und sich erkundigt, ob sie richtig ginge. Als man ihr sagte, sie ginge auf die Minute genau, sagte Miriam: ›Dann muß ich gehen.

Teilen Sie Richard mit, daß ich ihn sprechen will. Doch nicht heute abend – da habe ich etwas anderes vor. Aber wenn er möchte, kann er morgen früh auf einen Sprung zu mir hinüberkommen.‹ Damit ist meiner Ansicht nach die Möglichkeit, daß das Mädchen sich mit Richard Forbes getroffen hat, ziemlich unwahrscheinlich.«

Eine halbe Stunde später trafen sie in Colborough ein. Miss Silver hatte während der Fahrt meist geschwiegen. Von ihrem Gespräch mit Jimmy Mottingley würde es abhängen, ob sie seinen Fall überhaupt übernahm. Das Vertrauen des Vaters in seinen Sohn war vielleicht nicht gerechtfertigt. Einen Schuldigen reinzuwaschen war eine Rolle, die ihr nicht gemäß war.

Als sie im Gefängnis anlangten, überließ sie das Reden Frank Abbott. Er war ein alter Freund des Gefängnisdirektors und beseitigte bürokratische Hemmnisse. Man führte sie in einen hellen, kahlen Raum, in dem ein langer Tisch stand mit zwei Stühlen jeweils am Kopfende. Kaum hatte sie Platz genommen, als ein Wärter Jimmy Mottingley hereinbrachte und ihn zum andern Stuhl am Tischende eskortierte. Als der Untersuchungsgefangene Platz genommen hatte, zog der Wärter sich an die Tür zurück und sagte: »Ich bin im Korridor, wenn Sie mich brauchen, Madam.« Dann ließ er sie allein. Doch die obere Hälfte der Tür bestand aus Panzerglas. Sie standen also unter Beobachtung; aber ihr Gespräch konnte der Wärter nicht belauschen.

Miss Silver wandte sich Jimmy Mottingley am anderen Ende des Tisches zu. Sie erblickte einen jungen Mann mit blonden Haaren und blauen Augen, der einen noch sehr jugendlichen Eindruck machte. So sahen Einzelkinder aus, die in der Regel verzogen waren. Sie fragte sich, ob Mr. Mottingley tatsächlich so streng zu seinem Sohn gewesen war, wie er behauptet hatte.

Und dann sah Jimmy Mottingley sie mit einer gewissen Herausforderung an und sagte:

»Weshalb sind Sie hierhergekommen?«

Miss Silver antwortete nicht gleich. Sie betrachtete ihn und bemerkte Anzeichen von Schwäche. Der Junge litt, stand am Rand eines Zusammenbruchs. Sie lächelte ihm beruhigend zu und sagte:

»Ich bin von Ihrem Vater gebeten worden, Ihnen zu helfen, falls das möglich ist.«

Er lachte.

»Von meinem Vater gebeten! Wissen Sie, was er denkt? Er denkt, ich bin es gewesen. Er saß dort und hielt mir Vorträge. Daß man Gottes Gebot nicht ungestraft übertreten dürfe.«

Miss Silver sagte mit Würde: »Mr. Mottingley, ich glaube, Sie haben Ihren Vater nicht richtig verstanden . . . Nein, einen Moment, bitte. Sie müssen sich beherrschen, sonst werden wir getrennt. Der Wärter bleibt nur so lange hinter der Tür, wie Sie die Vorschriften nicht verletzen. Ich muß Sie bitten, die Ruhe zu bewahren.«

Jimmy starrte sie an. Er erschauderte und sagte im Flüsterton:

»Ruhe – o mein Gott! Wissen Sie, was es bedeutet, wenn man eines Verbrechen beschuldigt wird, daß man niemals begehen könnte? Wissen Sie, wie einem dann zumute ist?«

»Ich kann nur wissen, was Sie mir sagen. Wären Sie bereit, mir zu berichten, was am vergangenen Samstag geschehen ist?«

»Ja – ja – ich werde es Ihnen sagen.« Er kramte in seiner Hosentasche und zog eine Taschentuch hervor. Er schneuzte sich und fragte: »Am Samstagabend? Ich war mit Miriam verabredet – das wissen Sie. Sie – sie wollte mich sehen. Ich wollte nicht zu ihr. Ich wußte, was sie wollte – o ja, das wußte ich. Aber ich sah sie nicht wieder – nicht lebend, meine ich. Ich hatte mich verspätet, weil meine Mutter Besuch bekam. Als ich am Treffpunkt ankam, war es schon eine halbe Stunde über die Zeit. Ich wußte, wie wütend Miriam war, wenn ich mich verspätete. Sie hatte mir gesagt, wir sollten uns auf halber Höhe des Hügels treffen, der hinter dem Haus, wo sie zu Besuch war beginnt. Wir hatten uns dort schon früher verabredet. Gleich neben der Straße ist eine Gruppe von Ginsterbüschen, dort wollten wir uns treffen. Ich fuhr erst ein Stück weiter mit dem Wagen, stellte ihn ab und ging zu den Büschen zurück. Aber dort war sie nicht. Inzwischen war eine weitere Viertelstunde vergangen, und ich fragte mich, ob sie nicht aufgegeben hatte und nach Hause gegangen war. Ich fragte mich, was ich tun sollte. Da ich nun schon den weiten Weg gemacht hatte, wollte ich sie auf jeden Fall sprechen. Wenn man sich zu etwas überwindet, will man es hinter sich bringen, verstehen Sie?«

»Ja, das kann ich gut verstehen. Fahren Sie fort, Mr. Mottingley.«

Ein Schauer überlief Jimmy, weil er nun zu dem Punkt kam, der ihn in seinen Träumen verfolgte. Er stammelte mit versagender Stimme:

»Ich dachte, vielleicht hat sie sich hinter den Büschen versteckt. Als ich dort nachsah, fand ich sie . . .« Die Worte versickerten im Raum, während er auf sein Taschentuch hinuntersah. »Sie lag dort. Aber sie war tot. Sie war erwürgt worden. Ich rannte auf die Straße zurück. Da kam ein Radfahrer den Hügel herunter. Ich winkte und rief, daß er anhalten solle. Ich kannte seinen Namen nicht. Es war Mr. Fulbrook, und dem ich erzählte, daß ich mich hier mit Miriam hätte treffen wollen, aber sie tot hinter den Büschen gefunden hätte. Er ging mit mir um die Büsche herum und sah sie. Er stellte mir eine Menge Fragen, und ich weiß nicht mehr, was ich ihm darauf geantwortet habe. Wir stiegen in meinen Wagen, und er fuhr – meine Hände zitterten zu sehr. Wir fuhren zum Revier. Und jeder hielt es für erwiesen, daß ich es getan hätte. Aber ich war es nicht. Ich war es nicht, schwöre ich Ihnen. Ich hätte es unmöglich tun können! Schon der Gedanke daran macht mich krank. Ich – ich habe hin und her überlegt, aber ich brächte es niemals fertig, einen Menschen zu töten. Ich – ich habe das niemandem erzählt; aber vielleicht ist es ein Beweis für das, was ich Ihnen gesagt habe. Vielleicht sollte ich mich schämen – ich weiß es nicht. Aber ich kann niemanden töten – mir wird ganz schlecht bei diesem Gedanken. Und Miriam – sie war so lebendig – sich ihrer Sache so sicher. Ich mochte sie eigentlich gar nicht, wissen Sie.«

Er hob den Kopf und sah Miss Silver an. Es war ein Blick, der sie auf eigentümliche Art rührte.

»Vielleicht klingt das komisch; aber wenn ich nicht mit ihr zusammen war, dachte ich darüber nach, wie schrecklich es wäre, mit ihr verheiratet zu sein. Und dann, wenn ich sie wiedersah, schien sie Oberwasser zu haben. Ich glaube, sie war sehr willensstark. Wenn ich sagte, mein Vater würde niemals in eine Ehe mit ihr einwilligen, lachte sie nur und sagte, der würde erst gar nicht gefragt. Und als ich sagte, mein Vater würde es uns nie verzeihen, wenn wir nur standesamtlich getraut würden, lachte sie ebenfalls. Es hatte keinen Sinn. Sie hatte eine genaue Vorstellung von allem, was wir tun wollten – oder was sie tun wollte, und sie hörte einfach nicht zu. Und das wollte mein Vater nicht verstehen. Ich glaube nicht, daß ihm schon jemand wie Miriam vorher begegnet war. Wenn sie etwas haben wollte, bekam sie es auch – irgendwie.«

Das Taschentuch ging nach oben, und hinter diesem Schutzschirm brach er nun endgültig zusammen.

»Mr. Mottingley«, sagte Miss Silver behutsam, »ich werde Ihren Fall übernehmen. Ich habe nur noch ein paar Fragen an Sie, die Sie mir bitte beantworten möchten.«

KAPITEL 27

Mac Forbes hatte vier Tage in einem Zustand verbracht, den er sich selbst gegenüber als »reine Hölle« bezeichnete. Er hatte einen Mord begangen, und seine Tat war, wie er inzwischen erfahren hatte, sinnlos gewesen. Das Mädchen, das er getötet hatte, war nicht Jenny. Doch durch einen ungewöhnlichen Zufall war sie an der Stelle gewesen, wo er Jenny erwartet hatte. Weshalb – das war nicht mehr wichtig. Wichtig war lediglich, daß sie aus dem Haus gekommen war, in dem Jenny zu Gast war, und daß sie langsam die Straße den Hügel hinaufgegangen war. Ihm wäre nie der Gedanke gekommen, daß hier eine Verwechslung vorliegen könnte. Hätte er Jenny bei Licht mit eigenen Augen gesehen, wäre er nicht überzeugter gewesen, sie umgebracht zu haben, als er von Hazeldon Heath wieder abfuhr.

Er bedauerte nichts. Die Sache war nötig gewesen, und er hatte sie erledigt. Nur diesen Zettel hätte er wieder an sich nehmen müssen. Da hatte er einen Fehler begangen. Und darüber dachte er nun etwas nüchterner nach.

Jenny konnte seine Bitte mißachtet und einfach zerrissen haben. Oder sie hatte seine Anweisung befolgt und den Zettel zum Treffpunkt mitgebracht. Die dritte Möglichkeit, daß sie seine Botschaft gar nicht erhalten hatte, kam ihm nicht in den Sinn.

Das war der Stand seiner Überlegungen, als er sich noch in dem Irrtum befunden hatte, er habe Jenny umgebracht. Da gab er auch noch der Ermordeten die Schuld dafür, daß er sie hatte umbringen müssen. Denn wenn sie in Alington House geblieben wäre und er sie geheiratet hätte, hätte er dieses Risiko gar nicht auf sich nehmen müssen. Wäre sie nicht mitten in der Nacht fortgerannt, hätte er sie nicht töten müssen. Nein, das alles hatte sie sich letztlich selbst zuzuschreiben.

Und dann brachten am Montag die Zeitungen die

unglaubliche Nachricht – MORD IN HAZELDON HEATH. Diese Schlagzeile hatte er erwartet. Doch als er das Kleingedruckte las, fiel ihm die Zeitung aus den Händen. Er hatte nicht Jenny umgebracht. Jenny war noch am Leben. Er hatte eine Fremde ermordet.

Nach ein paar Minuten hatte er sich so weit erholt, daß er die Zeitung wieder aufnehmen konnte. Er wollte wenigstens wissen, wen er umgebracht hatte. Ein Mädchen namens Miriam Richardson. Die Nichte von Mrs. Merridew, deren Namen ihm vertraut war, weil sie eine Verwandte in Alingford hatte – Miss Crampton, die Tochter des ehemaligen Vikars, die er heftig verabscheute. Mrs. Merridew besuchte Miss Crampton gelegentlich. Er hatte nicht gewußt, daß Mrs. Merridew in Hazeldon wohnte. Es gab zu viele alte Frauen auf der Welt – das war die Krux.

Er las, was die Zeitung über Miriam Richardson berichtete. Sie war nach Hazeldon Heath gefahren, um sich dort mit einem jungen Mann zu treffen – einem gewissen Jimmy Mottingley. Sogleich regte er sich über das törichte Verhalten der jungen Dame auf. Mrs. Merridew wohnte im Haus nebenan. Welcher Schwachsinn hatte sie dazu getrieben, in das Haus zu gehen, in dem Jenny logierte, ehe er in Hazeldon Heath ankam, und dann in der Dunkelheit wieder herauszukommen und auf die Heide hinauszugehen? Was hatte sie dort zu suchen? Er las weiter . . .

Soso, das Mädchen hatte einen Liebhaber. Dieser Liebhaber war dieser Jimmy Mottingley. Und der war zu spät zur Verabredung gekommen – und hatte sie umgebracht. Nun, das war keine üble Story, und überzeugend dazu. Ein Mädchen mit hitzigem Temperament konnte ziemlich wütend werden, wenn sie in der Dunkelheit auf der einsamen Heide eine Dreiviertelstunde warten mußte. Ein schauderhafter Warteplatz für ein Mädchen . . .

Aber diese Liebesgeschichte hatte nichts mit ihm zu tun. Diese Miriam Richardson bedeutete ihm nichts. Es war Jenny, die er hatte umbringen wollen, und es war Jenny, die verfluchterweise noch am Leben war.

Ein kalter Zorn packte ihn. Er zerknüllte die Zeitung und lief aufgeregt hin und her. Er hatte sich zum Narren gemacht, sich in größte Gefahr begeben und nichts dabei gewonnen. Und irgendwo in dieser Kette von Fehlern und Mißverständnissen war dieser Zettel, den er Jenny geschrieben hatte.

Was mußte er tun? Darauf kam es jetzt entscheidend an. Dieser Zettel war von größter Wichtigkeit. Wenn er sich nur daran erinnern könnte, ob er ihn datiert hatte oder nicht. Es war ihm beim Schreiben gar nicht in den Sinn gekommen, daß Jenny sich nicht so verhalten würde, wie er es ihr auftrug. Er war dermaßen überzeugt von seiner eigenen Wichtigkeit als Familienoberhaupt und wurde von seiner ihn anhimmelnden Mutter noch darin bestärkt.

Als er im Zimmer hin und her ging, empfand er keine Reue über Miriam Richardsons Tod. Er betrachtete sie als eine Sache ohne Stellenwert. Er hatte Jenny umbringen wollen, weil sie ihm im Weg stand und weil sie sich von ihm ab- und einem Fremden zugewandt hatte. Nein, wenn es nur ein Fremder gewesen wäre, hätte er das vielleicht noch ertragen können. Aber es war ein gewisser Richard Alington Forbes, der denselben Namen und das gleiche Blut in sich trug. Weil sie ihn verschmäht hatte für einen Mann, der zur eigenen Familie gehörte. Er riß sich von diesen Überlegungen los. Er wollte nicht mehr daran denken. Woran man nicht dachte, das existiert auch nicht. Jenny existierte nicht mehr für ihn. Jenny war tot.

Dann kam der Abscheu in ihm hoch – ein kalter, tödlicher Haß. Jenny war nicht tot. Jenny war am Leben, und er würde sie am Leben lassen müssen. Es wäre zu riskant gewesen, sie jetzt noch umzubringen. Das kam vorläufig nicht in Frage. Sinnlos, einen Gedanken darauf zu verschwenden.

Der Zettel – was war mit ihm geschehen? Er sah keinen Grund zu der Annahme, daß er Jenny nie erreicht hatte.

Dieser Zettel lag zwischen anderem Kram, den Jungen in ihren Taschen herumzutragen pflegen, und niemand außer Mac hatte ihn bisher gelesen. Niemand konnte ihm deshalb sagen, daß er in der linken oberen Ecke sauber und lesbar datiert war.

KAPITEL 28

Am Samstag kam Mac zur Überzeugung, daß ihm von diesem umglückseligen Zettel kein Schaden mehr drohte. Entweder hatte er Jenny nie erreicht, oder – falls doch – hatte sie beschlossen, die Botschaft zu ignorieren. Er neigte dazu, das zweite für wahrscheinlich zu halten. Er würde ihr das eines Tages heimzahlen; irgendwann einmal. Jenny würde bald genug bereuen, daß sie ihn verschmäht hatte! Er ging in Gedanken die Möglichkeiten der Rache durch. Das hatte allerdings Zeit. Inzwischen genoß er die Erleichterung, daß seine Verwechslung keine Konsequenzen für ihn hatte.

Er fuhr am Samstag nach Alington House. Mrs. Forbes sah auf, als er in den Salon trat. Er küßte sie flüchtig und stellte sich dann vor den Kamin. Es war ein kalter Septembertag, und er war schnell gefahren.

»Gibt es Neuigkeiten von Jenny?« fragte er.

Mrs. Forbes war mit Briefschreiben beschäftigt. Sie legte den Federhalter zur Seite und kam zum Kamin.

»Jenny?« wiederholte sie. »Aber, lieber Junge, hast du denn nicht davon gehört? Sie hat es fertiggebracht, sich in einen Mordfall verwickeln zu lassen. Das ist alles.«

»In einen Mordfall? Du liebe Güte!«

Mrs. Forbes bückte sich und legte ein neues Holzscheit auf den Kaminrost.

»Ich sagte dir doch, daß sie in Hazeldon ist – ich bin sicher, das habe ich dir geschrieben. Nun, ein Mädchen, das im Nachbarhaus logierte, wurde ermordet. Wie ich hörte, soll Jenny als Zeugin beim Prozeß aussagen, weil das Mädchen aus Miss Danesworth' Haus kam und von dort zu dem Rendezvous mit dem jungen Mann ging, der sie ermordete.«

»Meine teure Mama, das klingt aber interessant. Jenny würde sich recht gut im Zeugenstand machen, möchte ich meinen. Was kann sie denn zu der Sache beitragen?«

»Oh, nur daß das Mädchen bei ihnen kurz auf Besuch war – bei Jenny und Miss Caroline Danesworth. Sie wußten natürlich nicht, daß das Mädchen ermordet werden würde. Sie werden vermutlich beide zur Verhandlung geladen.«

»Ich wüßte nicht, warum«, sagte Mac in unbekümmertem Ton.

»Oh, ich denke, man braucht sie, damit sie den Zeitpunkt bestätigen kann, als die Ermordete aus Miss Danesworth' Haus ging. So hat man es mir heute morgen im Dorf erzählt.«

»Im Dorf? In unserem Dorf?«

»Oh, ich habe dir doch hoffentlich erzählt, daß Mrs. Merridew eine Kusine von Miss Crampton ist. Erinnerst du dich?«

»Ach ja, ich erinnere mich. Diese Zierliche mit der Giftdrüse unter der honigsüßen Zunge.«

»Ja, das ist sie. Aber laß das ja keinen anderen hören. Miss Crampton genießt hohes Ansehen im Dorf.« Sie machte eine unwirsche Handbewegung.

Mac bückte sich und schob das Holzscheit tiefer in die Glut.

»Ich habe darüber in der Zeitung gelesen. Allerdings brachte ich es nicht mit Jenny in Verbindung. Ein Glück, möchte ich sagen, daß sie vorübergehend aus dem Haus ist, wenn sie tatsächlich als Zeugin in einem Mordprozeß aussagen muß. Obwohl ich meine Hand nicht dafür ins Feuer legen möchte, daß Meg und Joyce nicht trotzdem davon erfahren.«

»Gott behüte!«

Er lachte.

»Kluge Eltern wissen, was ihre Kinder denken. Bist du sicher, daß du wirklich gewußt hast, was in Alan und mir vorging in Megs und Joyces Alter?«

Mrs. Forbes spürte einen kalten Hauch von Angst, den sie sich nicht erklären konnte. Seine Worte bedeuteten nichts, und er hatte sie im scherzenden Ton gesprochen. Und doch streifte sie etwas wie ein dunkler Schatten. Es war schon vorbei, ehe sie sich ihrer Beklemmung richtig bewußt wurde. Da war nichts. Sie hatte sich das nur eingebildet.

Sie lachte und sagte:

»Mein lieber Junge, wie lächerlich das klingt!«

»Wirklich? Ich wäre nicht abgeneigt zu wetten, daß das, was Eltern von ihren Kindern nicht wissen, mehr Bücher füllen würde als das, was sie von ihnen zu wissen glauben. Ich könnte eine Menge dazu sagen.« Er gab dem Holzscheit einen Stoß mit dem Schuh, daß die Funken stoben. »Aber vielleicht lasse ich das lieber bleiben. Ich möchte dir nämlich nicht den Schlaf rauben.«

Mrs. Forbes lächelte ein wenig zerstreut. Dieser Anflug von Angst, den sie soeben erlebt hatte, war so vollständig überwunden, als habe es ihn nie gegeben. Sie dachte plötzlich an Jenny.

Sehr gut, daß sie nicht mehr im Haus wohnte, wenn sie mit einem Mordprozeß zu tun hatte. Aber wenn sie nicht weggelaufen wäre, wäre sie gar nicht mit diesem Mord in Berührung gekommen. Mrs. Forbes besaß kein Gespür, keinen Instinkt, der ihr sagte, daß Miriam Richardson noch am Leben wäre und Jimmy Mottingley nur ein Angeklagter vor seinem Gewissen, wenn Jenny dieses Haus nicht verlassen hätte, das eigentlich ihr gehörte.

Die Tür ging auf, und Meg kam herein, entschlossen, ihren Kopf durchzusetzen. Mac war ziemlich froh über ihr Erscheinen. Er wollte wahrhaftig nicht mit seiner Mutter über Jenny diskutieren und schon gar nicht über das ermordete Mädchen. Er spürte eine heftige Abneigung gegen das Mädchen, das er getötet hatte, weil es ihn getäuscht hatte. Vorsätzlich getäuscht. Er hatte Jennys Namen ausgesprochen, ehe er zuschlug, und da sie sein »Jenny . . .« willentlich und wissentlich auf sich bezog, war sie tot. Sie hatte eine andere Person vorgetäuscht. Deshalb hatte sie sich die Folgen selbst zuzuschreiben. Es war ihre Schuld.

Er wandte sich vom Feuer ab, als er die Tür gehen hörte, und sagte: »Hallo, Meg!«

Meg war sehr erfreut, Mac im Salon anzutreffen. Wenn er so guter Laune war, bedeutete das eine große Hilfe. Joyce war katzenscheu. Wenn sie ihr Anliegen durchsetzte, konnte sie einen kleinen Triumph über Joyce feiern. Sie lief zu Mac und faßte ihn bei den Händen. Sie mußte ihren Spruch loswerden, ehe Mutter sie wieder aus dem Zimmer schickte.

»O Mac«, sagte sie, »ich bin so froh, daß du gekommen bist! Mutter, wenn Mac es erlaubt, können wir doch das Kätzchen haben, nicht wahr?«

Mac fragte: »Was für ein Kätzchen?«

»Es sind die Kätzchen von der Katze unserer Kinderschwester. Sie sind so niedlich, und das schönste ist für uns reserviert. Mutter sagte, sie müsse erst noch darüber nachdenken. Oh, wir wollen das Kätzchen doch bald abholen!«

Mac lachte. Er hielt Meg fest an den Händen und wirbelte sie herum. Mrs. Forbes, die den beiden zusah, dachte, wie gut er doch aussah. Die Größe, der blonde Typ – alles Erbgut aus ihrer Familie. Sie vergaß, Meg wegen ihrer Zudringlichkeit einen Verweis zu erteilen. Ihr Herz füllte sich mit Stolz und Mutterfreude.

»Nun, was wird nun aus dem Kätzchen? Wirst du es bekommen – oder nicht? Was meinst du, Mutter?«

Meg entzog sich Mac rasch und umklammerte ihr Kinn mit den Händen. Sie sagte nichts. Ihr sechster Sinn verbot es ihr. Wenn Mac sich für das Kätzchen einsetzte, würde sie es bekommen; aber wenn sie selbst darum bat . . . Eine bange Minute verging. Wenn sie sich ganz, ganz still verhielt und Mac reden ließ, würde Mutter ihr vielleicht erlauben . . .

»Nun, was meinst du?« fragte Mac.

Mrs. Forbes erwiderte mit einem Lachen, das sie für ihn aufgespart hatte:

»Oh, also meinetwegen . . . aber nicht eher, bis es stubenrein ist. Meg, du kannst dich bei deinem Bruder dafür bedanken. Und jetzt zurück ins Schulzimmer. Und hier möchte ich dich eine Weile nicht mehr sehen!«

Meg beherrschte ihr Gefühle. Sie hatte gewonnen! Joyce würde Augen machen, wenn sie das hörte! Doch nun mußte sie das brave und dankbare Kind sein. Sie sagte: »Vielen Dank, Mac – vielen Dank, Mutter.« Nach diesem demonstrativen Beweis guter Erziehung verließ sie den Salon und den mütterlichen Dunstkreis.

Doch kaum hatte sie die Tür hinter sich geschlossen, als das dankbare Kind sich in einen triumphierenden Derwisch verwandelte. Sie hüpfte erst einmal auf einem Bein, ehe sie die Treppe hinaufsauste. Atemlos kam sie ins Klassenzimmer, wo Joyce mit einem ziemlich bedrückten Gesicht ihrer alten Puppe Madeline die neuen Kleider anzog, die Jenny ihr genäht hatte. Meg tanzte um sie herum, packte Madeline und wirbelte sie im Kreis herum.

»Ich hab' sie, ich hab' sie!« jubelte sie. »Es ist jetzt meine Katze. Ganz allein meine; weil du so katzenscheu warst. Du hattest ja Angst, hinunterzugehen und Mutter zu fragen. Aber ich – ich bin hinuntergegangen. Und rate mal, wer bei ihr war?«

»Keine Ahnung«, sagte Joyce. »Und gib mir bitte Madeline zurück. Sie kann dieses Herumgehopse nicht vertragen.«

»Wirklich nicht? Du magst das nicht, Madeline? Doch? Sie hat ›doch‹ gesagt – ich habe es genau gehört. Und sie und Patrick werden sich großartig vertragen. Ich werde das Kätzchen nämlich Patrick taufen.«

»Das hast du schon einmal gesagt. Madeline ist müde. Ich möchte, daß du sie verschnaufen läßt.«

»Na schön! Hier hast du sie. Sie ist ja auch eine ziemlich fade Nocke. Warum soll sie denn müde sein?«

»Das weiß sie nicht«, erwiderte Joyce mit trauriger Stimme. »Man muß doch keinen Grund haben, wenn man müde ist. Ich bin oft müde – ich bin zum Beispiel auch jetzt müde.«

Meg hörte auf, um die Tische herumzutanzen.

»O Joyce«, sagte sie, »bist du das wirklich? Du bist doch nicht krankmüde – oder?«

Zwei große Tränen kullerten Joyce über die Wangen.

»Ich – ich g-glaube nicht«, stotterte sie.

»O Joyce, du darfst nicht schon wieder krank werden! Ich möchte nicht, daß du krank wirst. Patrick soll dir und mir gehören. Vielleicht ein bißchen mehr mir als dir, weil ich ihn bekommen habe. O Joyce, nun wein doch nicht! Und wir überlegen uns jetzt, was wir alles mit ihm machen können, ja?«

Unten im Salon sagte Mrs. Forbes:

»Hast du Alan während der Woche gesehen?«

»Alan? Nein. Er ist zur Zeit bei irgendwelchen Freunden, nicht wahr?«

»Ja«, sagte sie und fügte stirnrunzelnd hinzu: »Er ist mit deren Sohn ganz plötzlich abgereist. Ich weiß nicht, was ich davon halten soll.«

»Was meinst du damit, er wäre abgereist?«

»Was ich sagte.« Sie ging zum Schreibtisch und drehte

die Papiere um, die darauf lagen. »Nein, ich kann seinen Brief im Augenblick nicht finden. Vielleicht habe ich ihn sogar zerrissen. – Ja, jetzt erinnere ich mich wieder. Er war so provozierend.« Sie kam zum Kamin zurück. »Mac, ist dir vielleicht mal der Gedanke gekommen, Alan wäre in dieses Mädchen verliebt?«

Er lachte amüsiert.

»In Jenny? Meine liebe Mutter! Natürlich war er in sie verliebt! Jeder hier im Haus wußte das.«

»Doch nicht Jenny!« sagte sie erschrocken.

»Ich würde meinen, daß Jenny es besonders genau wußte. Sie hat ihn nämlich abblitzen lassen.«

»Bist du sicher? Woher weißt du das?«

Er lachte abermals.

»Ich habe da meine Methoden. Übrigens sah man es ihm deutlich an. Du mußt schon sehr zerstreut gewesen sein, daß du nichts davon bemerkt hast.«

Seine Worte trafen einen wunden Punkt. Sie runzelte die Stirn. Es stimmte – wenn er bei ihr war, hatte sie weder Augen noch Gedanken für andere. Einen Moment lang hatte sie eine sehr klare Vorstellung von sich. Sie war auf ein Bild fixiert. Sie war keine dumme Frau. Sie wußte, was sie tat. Sie wußte sehr genau, daß von den vier Kindern, die sie ausgetragen hatte, nur Mac das Kind ihres Herzens war. Alan, Meg und Joyce waren Zufallsprodukte – ungewollte Pannen. In Alans Fall war sie so sehr mit Mac verbunden gewesen, daß das Bewußtsein seiner Empfängnis dadurch sozusagen verschleiert wurde. Mac und Alan waren Wunschkinder und Pendant. Für Meg und Joyce hatte sie nur ein angemessenes Familiengefühl übrig. Sie würde sie großziehen und dann verheiraten. Damit hatte sie ihre Pflicht getan. Meg würde einmal eine Schönheit werden. Joyce . . . Zu früh, um das jetzt schon sagen zu können.

Sie kam in Gedanken auf Alan zurück. Wenn er tatsächlich dieses törichte Gefühl für Jenny entwickelt hatte, konnte ihm eine längere Trennung ja nur guttun.

Allerdings hätte sie so eine Entwicklung wirklich voraussehen müssen. Sie sagte:

»Ich hätte daran denken sollen. Ich tat es nicht. Ich hätte sie nicht ins Haus nehmen dürfen.«

Mac lachte.

»Oh, es ist ja kein Schaden daraus entstanden. Wenn er sich nicht in sie verliebt hätte, wäre es ein anderer gewesen. Wohin ist er mit diesem Jungen denn gefahren?«

»Ich weiß es nicht. Ich glaube, der Junge wollte nach Italien. Er schrieb, er würde sich wieder melden, wenn sie sich auf ein Reiseziel geeinigt hätten.«

KAPITEL 29

Kathy Lingbourne war zu einem Entschluß gekommen. Sie war zweiundzwanzig, und mit siebzehn hatte sie an die Stelle ihrer Mutter treten müssen. Ihr Vater war ein hart arbeitender Rechsanwalt, der für seine Kinder sehr wenig Zeit hatte. In den fünf Jahren, die seither vergangen waren, hatten ihre Bemühungen dem Ziel gegolten, die Mutterstelle so auszufüllen, daß ihr Vater aller häuslichen Sorgen ledig blieb. Sie war nicht die Älteste. Ältester war Len. Dann kamen Kathy, David und Heather. Sie waren alle dicht beieinander. Heather, die jüngste, war gerade achtzehn geworden. Jimmy Mottingley war eigentlich Lens Freund gewesen, doch Kathy hatte sich sofort zu ihm hingezogen gefühlt, weil er so schüchtern war und so gute Manieren hatte – viel bessere als Len. Das war ja das Bedauerliche daran, wenn man nicht die Älteste war. Sie konnte David und Heather bändigen, aber wenn Len sich etwas in den Kopf gesetzt hatte, tat er es auch, und wenn sie Einwände erhob, lachte er nur und sagte, er sei schließlich zwei

Jahre älter als sie – also was? Jimmy Mottingley war da ganz anders. Er war gutmütig und ziemlich schüchtern, und er hatte schreckliche Angst vor seinem Vater und seiner Mutter. Natürlich waren die beiden *grimmig* – Kathy gab ihm da recht. Doch er war ihr einziges Kind, und deshalb durfte er keine Angst vor ihnen haben. Auf eine verworrene Weise dachte sie, daß er mit so einer Angst nur Unheil anrichtete. Und auf eine ebenso verschwommene Art spürte sie, daß man sich mit so einer Angst nicht nur selbst schadete, sondern auch den Menschen, vor denen man sich fürchtete.

In jüngster Zeit hatte sie Jimmy nicht mehr so oft gesehen wie früher, und sie wußte, warum. Sie hatte Jimmy mit Miriam zusammen gesehen, und Miriam hatte ihr Blut zum Kochen gebracht – zum überkochen. Sie redete mit Jimmy, als wäre er mit Haut und Haar ihr Eigentum, und niemand besaß das Recht, so mit einem anderen Menschen zu verfahren. Jimmy hatte sich verändert, das merkte sie sofort. Und deshalb machte sich Kathy heftige Vorwürfe, weil sie mehr an sich als an Jimmy gedacht hatte, als sie den beiden zeigte, wie verletzt sie war. Und da war ihr erst richtig aufgegangen, was Jimmy ihr bedeutete.

Doch diese Einsicht kam natürlich zu spät. Jimmy war von ihr fortgegangen. Miriam hatte ihn jetzt. Und damit hätte sie sich leichter abfinden können, wenn Miriam ein anderes Mädchen gewesen wäre. Jimmy brauchte jemand, der gütig war und zugleich von festem Charakter. Und der weniger an sich dachte und mehr an den anderen. Miriam war ganz und gar nicht so. Sie war hart und eigensüchtig. Sie würde für Jimmy kein guter Partner sein. Kathy durchlebte eine bittere Zeit, doch niemand wußte von ihrem Unglück. Und dann, als sie gerade das Schlimmste überstanden hatte, kam dieser schreckliche Montagmorgen. Len war der erste, der sich darüber aufregte. Sie kam ins Zimmer und fand ihn mit gerunzelter Stirn über die Zeitung gebeugt. Sie brauchte nur die Augen zu schließen, und die Szene wurde wieder lebendig. Sie kam gerade mit Eiern und gebratenem Speck herein, da ruckte Len herum und sagte: »Oh, Kathy, hier steht etwas Schreckliches – Jimmy ist wegen Mordes festgenommen worden! Dieses gräßliche Mädchen, mit der er gegangen ist, die haben sie umgebracht, und nun behaupten sie, Jimmy sei es gewesen – *Jimmy!* Na, hör mal, der kann doch nicht mal eine Maus töten!«

Kathy hatte mitten im Zimmer gestanden, so, als habe sie der Blitz getroffen. Und dann hatte sie langsam, ganz vorsichtig, den Teller mit den Spiegeleiern auf den Tisch gestellt. Sie wußte nicht mehr, was sie dann gesagt hatte. Ihr Gedächtnis hakte an dieser Stelle aus, als sie begriff, was mit Jimmy passiert war. Er wurde des Mordes beschuldigt. Unglaublich, aber so stand es in der Zeitung.

Danach war sie ihren täglichen Verrichtungen nachgegangen – Pflichten, die sie keineswegs vernachlässigen durfte. Und allmählich reifte in ihr der Gedanke, was sie tun würde. Sie würde nach Colborough fahren und versuchen, ihn dort im Gefängnis zu sprechen. Wenn man sie nicht zu ihm ließ, wollte sie sich erkundigen, was man für eine Besuchserlaubnis benötigte. Sie würde nicht ihren Vater darum bitten – noch nicht. Und nachdem sie die Zugehfrau, Mrs. Crowley, gebeten hatte, sie einen Tag lang als Hausfrau zu vertreten, nahm sie den Zug nach Colborough.

Erst als sie vor dem Gefängnistor stand, kam ihr der Gedanke, daß sie nicht wußte, was sie nun machen sollte. Sie hatte die ganze Zeit nur an Jimmy gedacht und wie sie es anstellen sollte, damit sie hierherfahren konnte. In ihren Gedanken war sie nicht weitergekommen als bis zum Gefängnistor. Und als sie nun das grimmige Gittertor und die hohen Mauern betrachtete, stieg ein Gefühl der Verzweiflung in ihr auf, gegen das sie sich sogleich zur Wehr setzte. Sie hatte gedacht, es würde alles ganz einfach sein. Das war jedoch Unsinn. Aber man erreichte überhaupt nichts, wenn man sich aus Angst vor den Realitäten versteckte. Sie hob den Kopf und sah die Gefängnistore an. »Ich fürchte mich nicht vor euch – nein – nein!« machte sie sich selbst Mut.

Während sie so dastand, bog eine zierliche kleine Lady in altmodischen Kleidern um die Ecke. Sie ging sehr energisch auf das Gefängnis zu, und vermutlich hätte sie auf das Mädchen, das die Gittertore anstarrte, überhaupt nicht geachtet, wenn sie nicht selbst darauf zugegangen wäre. So wurde sie auf das Mädchen aufmerksam, und mit der Aufmerksamkeit kam die Teilnahme.

»Kann ich Ihnen helfen? Verzeihen Sie – ist Ihnen nicht gut?«

Kathy wandte den Blick von den Gitterstäben ab. Sie sagte mit schwacher Stimme:

»Ich dachte an den Unterschied, der zwischen dieser Seite und der Seite hinter den Gittern besteht.«

Miss Silvers Interesse war erwacht. Klar war, daß sich dieses Mädchen in einem Zustand der Verwirrung befand. Sie sagte:

»Ja?«

Ihre Stimme, in der so viel Gutes und Sympathie mitschwang, hatte eine heilsame Wirkung auf Kathy. Sie fühlte sich plötzlich beschützt. Sie wußte nicht, was sie empfand; nur, daß sie einer Gefahr entronnen war. In ihrer Verwirrung wußte sie nicht, was sie sagte, bis sie sich selbst sprechen hörte:

»Ich weiß nicht, wie ich da hineinkommen soll. Ich bin von weither gekommen, und ich weiß nicht – ich weiß nicht . . .« Ihre Stimme verlor sich in Ratlosigkeit.

Sie stand da und sah Miss Silver an. Miss Silver erwiderte ihren Blick. Sie sah ein Mädchen von ungefähr dreiundzwanzig Jahren vor sich, das graue Augen hatte, die unter den kräftigen Wimpern jedoch schwarz wirkten. Sie hatte dunkles Haar und nicht einen Hauch von Farbe im Gesicht. Sie war auch nicht hübsch. Wenn sie glücklich war, mochte sie ganz gut aussehen – ja, anziehend wirken. Doch im Augenblick schien sie unter einer Last von Elend und Hoffnungslosigkeit fast zusammenzubrechen. Es war nicht Miss Silvers Art, achtlos an so einem Menschen vorbeizugehen. Sie sagte:

»Sie haben Kummer, meine Liebe. Wo fehlt es denn?«

Kathy ging nicht so sehr auf die Logik der Worte ein, sondern auf den Ton, in dem sie gesprochen wurden.

»Ich weiß nicht, wie ich in das Gefängnis hineinkommen kann.«

»Befindet sich jemand darin, für den Sie sich interessieren?«

»O ja . . .«

»Dann, meine Liebe, müssen Sie die nötigen Schritte unternehmen. Es ist nicht möglich, einen Gefangenen ohne . . .«

»Nicht möglich? Oh – aber Sie gehen doch hinein . . .«

»Ja, ich bin gerade dabei. Aber ich bin vorgemerkt für diesen Besuch und . . .«

Das Mädchen erwachte zum Leben.

»Könnten Sie sich erkundigen, was ich zu tun habe, damit ich ihn besuchen kann? Oh, könnten Sie das?«

»Ich werde sehn, was ich tun kann. Wen wollen Sie denn besuchen?«

»Jimmy – Jimmy Mottingley.«

Miss Silver sah sich das Mädchen genauer an. Sie sah, was sie längst bemerkt hatte. Sie sagte freundlich:

»Ein guter Bekannter von Ihnen?«

»Ja, ich bin mit ihm befreundet. Kennen Sie ihn?«

»Ja, meine Liebe. Ich bin gerade dabei, ihn zu besuchen.«

»Dann – könnten Sie mich doch mitnehmen?«

Miss Silvers Stimme wurde noch gütiger:

»Ich fürchte, das wird mir nicht gestattet. Ich mußte mir dafür eine besondere Erlaubnis besorgen. Aber ich werde ihm gern etwas ausrichten, wenn Sie möchten.«

Eine leichte Röte stieg in die blassen Wangen. Und die Augen hellten sich auf.

»Wollen Sie ihm von Kathy ausrichten, ich wüßte, daß er es nicht gewesen ist? Bitte, wie ist Ihr Name?«

»Ich bin Miss Maud Silver – Privatdetektivin.«

»Oh – Jimmy hat Sie um Unterstützung gebeten?«

»Nein, sein Vater kam zu mir und bat mich um Hilfe.«

»Ist sein Vater plötzlich so nett? Er hält nicht viel von Jimmy und ist furchtbar streng!«

Miss Silver lächelte.

»Seien Sie nicht zu voreilig in Ihren Urteilen, meine Liebe. Mr. Mottingley hat große Angst um seinen Sohn. Er tut alles, was für ihn getan werden kann.«

»Also glaubt er auch nicht, daß Jimmy es gewesen ist? Oh, Miss Silver, niemand, der Jimmy kennt, würde das glauben – das ist unmöglich! Er hat einfach nicht das Zeug dazu – niemals. Er ist sanft und – und – und – wenn ich Ihnen nur begreiflich machen könnte, daß er es nicht war!«

»Ich begreife, daß er eine sehr gute Freundin in Ihnen hat, meine Liebe.«

»Nein – nein, so war es nicht gemeint. Ich bin Kathy Lingbourne. Mein Vater ist Anwalt in Collingdon. Meine Mutter starb, als ich siebzehn war. Das liegt jetzt fünf Jahre zurück, und seither führe ich den Haushalt. Wir sind vier Geschwister, und Len ist der älteste. Len arbeitet in Mr. Mottingleys Kanzlei, und so kam es, daß Jimmy in unserem Haus verkehrte. Len und Jimmy hatten sich angefreundet, und auf diese Weise lernte ich ihn kennen. Und ich kenne ihn durch und durch. Er kann niemals dieses Mädchen umgebracht haben. Er konnte nicht einmal einen Maikäfer töten, und die anderen Jungs haben ihn deswegen ausgelacht. Sie wissen ja, wie Jungs sind. Er strengte sich schrecklich an; aber er brachte es nicht fertig. Daher weiß ich auch, daß er dieses Mädchen nicht umgebracht haben kann.«

Miss Silver war gerührt. Sie sagte:

»Meine Liebe, ich muß jetzt hinein. Aber es wird nicht lange dauern. Wollen Sie auf mich warten? Dann kann ich Ihnen erzählen, wie mein Besuch verlaufen ist. Da drüben ist ein kleines Restaurant. Sie machen dort ausgezeichneten Tee. Ich habe ihn getrunken, als ich meinen ersten Besuch machte. Die Inhaberin ist eine sehr nette Person. Sagen Sie ihr nur, daß Sie auf jemanden warten müssen. Also bis gleich.«

KAPITEL 30

Miss Silver wurde in dasselbe Besuchszimmer geführt, in dem sie Jimmy schon einmal gegenübergesessen hatte. Er sah ein bißchen besser aus als bei ihrem ersten Besuch, und offensichtlich freute er sich, sie wiederzusehen. Sie wickelte zuerst das Geschäftliche mit ihm ab – wann er am Tag der Tat von zu Hause weggefahren sei und wie lange er für die Fahrt bis zum Tatort gebraucht habe. Er gab ihr eine klare Antwort auf ihre Frage, und Miss Silver hätte mit dem Ergebnis zufrieden sein können, wenn nicht die Aussagen der beiden Damen, die dafür gesorgt hatten, daß Jimmy zu spät zum Rendezvous kam, so entsetzlich weit auseinanderklafften: Mrs. Marsden behauptete, sie habe kurz nach Jimmys Aufbruch auf die Uhr gesehen, und da wäre es zehn Minuten nach sechs gewesen, während Mrs. Mottingley zu Protokoll gab, Jimmy habe Punkt sechs Uhr dreißig ihre Wohnung verlassen. Beide Damen waren hartnäckig bei ihrer Behauptung geblieben, daß ihre Uhren genau nach Radiozeit eingestellt gewesen wären. Jimmy sagte ganz offen, daß er nicht genau wüßte, wann er sich von den beiden Damen getrennt habe; denn die Wohnzimmeruhr sei schon seit Monaten falsch gegangen. Er schien sich an die Zeitdifferenz von zwanzig Minuten nicht zu stoßen, was seine Aussage in Miss Silvers Augen um so glaubhafter machte, obwohl sie sicher war, daß die Wirkung auf die Geschworenen eher eine gegenteilige sein würde. Daran ließ sich vorläufig leider nichts ändern. Beide Zeitangaben waren anfechtbar, und so viel hing davon ab, mit welcher Geschwindigkeit Jimmy zum Tatort unterwegs gewesen war.

Miss Silver wandte sich nun dem Thema Kathy zu.

»Sie hatten heute nachmittag noch einen zweiten Besucher, Mr. Mottingley.«

»Einen zweiten?«

»Miss Kathy Lingbourne. Sie wußte nicht, daß sie eine besondere Erlaubnis braucht, um Sie sehen zu können. Ich traf sie vor dem Gefängnistor und soll Ihnen etwas von ihr ausrichten.«

Sie sah, wie er die Hände ineinander verkrampfte. Mit bebender Stimme sagte er:

»Ich – ich hätte sie nicht erwartet. Ich – ich habe sie nicht behandelt, wie es sich gehört.«

»Das ist ihr nicht bewußt. Dessen kann ich Sie versichern.«

»Ich will damit nicht sagen, daß wir etwas miteinander hatten. Das hatten wir nicht. Sie war nur sehr gut zu mir – wie sie es zu jedem ist. Ich war mit ihrem Bruder befreundet. Er heißt Len und arbeitet in der Kanzlei meines Vaters. Kathy war wunderbar zu mir – zu uns allen. Kathy ist *gut*.«

»Das habe ich bemerkt.«

»Jeder merkt Kathy das an. Entschuldigung. Ich wollte nicht taktlos sein. Ich meine . . .«

Miss Silver lächelte.

»Ich weiß genau, was Sie meinen, Mr. Mottingley. Sie brauchen mir das nicht näher zu erklären. Miss Kathy ist, wie Sie sagten, gut. Ich würde ihrem Urteil vertrauen, und sie ist von Ihrer Unschuld überzeugt.«

Jimmy wischte sich mit der Hand über die Augen und sah Miss Silver dann fest an.

»Wenn Kathy an mich glaubt, ist das etwas, worauf man bauen kann. Das sehen Sie doch auch so, nicht wahr? Ich dachte, jeder ist von meiner Schuld überzeugt. Aber Kathy nicht – das sagten Sie doch.«

»Ja, Miss Kathy glaubt fest an Ihre Unschuld. Darauf können Sie sich verlassen.«

Nach diesem Gespräch begab sich Miss Silver in die Teestube, die dem Gefängnis gegenüberlag.

Kathy hatte sich soeben mit einem weichen Ei und Butterbroten gestärkt und sah ein bißchen besser aus. Sie blickte mit flehenden Augen zu Miss Silver auf; doch diese wartete, bis Mrs. Brown, die Inhaberin, ihre Bestellung entgegengenommen und in die Teeküche geeilt war.

»Miss Silver, wie geht es ihm?«

Miss Silver lächelte sehr gütig.

»Ich glaube, es geht ihm schon besser. Ich glaube, daß Ihre Botschaft und die Tatsache, daß Sie ihn besuchen wollten, ihm Auftrieb gegeben haben. Ich glaube, er kam sich ganz verlassen vor. Seine Eltern haben eine Trennwand zwischen sich und ihrem Sohn errichtet und ihm eine eiserne Disziplin auferlegt, obwohl sie ihm von Herzen zugetan sind. Das geschah mehr zu ihrem als zu seinem Besten, denn sie hatten vor ihm noch drei Kinder, die sie alle hergeben mußten. Und statt seinen Charakter zu festigen, haben sie ihn damit eher geschwächt.«

Kathys Augen glänzten weich.

»Oh, sie haben es also verstanden. Genauso ist es gewesen. Ich wußte nur nicht, daß seine Eltern . . .«

»Seine Eltern hängen sehr an ihm.«

»Das wußte ich nicht. Und er wußte es auch nicht. Wenn – wenn das stimmt, können Sie ihm das nicht beim nächstenmal sagen? Ich glaube, das wäre sehr wichtig für ihn.«

Mrs. Brown brachte den Tee. Miss Silver nahm einen Schluck und war sehr zufrieden damit.

»Man bekommt selten einen Tee serviert, der so fachkundig mit frisch gekochtem sprudelndem Wasser aufgebrüht ist. Kein nachgekochtes Wasser. Das schmeckt man sofort.«

Mrs. Brown zog hochbefriedigt wieder ab. Kathy sagte:

»Können Sie mir jetzt verraten, was ich tun muß, damit ich Jimmy sehen kann?«

Miss Silver schwieg eine Weile. Dann sagte sie:

»Ich weiß, daß Sie nur das Beste für ihn tun wollen, meine Liebe.«

Kathy sah sie mit geweiteten, erschrockenen Augen an.

»Natürlich will ich nur das Beste für Jimmy! Ich – ich . . .«

»Dann, glaube ich, muß ich Ihnen sagen, es wäre sehr unklug . . .«

»Daß ich ihn besuchen möchte? Oh, Miss Silver! Warum?«

»Können Sie das nicht verstehen? Ich glaube, Sie werden es begreifen, wenn Sie an die Umstände denken. Mr. Jimmy Mottingley fuhr nach Hazeldon, um sich mit diesem unglückseligen Mädchen zu treffen. Wenn es zu einem Prozeß kommt, wird der Vertreter der Anklage als Tatmotiv einen Streit zwischen den beiden angeben, in dessem Verlauf Jimmy das Mädchen getötet haben soll. Ich glaube, daß Sie im Augenblick alles unterlassen müssen, was einen Grund für diesen Streit liefern könnte. Sein Interesse für eine andere Frau wäre nämlich so ein Grund. Ich glaube, es wäre absolut verhängnisvoll für Sie und Jimmy Mottingley, wenn es vor oder im Verlauf des Prozesses bekannt würde, daß da möglicherweise noch eine andere Frau eine Rolle gespielt haben könnte. Sie haben mir vorhin von Ihrem Bruder und Ihren Schwestern erzählt. Haben Sie denn keinen Vater, meine Liebe?«

Kathy fuhr zusammen.

»O ja! Mein Vater ist Anwalt. Er ist sehr beschäftigt

und nicht sehr robust. Ich wollte ihn nicht mit meinen Sorgen noch mehr belasten.«

Miss Silver lächelte gütig.

»Ich bin überzeugt, er wird sich meiner Meinung, daß Sie sich aus der Sache heraushalten müssen, voll und ganz anschließen, wenn Sie ihn um Rat fragen. Ich glaube, es wäre sehr gefährlich für Jimmy Mottingley, wenn Sie sich *in irgendeiner Weise* in dieser Sache für Jimmy einsetzen würden.«

KAPITEL 31

Jenny war ins Dorf gegangen. Sie hatte darauf bestanden, die Einkäufe zu erledigen, und wollte damit beweisen, daß sie auch so etwas fehlerlos bewältigen konnte. So groß war die Auswahl der Läden im Ort nicht. Da waren der Gemischtwarenladen von Mrs. Dean und der Laden von Mrs. Maples, die Brot, Kuchen, Brötchen und sogenannte Kolonialwaren vertrieb. Im Gemischtwarenladen konnte man frisches Gemüse und Schuhwerk derberer Art kaufen, Schuhkrem und Eingemachtes, beides in Büchsen.

»Nein – keine Aprikosen heute, Miss«, sagte Mrs. Dean. »Bedaure, aber Mrs. Pratt hat die letzten gekauft, obwohl der Himmel weiß, wofür sie sie braucht. Im Vertrauen gesagt – sie weiß es selbst nicht. Ich habe sie schon als kleines Kind gekannt; damals war sie nicht anders als heute – hatte keinen Kopf . . . für nichts. Aber man soll ja nicht über die Kundschaft reden. So was spricht sich schnell im Dorf herum. Ihr Sohn Dicky, der hat zwar einen hellen Kopf, ist aber furchtbar vergeßlich. Was er sich nicht merken will, das merkt er sich einfach nicht. Ihm fehlt die Hand des Vaters, der leider im Krieg gefallen ist. Komisch, daß sie den geheiratet hat. Sie war die Schönste im ganzen Dorf, und alle Männer sind ihr nachgestiegen. Aber nein, sie mußte Albert Pratt heiraten, und ein Jahr später war er schon tot. Sie saß mit ihrem Baby zu Hause, und jeder glaubte, sie würde wieder heiraten. Aber das hat sie nicht getan. Schade. Dem Jungen hätte das bestimmt gutgetan. Darf ich Ihnen vielleicht statt der Aprikosen eine Büchse Pfirsiche im eigenen Saft einpacken . . .«

»Ja, Pfirsiche tun es auch«, sagte Jenny.

Sie hatte sich schon gefragt, ob sie auch mal zu Wort kommen würde; aber es war ein schöner Morgen, und sie hatte es nicht eilig. Als sie eben aus dem Laden gehen wollte, steckte ein Junge den Kopf durch die Tür.

Mrs. Dean sagte streng:

»Nanu, warum bist du denn nicht in der Schule, Dicky?«

Dicky lächelte breit. Jenny hatte das Gefühl, kein Engel könne so ein unschuldiges Gesicht machen wie dieser Junge.

»Ich hatte Kopfschmerzen und Magenkrämpfe, als ich heute früh aufwachte, und meine Mama sagte, ich brauchte nicht in die Schule zu gehen.«

»Paß auf, was du sagst«, drohte Mrs. Dean, »oder du bekommst noch Schwierigkeiten.«

»Ich war sterbenskrank, als ich heute früh aufwachte, Mrs. Dean. Ganz schrecklich krank war ich!«

»Und jetzt willst du wohl Pfefferminzbonbons von mir haben, wie?«

»Mir brummt immer noch der Kopf. Die Magenschmerzen sind vorbei – ehrlich, Mrs. Dean.«

»Du bist ein schlimmer Junge, Dicky, und das ist die Wahrheit. Und die Pfefferminzdrops kannst du dir aus dem Kopf schlagen.«

»Ja, Mrs. Dean – ich hab's gehört. Ich wollte doch nur fragen, ob ich für die junge Miss die Einkaufstasche nach Hause tragen darf.«

»Nein, vielen Dank«, sagte Jenny. »Die ist nicht schwer. Die kann ich gut allein tragen.«

Aber als sie aus dem Laden war, kam Dicky an ihre Seite und trottete neben ihr her.

»Sie wohnen doch bei Miss Danesworth, nicht wahr?« fragte er mit einem freundlichen Grinsen.

»Ja.«

Jenny konnte sich ein Lächeln nicht verkneifen. Er war der unordentlichste Junge, der ihr je vor die Augen gekommen war. Seine blonden Locken mußten seit Monaten weder mit Shampoo noch mit Kamm oder Bürste in Berührung gekommen sein. Seine Kleider waren nicht viel besser: Hemd und Hose voller Löcher und Flecken, die Taschen seiner Hose so vollgestopft, daß sie fast aus den Nähten platzten. Aber wenn er sie mit seinen blauen Augen so verschmitzt ansah, mußte Jenny an sich halten, um nicht laut zu lachen. Dicky übte auf viele Leute eine solche Wirkung aus. Hätte er sich nicht einen verdorbenen Magen als Begründung einfallen lassen, warum er heute die Schule schwänzte, hätte Mrs. Dean bestimmt ein paar Pfefferminzbonbons für ihn übriggehabt, überlegte Jenny. Er war ein Junge, der meist erreichte, was er wollte.

Er ging neben ihr her und wühlte mit seinen Zehen den Staub auf. Er wußte noch nicht genau, was er zu ihr sagen sollte. Er wollte keinen Fehler machen. Während er neben ihr herging und nachdachte, sah er Jenny mit einem strahlenden Lächeln an. Das mit der Seife war ein guter Einfall gewesen. Seine Mutter hatte gar nicht gemerkt, das er die Seifenreste aus dem Schränkchen in der Waschküche stibitzt hatte. Er lächelte selig bei der Erinnerung, wie er die Stückchen heute morgen unter seinem Kopfkissen hervorgeholt und sie langsam im Mund zerkaut hatte. Sie hatten zwar komisch geschmeckt, und so bald wollte er den Trick auch nicht wiederholen; aber die Wirkung war phänomenal gewesen. Der Schaum wäre ihm fast aus den Ohren herausgekommen. Seine Mutter war vor Schreck fast in Ohnmacht gefallen. Er hatte sie nur mit Mühe davon abhalten können, den Arzt zu holen. Jedenfalls hatte er mit dem Seifentrick erreicht, was er wollte. Er war mit Miss Jenny ins Gespräch gekommen.

Woraus er damals nicht schlau geworden war, als ihm der Zettel mit der Botschaft ausgehändigt wurde, war die Adressatin – »Miss Jenny Hill«. Nun, im Dorf wohnte keine Jenny Hill. Das Mädchen neben ihm war Jenny Forbes. Warum hatte der Mann in dem Auto ihm damals gesagt, er solle die Botschaft einer Miss Jenny Hill überbringen? In ganz Hazeldon wohnte kein Mädchen dieses Namens.

Aber dann hatte die alte Plaudertasche, die einmal in der Woche bei Mrs. Merridew putzte, etwas gesagt, was die Sache in einem anderen Licht erscheinen ließ. Er wußte nur nicht, was er davon halten sollte. Er wollte sich nicht den Mund verbrennen. Jenny Hill – er sprach den Namen laut aus: »Miss Hill – Miss Jenny Hill.«

Jenny sah überrascht hoch.

»Was hast du gerade gesagt?«

Er sah sie mit seinem unbekümmerten Grinsen an.

»Oh, nichts. Es war nur ein Name, der mir gerade einfiel. Haben Sie ihn schon einmal gehört?«

Jenny sagte: »Ja, natürlich, es war mein Name.«

»Tatsächlich? Warum haben Sie ihn denn geändert?«

Jenny biß sich auf die Lippen. War das Lächeln des Jungen wirklich so unschuldig? Sie war sich nicht sicher. Sie lachte und meinte:

»Du möchtest aber eine Menge wissen. Zuviel für dein Alter.«

»Och – es interessiert mich nur.« Die blauen Augen sahen sie treuherzig an. Sie fand sich zu einer Erklärung bereit, die sie ihm eigentlich gar nicht geben wollte.

»Nun, manchmal wächst man mit einem Namen auf und glaubt, es wäre der richtige, und dann stellt man plötzlich fest, daß es gar nicht so ist.«

»Ist das wahr?« staunte Dicky.

»Ja«, sagte Jenny, »dann muß man natürlich seinen Namen ändern. Aber es dauert seine Zeit, bis die anderen Leute das merken.«

Als sie später darüber nachsann, vermochte sie nicht zu ergründen, was sie zu dieser Erklärung getrieben hatte. Sie wußte nicht, daß sie kein Einzelfall war. Schon viele vor ihr hatten Dickys Unschuldsblick nicht widerstehen können und Sachen gesagt, die sie später bereuten. Und sie würde nicht die letzte sein.

»Das ist mächtig interessant«, sagte Dicky. Er wandte die Augen von ihr ab und verfiel ins Grübeln. Nach einigen Sekunden rückte er dann mit der Frage heraus: »Wenn also auf einem Blatt Papier ›Miss Jenny Hill‹ geschrieben stünde, dann wären Sie damit gemeint, wie?«

Jenny erschrak. Sie sagte rasch:

»Das Blatt wäre für mich bestimmt. Warum fragst du?«

Die blauen Augen drehten sich wieder treuherzig in ihre Richtung.

»Och, ich hab' nur mal nachgedacht.«

Jenny stand still. Wer, um Himmels willen, sollte auf die Idee kommen, Miss Jenny Hill auf einen Zettel zu schreiben? Hier war sie nicht Jenny Hill. Sie war nie unter diesem Namen im Dorf aufgetreten. Wie kam der Junge auf diesen Namen, und wer könnte möglicherweise Jenny Hill auf einen Zettel schreiben, der für sie bestimmt war? Schaudernd kam ihr Mac in den Sinn. Sie hatte sich nie vor ihm gefürchtet, solange sie Tür an Tür gewohnt hatten oder unter einem Dach lebten. Sie hatte nie Angst vor ihm gehabt, doch nun erwachte sie plötzlich in ihr. Unsinn! Sie machte sich doch vor dem Jungen nur lächerlich. Sie sagte:

»Du mußte doch einen Grund haben für deine Neugierde.«

Seine blauen Augen ließen sie keinen Moment los. Er scharrte mit den Füßen.

»Och, ich habe nur so gefragt.«

Sie entgegnete: »Dicky, ich verlange eine Antwort. Eine ehrliche Antwort. Woher weißt du, daß ich früher Jenny Hill hieß?«

»Das weiß doch jeder. Das bin nicht nur ich – ehrlich nicht. Mrs. Warrington, die bei Mrs. Merridew putzt, weiß es auch. Die hat es überhaupt erst aufgebracht. Die platzt vor Neugierde, und was die weiß, weiß bald das ganze Dorf. Ich finde das aufregend, wenn man zwei Namen hat. Nicht, wenn ein Mädchen ihren Namen wechselt, sobald sie heiratet – das passiert ja jeden Tag. Aber ich hab' noch nie gehört, daß ein Mädchen schon vor dem Heiraten zwei Namen hat. Deswegen wollte ich es genauer wissen.«

Das mochte stimmen. Nur weckte er in diesem Augenblick Assoziationen von Verhaltensweisen, die sie bei Meg und Joyce erlebt hatte. Wenn dir ein Kind mit engelsgleichem Unschuldsblick in die Augen sieht und etwas behauptet, ist die Neugierde oft nur eine Tarnung für ganz andere Motive. Meg hatte in dieser Hinsicht ein besonderes Talent, und sie fühlte sich jetzt sehr an sie erinnert, als sie in Dickys treuherzige blaue Augen schaute. Sie dachte an seine Frage zurück: ›Wenn auf einem Stück Papier Miss Jenny Hill geschrieben stünde, dann wären Sie damit gemeint, wie?‹

Nach einer Weile sagte sie: »Wenn du etwas von einem Zettel weißt, der für mich bestimmt ist, solltest du das zugeben und nicht so viel darum herumreden.«

Die unschuldigen Augen sahen sie unverwandt an.

»Ich habe nicht gesagt, daß ich was von einem Zettel weiß.«

Jenny hätte am liebsten laut gelacht, wenn ihr danach zumute gewesen wäre. Doch sie hatte plötzlich das Gefühl, bedroht zu sein. Daß das, was hier gesprochen wurde, von großer Bedeutung für sie war. Sie sagte abrupt:

»Du hast von einem Stück Papier gesprochen, auf dem

›Miss Jenny Hill‹ stünde. Das hättest du doch niemals gesagt, wenn es dieses Papier nicht gäbe.«

»Das habe ich gesagt?«

»Ja. Ich will wissen, was du damit gemeint hast.«

»Ich habe gar nichts damit gemeint. Sie sind mir doch nicht böse, Miss? Ich hab' Ihnen nichts getan.«

»Das habe ich auch nicht behauptet. Ich will nur wissen, warum du von einem Zettel mit meinem Namen gesprochen hast.«

Dicky fand, das Theater habe nun lange genug gedauert. Er verfügte über zwei Fertigkeiten, von denen die eine sein treuherziger Blick war. Er dachte, die Zeit sei nun gekommen, auch die andere ins Spiel zu bringen. Er ließ die Lider herab und preßte sie fest gegen die Augäpfel, während er zugleich die Hände zu Fäusten ballte. So drückte er eine beachtliche Menge Tränen heraus. Es war ein sehr nützlicher Trick, der immer dann weiterhalf, wenn der Unschuldsblick versagte. Nur fühlte sich Jenny zum zweitenmal an Meg erinnert.

»Ich hab' Ihnen nichts getan«, schluchzte Dicky theatralisch.

»Ich will wissen, warum du von einem Zettel gesprochen hast.«

Dicky stand da und rieb sich die Augen.

»Ich hab' nichts getan. Ich weiß nicht mehr, was ich gesagt habe. Ich weiß gar nichts.«

Und als Jenny auf eine bedrohliche Weise einen Schritt näher kam, nahm Dicky Reißaus durch Mrs. Bishops Garten und dann auf den Anger dahinter. Er erkannte, daß er sich vor dieser Miss Jenny Hill in acht nehmen mußte. Vorläufig jedenfalls.

Jenny ging stirnrunzelnd ihres Weges.

KAPITEL 32

Richard war in London gewesen. Als er zurückkam und Caroline Danesworth in der Küche das Abendbrot zubereitete, stand er auf dem Kaminvorleger mit dem Rücken zum Feuer, das die Abende nun so anheimelnd machte, und sagte:

»Jenny . . .«

Der Ton in seiner Stimme beschleunigte ihren Puls. Sie wandte sich ihm mit großen, erschrockenen Augen zu.

»Was ist?«

»Nichts. Schau mich nicht so durchdringend an. Ich dachte nur, daß wir es genau wissen sollten. Also sprach ich heute in Somerset House vor . . .«

»Somerset House?«

»Das ist die Stelle, wo alle Heiratsurkunden und ähnliches aufbewahrt werden. Das ist die Behörde, wo Mac sich erkundigt hat. Der Einblick, der ihm gewährt wurde, wurde auch mir gestattet. Es ist wahr – dein Vater und deine Mutter wurden im Januar 1940 getraut. Genauer gesagt am 2. Januar. Wann bist du geboren?«

»Sie sagte: »Am 31. August, 1940. Mein Vater fiel Ende Mai. Das genaue Datum weiß ich nicht. Und meine Mutter wurde etwa um die gleiche Zeit von einem Bombensplitter verletzt.«

»Ja, das hast du mir erzählt. Am Kopf, nicht wahr?«

»Ja. Und sie hat nie mehr ein Wort gesprochen. Offenbar eine Gehirnverletzung. Ich weiß nicht einmal, ob sie verstanden hat, daß mein Vater bereits tot war. Von Garsty hat sie es bestimmt nicht erfahren. Und gleich nach meiner Geburt starb sie. Eine traurige Geschichte, nicht wahr?«

»Ich weiß nicht«, sagte Richard. »Wenn wir es aus unserem Blickwinkel betrachten, vielleicht. Doch für sie war es keine traurige Geschichte. Sie waren nicht lange voneinander getrennt. Das sollte dich beruhigen, Jenny.«

»Das ist ein Trost; aber – ich weine ja nur ein bißchen. Das ist alles.«

»Ich kann dich aber nicht weinen sehen. Wenn das so weitergeht, komme ich zu dir und gebe dir einen Kuß. Und Caroline sucht sich diesen Moment aus, um mit der Suppe hereinzukommen – also bring mich nicht zu sehr in Versuchung.«

Jenny sah hoch. Ihre Augen schwammen in Tränen. Sie blinzelte sie fort, fuhr sich mit der Hand über die Augen und lächelte hinter Tränen.

»Hast du die Heiratsurkunde bekommen?«

»Eine Kopie. Willst du sie sehen?«

»Bitte.«

Er zog seine Brieftasche heraus, öffnete sie und gab ihr die Kopie.

»Du bist zu jung«, sagte er mit bewegter Stimme. »Das wurde mir erst bewußt, als ich die Urkunde sah. Weißt du, daß ich bei deiner Geburt schon acht Jahre alt war?«

»Warum auch nicht?« sagte Jenny und betrachtete das Dokument. »Sie hatten so wenig Zeit für ihr Zusammensein.«

Richard legte den Arm um sie.

»Beten wir zu Gott, daß er uns mehr Zeit gönnt.«

Sie klammerte sich an ihn.

»O ja – ja!«

Ein wenig später sagte er: »Gib mir lieber die Urkunde wieder. Sie wird noch gebraucht.«

»Was willst du damit anfangen?«

»Mac und Mrs. Forbes müssen erfahren, daß du im Besitz der Urkunde bist. Ich denke, du solltest ihnen schreiben.«

Jenny zuckte zusammen.

»Das möchte ich nicht.«

»Ich denke, darum kommst du nicht herum, Liebling.«

»Ich sehe den Grund nicht ein.«

»Nun, sie vermuten wahrscheinlich, daß du etwas von dieser Urkunde weißt, aber sind sich nicht sicher. Du mußt ihnen reinen Wein einschenken.«

»Muß ich? Ich möchte aber nicht.«

»Das tut hier nichts zur Sache. Du bist das legitime Kind deiner Eltern, und das muß öffentlich anerkannt werden. Dabei braucht keine schmutzige Wäsche gewaschen zu werden. Das kann ganz reibungslos über die Bühne gehen.«

»Oh, ich will mich nicht mit ihnen streiten.«

»Da gibt es einen Ausweg. Ich bin derjenige, der bei seiner Familienforschung auf das Dokument gestoßen ist. Mrs. Forbes und Mac können sich doch nur freuen, wenn sie sich mit dieser Erklärung aus der Affäre ziehen und das Gesicht wahren dürfen. Sie verdienen keine Schonung. Sie verdienen, daß man mit der ganzen Strenge des Gesetzes gegen sie vorgeht. Nicht, daß sie mit dem Strafgesetz in Konflikt kämen – da haben sie noch Glück gehabt. Aber es kann eine Menge Gerede im Dorf geben, und das wollen sie sich bestimmt ersparen.«

Jenny schwieg eine Weile. Dann schob sie die Hand unter Richards Arm und drückte ihn.

»Richard, ich glaube nicht, daß ich es ihnen sagen möchte.«

Er legte seine Hand auf die ihre.

»Warum denn nicht?«

Ihre Augen blickten groß und dunkel zu ihm empor.

»Ich weiß nicht. Das heißt, ich weiß es nicht genau.«

»Was bedeutet das ›nicht genau‹?«

»Es – da war ein Junge heute morgen, der meinen Namen gebrauchte – den ich hier nie verwendet habe – Jenny Hill.«

»Oh . . .«

»Er sagte ihn so, als dächte er laut darüber nach. Und als ich ihn fragte, wie er auf diesen Namen gekommen sei, meinte er: einfach so. Und er fragte mich, wie man denn zwei Namen auf einmal haben könne. Und ich gab ihm eine Erklärung dafür.«

»Mein liebes Kind!« sagte Richard mit halbem Lachen.

»Er meinte, das wäre ja mächtig interessant. Und dann fragte er, wenn Miss Jenny Hill auf einem Zettel stünde, wäre der wohl für mich bestimmt. Und ich fragte ihn, warum er das wissen wolle.«

»Und was antwortete er da?«

»Er sagte, es wäre pure Neugier. Aber ich hatte das Gefühl, es steckt etwas Wichtiges dahinter, und bohrte weiter. Er sagte, inzwischen wisse doch jeder, daß ich Miss Jenny Hill hieße. Die Zugehfrau von Mrs. Merridew habe das herausgefunden. Ich weiß nicht, wie. Und dann sagte er, er habe noch nie gehört, daß eine Ledige zwei Namen habe. Das gäbe es doch nur bei verheirateten Frauen. Und deshalb hätte er es genauer wissen wollen.«

»Eine plausible Erklärung.«

»Nein. Das paßt nicht zu der Frage, ob der Zettel, auf dem Miss Jenny Hill stünde, für mich bestimmt sei. Und als ich weiter nachhaken wollte, begann er zu weinen, leugnete, daß er etwas von einem Zettel erwähnt habe, und rannte davon.«

»Darauf solltest du kein so großes Gewicht legen. Du hast ihm Angst gemacht.«

Sie schüttelte den Kopf.

»Ich bin überzeugt, dieser Junge weiß gar nicht, was Angst ist.«

»Wie heißt der Junge?«

»Dicky Pratt.«

Richard pfiff leise durch die Zähne.

»Das ist ein kleiner Teufel – da gebe ich dir recht. Aber warum belastet dich das so sehr?«

Sie sagte mit zaghafter Stimme: »Eine Botschaft an mich – mit der Adresse Miss Jenny Hill darauf – von wem könnte so etwas kommen? Mir gefällt das nicht.«

KAPITEL 33

Dicky Pratt kam rechtzeitig zum Essen nach Hause – ein seltenes Ereignis. Nicht, daß es viel zum Essen gab! Ein paar alte Kartoffeln, die Dicky vor einem Monat heimgebracht hatte. Von einem anderen hätte Mrs. Pratt die Kartoffeln nicht angenommen, doch sie hatte es längst aufgegeben, Fragen zu stellen, wenn Dicky etwas nach Hause brachte. Und was hatten so ein paar Kartoffeln schon zu bedeuten? Sie kochte Kartoffeln im Schlafrock und stellte den Rest kalten Kaninchenbraten, der von gestern übriggeblieben war, dazu. Dicky hatte ein besonderes Verhältnis zu Kaninchenfleisch. »Die Myxy«, wie er die Kanichenpest nannte, wäre eine »Affenschande«, meinte er, weil sie die Karnickel, die seit seinem sechsten Lebensjahr seine Hauptnahrungsquelle an Fleisch darstellten, fast ausgerottet hatte. Er hatte mit sechs Jahren sein erstes Karnickel gefangen, und als er allmählich zum Profi wurde, war die »Myxy«-Plage gekommen, und er hatte sich auf Vögel umstellen müssen. Aber die hatten kaum Fleisch, und seine Mutter hatte auch keine besonders glückliche Hand für die Biester. Die Abstinenz von Kaninchenfleisch machte zudem das Hoppeltier zu einer Lieblingsspeise, die auf seiner Wunschliste ganz oben stand, bis er eines Morgens hinter dem Haus eine Fährte entdeckte, die ihm das Wasser im Mund zusammenlaufen ließ. Einen Monat später gelang es ihm schließlich, auf Mr. Fulbrooks Grundstück ein Kaninchen mit dem Stock zu erlegen. Noch waren es nicht viele, und die Biester waren scheu. Seufzend dachte er daran, daß er vorläufig nur einmal pro Monat mit seiner Lieblingsspeise rechnen konnte.

Er verspeiste Kaninchen und Kartoffel mit Genuß, wenn auch mit leicht zerstreutem Sinn. Als er gegessen hatte, ging er in sein Zimmer hinauf und riegelte sich ein. Zwar steckte kein Schlüssel im Schloß, doch wenn er nicht gestört werden wollte bei einer Sache, schob er einfach sein Bett gegen die Tür, das ihm als Ersatz für einen Riegel genügte. Das Zimmer war kahl. Auf dem Bett lag eine Decke, die aus alten Kleidern zusammengestückelt war. Doch ein Millionär hätte ihn um den süßen Schlaf beneidet, den er unter dieser Decke genoß.

Aber heute war ihm nicht nach Schlafen zumute. Als er die Tür gesichert hatte, stülpte er seine Taschen um. So eine Generaldurchforstung fand immer dann statt, wenn die Taschen wegen Überfüllung zu platzen drohten. Indem er die Aktion so lange wie möglich aufschob, sparte er nicht nur Zeit, sondern belebte auch das Interesse an Dingen, die er eher beiläufig aufgelesen hatte. So war es ihm zum Beispiel mit Mrs. Merridews Ohrring ergangen. Er hatte ihn direkt vor dem Gartentor aufgelesen, und es war ihm nie in den Sinn gekommen, daß etwas Besonderes daran sein könne – bis seine Mutter ihn darauf gebracht hatte. Mrs. Merridew habe einen Ohrring verloren, erzählte sie, und das Paar habe sie mindestens zehn Pfund und sechs Schilling gekostet. Sie habe die Dinger nämlich in einem Schaufenster in Collingdon gesehen.

Nie hätte Dicky gedacht, daß dieses schmutzige, verbogene Ding, was er aus dem Dreck geklaubt hatte, so viel wert sein könnte. Und so war er am nächsten Tag hinübergegangen zu Mrs. Merridew und hatte mit treuherzigem Augenaufschlag gesagt: »Meine Mama sagt, Sie hätten einen Ohrring verloren. Könnte es vielleicht dieser sein?«

Mrs. Merridew hatte zuerst geschluckt und dann gefaucht; doch das tat sie immer, wenn sie sich aufregte. Er hatte ihr das Ding erst gezeigt, als sie sich einigermaßen beruhigt hatte. Und dann hatte sie ihn mit zehn Schillingen Finderlohn wieder nach Hause geschickt.

Doch das hier war eine andere Sache. Das verlangte gründliche Überlegung. Dieser Zettel an Jenny lag auf dem Grund seiner Tasche. Er kramte ihn hervor und betrachtete ihn. Die Lagerhaltung hatte sein Aussehen nicht verbessert, doch auf die Lesbarkeit kam es an. Die hatte kaum gelitten. Er las:

Jenny, *sag niemandem ein Wort,* sondern komm und triff dich mit mir nach Einbruch der Dunkelheit draußen auf der Heide.

Mac

Bring diesen Zettel mit.

Und in der linken oberen Ecke stand ein Datum.

Es war das Datum vom Samstag vergangener Woche, und am selben Tag war ihm der Zettel übergeben worden. Daran konnte er sich genau erinnern. Heute war Montag – der zweite Montag nach dem Mord. Das wußte er genau. Fragte sich nur, ob er etwas mit dem Zettel anstellte oder nicht. Daß er etwas damit anstellen konnte, wußte er sehr genau. Das Problem war: Zahlte es sich aus? Dessen war er sich nicht sicher. Und er mußte ganz sicher sein, bevor er etwas zu irgend jemandem davon sagte. Und wenn er nicht wollte, bekam niemand ein Wort aus ihm heraus. Das wußte er genau.

Nur mußte er auch noch andere Aspekte neben den Tatsachen prüfen. Doch nach den Tatsachen würden sie ihn fragen, und schwören mußte er auch. Ein Kribbeln überlief ihn, als er daran dachte. Er war schon einmal vor Gericht geladen worden, allerdings nicht in einem Mordprozeß. Er hatte nur die Bibel küssen und schwören müssen, daß er die Wahrheit sagte und nichts als die Wahrheit. Es hatte sich um einen Motorradunfall im Dorf gehandelt, und er war zufällig an der Stelle gewesen, wo es passiert war. Er hatte die Sache genossen, aber bei einem Mordfall war er sich nicht so sicher. Vielleicht wollten sie diesmal zuviel von ihm wissen. Zum Beispiel, warum er sich nicht gleich gemeldet habe – und was sollte er darauf erwidern?

Er schüttelte den Kopf. Er wußte noch nicht, wie er

sich dazu stellen sollte. Auf der einen Seite war die erfrischende Vorstellung von seiner Person im Zeugenstand, die als einzige die Wahrheit kannte. Und wenn er diesen jungen Burschen, diesen Jimmy Mottingley, vor einer Verurteilung rettete – was hatte er davon? Man behauptete, sein Vater sei ein reicher Mann. Dicky kannte den alten Mottingley nicht; aber Bob Wilkins hatte ihn schon mal gesehen. Bob war ein Schwätzer. Seinem Wort konnte er nicht trauen. Erst wenn er Mr. Mottingley persönlich kennenlernte, konnte er sich darüber ein Urteil bilden. Er fing an, darüber nachzudenken, wie er an Mr. Mottingley herankam. Nur mußte er sich hüten, etwas zu verraten, ehe er sich nicht endgültig entschieden hatte. Er wollte nichts überstürzen. Sobald man mit dem Gesetz in Berührung kam, klebte man fest. Da half kein Zappeln mehr. Das mußte er sich ganz genau überlegen.

Er kehrte in Gedanken zu dem Zeitpunkt zurück, wo dieser Mac ihn auf der Straße angesprochen hatte. Es war dunkel gewesen, und er hatte nicht viel von dem Fremden sehen können; aber das spielte keine Rolle, solange er den Zettel hatte mit Miss Jenny Hills Namen darauf und der Unterschrift von Mac. Die Polizei würde keine Mühe haben, ihn aufzuspüren. Aber war das sicher für Dicky? Das war die Kardinalfrage. Das war die Kehrseite der Medaille, die gründlich studiert werden mußte. Zudem war der Zettel für Miss Jenny Hill bestimmt gewesen; aber es war nicht Miss Jenny Hill, die ermordet worden war, sondern das Mädchen, das bei Mrs. Merridew zu Besuch gewesen war – dasselbe Mädchen, das schon im Sommer dort gewohnt hatte. Was hatte diese mit der Sache zu tun? Das ging Dicky dauernd im Kopf herum.

KAPITEL 34

Carter und die beiden kleinen Mädchen waren nach Langton gefahren, um den Nachmittag dort zu verbringen. Joyce war ziemlich still; aber Meg war in einer euphorischen Stimmung. Sie nutzten den Bus für die Hin- und Rückfahrt, und Meg redete ununterbrochen, während Joyce, die Hände im Schoß gefaltet, still und artig dasaß, ihr kleines ernstes Gesicht ein weißer Fleck unter dem neuen, leuchtend blauen Filzhütchen. Die Mädchen wurden immer gleich angezogen, und Meg legte größten Wert darauf, daß niemand übersah, daß ihr blauer Filzhut und Mantel ganz neu waren. Sie hatten auch neue Schuhe bekommen, und Meg schwang ihre Füße unter der Bank vor und zurück und betrachtete sie angelegentlich. Sie dachte, daß sie eines Tages hübsche Beine haben würde. Die Füße ihrer Mutter waren ein bißchen zu groß geraten; aber sie trug immer Maßschuhe, und da merkte man das nicht so. Sie zappelte mit den Beinen, bis Carter ihr mißbilligend zuflüsterte: »Halt endlich deine Füße still.«

Joyce saß still an Carters anderer Seite. Sie würde es nicht zugeben, aber vom Busfahren wurde ihr immer schlecht. Auch das Autofahren bekam ihr nicht; aber richtig übel wurde ihr nur im Bus. Es wäre zu schlimm, wenn sie sich übergeben mußte, wo sie doch wie Zwillinge angezogen waren und der Mantel erst wenige Stunden alt war. Sie preßte die Hände im Schoß zusammen. Wenn sie sich ganz still verhielt, würde sie vielleicht nicht spucken müssen. Sie wünschte sich nur, Meg hätte neben Carter nicht so gezappelt, weil sie sonst nicht bis Langton durchhalten konnte. »Bitte, bitte, laß mich nicht schwach werden«, betete sie insgeheim, und als Carter Meg aufforderte, ihre Füße stillzuhalten, dankte Joyce im stillen ihrem Schutzengel.

Sie gingen in das Kaufhaus in der Moxton Street. Meg

studierte gedankenverloren all die Dinge, die sie gern gekauft hätte. Und dann wunderte sie sich über ein Bein, das ganz allein über einem Tisch schwebte.

»Warum denn nur ein Bein?« fragte sie ein wenig aufgeregt. »Wo ist denn das andere hingekommen?«

»Das ist doch nur ein Attrappe, Dummerchen«, brummelte Carter. »Damit man sieht, wie gut die Strümpfe sitzen.«

Da sahen zwei nicht mehr ganz junge Damen herüber. Und die eine sagte zu der anderen:

»Übrigens, dieser gräßliche Mord in Hazeldon Heath . . .«

Joyce hörte das nicht. Sie beobachtete einen Hund hinter der Scheibe der zoologischen Abteilung am anderen Ende des Kaufhauses. Und dann zog sie die Hand unter Megs Arm hervor und rannte zu dem Hund hinüber.

Doch Meg hatte es gehört. Sie wußte, daß Jenny in Hazeldon war, weil Miss Crampton es erzählt hatte. Und Mrs. Merridew, die Kusine von Miss Crampton, wohnte gleich in dem Haus neben Jenny. Mary, das Tagesmädchen, hatte ihr das alles berichtet, nur von dem Mord hatte sie nichts erwähnt. Es war doch nicht etwa Jenny, die ermordet worden war? – Das konnte nicht Jenny gewesen sein! Meg merkte, wie sie plötzlich am ganzen Körper zitterte. Nicht Jenny – nein, nicht Jenny! Wer sollte denn Jenny ermorden wollen? Sie hatte einen Moment nicht zugehört, doch viel konnte ihr nicht entgangen sein. Sie hörte die eine Lady sagen:

»Ich kannte mal eine Miss Danesworth. Ein sehr ungewöhnlicher Name. Ich wüßte gern, ob es sich um dieselbe Person handelt. Muß wohl, denn ich kann mich erinnern, sie nannte ein kleines Dorf ganz in der Nähe – ja, ich bin sicher, es hieß Hazeldon. Also, die hat bei der Leichenschau ausgesagt. Das Mädchen, das ermordet wurde, ist nämlich noch kurz zuvor in ihrem

Haus gewesen. Sie hat zur Zeit auch Besuch von einem Mädchen – von einer gewissen Jenny Forbes, glaube ich.«

Meg stand mit aufgesperrten Augen und Ohren daneben. Warum nannte Jenny sich jetzt Forbes? Sie wurde aus dem Ganzen nicht schlau.

Mary, das Tagesmädchen, hatte sich geweigert, ihr alles zu wiederholen, was über Jenny im Dorf geklatscht wurde.

Meg war sehr still auf der Heimfahrt. Sie hatte sogar vergessen, sich von ihrem Taschengeld Naschkram zu besorgen.

KAPITEL 35

All die Fragen, die Meg bewegten, wirbelten ihr bis zum nächsten Morgen im Kopf herum. Trotzdem brachte sie es fertig, die Treppe hinaufzulaufen und Mary erst einmal zu fragen, ob sie ihr beim Bettenmachen helfen könne.

»Kann ich dir helfen, Mary?« sagte sie. »Ich hab' ein paar Minuten Zeit.«

»Nun, das ist eigentlich Carters Aufgabe; aber ich glaube, sie hält sich für zu fein dazu.«

»Ich helf' dir. Ich mach' das gern«, sagte Meg.

Mary warf ihr einen scharfen Blick zu. Da steckte doch noch etwas anderes dahinter. Na, das würde sie wohl bald erfahren – ob es ein Schabernack war oder was Ernsthaftes.

Sie hatten Joycens Bett fast fertig, ehe Meg mit der Sprache herausrückte:

»Du kennst doch das Kaufhaus in Langton. Der Laden, wo man alles kaufen kann – Stiefel und Schuhe, Kleider und Hüte, Strümpfe und Hunde . . .«

»Jakers«, sagte Mary. »Natürlich kenne ich das. Es ist ein sehr gutes Kaufhaus. Was ist damit? Bist du gestern dort gewesen?«

Meg nickte, während sie die Zudecke glattstrich.

»Ja, wir waren gestern mit Carter dort. Und Joyce lief einfach von mir weg, als sie den Hund hinter dem Schaufenster sah. Aber ich blieb bei Carter.«

»Du hättest Joyce nachrennen und sie zurückhalten sollen«, sagte Mary.

Meg klopfte ihr Plumeau auf.

»Nein«, sagte sie. »Ich wollte den beiden Damen zuhören, die sich am Strümpfetisch unterhielten. Und was meinst du, wovon die redeten? Darauf kommst du nie!«

Mary spitzte die Ohren. Was hatte das Kind nun wieder aufgeschnappt? Sie sagte: »Keine Ahnung«, und wartete gespannt auf Neuigkeiten.

Es kam, wie sie es vorausgesehen hatte:

»Sie redeten von Jenny – jedenfalls glaube ich, daß sie Jenny meinten, obwohl sie ihren Namen falsch verstanden haben mußten. Sie nannten sie Jenny Forbes. Jenny Forbes – denk dir nur! Als wäre Jenny eine richtige Kusine.«

»Na, so was«, sagte Mary und warf Meg das andere Ende der Tagesdecke zu.

Sie wollte um das Bett herumgehen, doch auf halbem Weg spürte sie, wie sich eine kalte kleine Hand um ihr Handgelenk schloß.

»Sie ist nicht unsere Kusine – oder doch? Ich wünschte mir, sie wäre es. Ich begreife nur nicht, wie sie es sein könnte. Mary, du weißt etwas! Von Jenny, meine ich. Warum ist sie mitten in der Nacht davongelaufen? Und warum nennt sie sich jetzt Jenny Forbes? O Mary, sag es mir . . .«

»Ich kann nicht, Meg – wirklich nicht. Deine Mutter würde mich auf der Stelle aus dem Haus schicken, wenn ich dir auch nur ein Wort davon erzählte.«

»Sie erfährt es nicht – sie erfährt es nicht! Ich schwöre,

daß sie es nie erfährt- Wenn sie unsere Kusine ist, müssen wir das wissen. Das darf man uns doch nicht verschweigen, oder?«

»Das möchte ich meinen!« bekräftigte Mary mit einem heftigen Nicken.

»Nun, dann kannst du es doch wenigstens mir verraten«, betrelte Meg. Und dann ließ sie plötzlich Marys Hand los und rannte auf die andere Seite des Betts hinüber. »Wenn du artig bist und mir alles beichtest, werde ich kein Wort weitersagen. Aber wenn du mir nichts sagst, kannst du was erleben!« Sie nickte heftig und zog dabei die Mundwinkel in die Höhe.

»Oh, du bist mir vielleicht ein Fratz!« rief Mary. Aber als sie in Megs schelmische Augen sah, fing sie an zu kichern. »Du hast es faustdick hinter den Ohren, Meg! Worauf Kinder doch alles kommen! Nun, ich kann dir auch nicht mehr sagen, als im Dorf geredet wird. Es scheint, als ob Mr. Richard Forbes Jennys Vater gewesen ist; aber ihre Mutter hatte einen Unfall an dem Tag, wo er über Frankreich abgeschossen wurde. Und so konnte sie nicht sagen, daß sie geheiratet hatten. Sie kam hierher und wohnte bei ihrer alten Gouvernante, Miss Garstone, und als Jenny auf die Welt kam, starb sie. Und da niemand wußte, daß sie geheiratet hatten, war dein Vater der nächste Erbe. So bekam er den Besitz der eigentlich Miss Jenny gehörte. Und irgendwie ist die Wahrheit herausgekommen, und deshalb lief Miss Jenny von hier weg.«

Meg war sehr beeindruckt von dieser Neuigkeit.

»Aber warum lief sie denn weg?« fragte sie.

»Oh, nun –« Mary besaß die Liebenswürdigkeit zu erröten –, »es war ihr eben peinlich, noch länger hierzubleiben. Verstehst du?«

»Verstehe ich eben nicht.«

Mary war zu weit gegangen, um noch einen Rückzug antreten zu können. Sie wünschte jetzt, sie hätte lieber nichts gesagt.

»Oh, nun, du bist noch zu jung, um das zu verstehen. Aber das hätte bedeutet, daß sie euch vor die Tür setzen müßte, und ich möchte meinen, das brachte sie in arge Verlegenheit.«

»Oh, das würde sie nicht! Jenny würde nie jemand auf die Straße setzen – das weiß ich genau! Ich sehe nicht ein, warum wir nicht alle zusammen hier wohnen könnten. Du?«

Mary dachte, daß das vermutlich das vernünftigste wäre. Aber ob Mrs. Forbes das auch so sah? Wahrscheinlich nicht. Sie wußte nicht, ob Jenny bereits die ganze Wahrheit kannte; aber sie wäre an Jennys Stelle ebenfalls fortgelaufen. Sie gab eine unverbindliche Antwort, und wurde sogleich mit neuen Fragen bestürmt:

»Soll ich nicht zu Mutter gehen und sie fragen, weshalb Jenny fortgelaufen ist?«

»Meg! Du hast mir versprochen . . .«

»Nein, das habe ich nicht. Ich sagte nur, ich würde nichts sagen, was dich in Schwierigkeiten bringt. Und das werde ich nicht – ehrlich nicht! Aber ich sehe überhaupt nicht ein, daß ich nicht zu meiner Mutter gehen und ihr sagen kann, ich hätte gehört, Jenny wohne jetzt in Hazeldon.«

»Meg – untersteh dich! Das darfst du auf keinen Fall tun. Mrs. Forbes weiß gar nicht, daß im Dorf darüber geredet wird. Sie wäre furchtbar zornig auf dich.«

Meg dachte darüber nach.

»Nun, dann könnte ich wenigstens Jenny einen geheimen Brief schreiben, und du bringst ihn für mich auf die Post. Ich werde ihr mitteilen, daß ich wüßte, wo sie jetzt wohnt, und daß sie mir antworten und ihren Brief in einen Umschlag stecken soll, auf dem deine Adresse steht. Also wird niemand etwas davon wissen außer dir, mir und Jenny. Das ist doch ein guter Vorschlag, nicht wahr?«

»Aber Meg, ich sehe nicht ein . . .«

»Das brauchst du auch gar nicht. Du mußt nur meinen

Brief zur Post tragen und ihn dort aufgeben; und wenn der Antwortbrief kommt, steckst du ihn in die Tasche und gibst ihn mir, wenn gerade niemand herschaut. Das bleibt allein unser Geheimnis, und das finde ich prima. Und da die Sache so einfach ist, weiß ich gar nicht, was für ein Gewese du darum machst.«

Mary stand Meg auf der anderen Seite des Betts gegenüber. Sie dachte nach. Angenommen, sie tat, was Meg von ihr verlangte. Schwierig war die Aufgabe nicht – aber wehe, Mrs. Forbes erfuhr davon. Dann gäbe es einen fürchterlichen Krach. Nur – wie sollte sie davon erfahren? Lediglich von Meg, und die konnte den Mund halten, wenn sie wollte. Das hatte sie schon ein paarmal bewiesen.

Diese Gedanken gingen Mary durch den Kopf, während Meg sie beobachtete. Sie durfte Mary nicht drängen; aber sie würde einsehen, daß die Sache kinderleicht war.

Und da sagte Mary: »Also gut, wenn du mir versprichst . . .«

KAPITEL 36

Mr. Mottingley saß in seinem Büro. Er hatte seine berufliche Tätigkeit wiederaufgenommen, doch seine Gedanken waren woanders. Nur durch harte Arbeit gelang es ihm, sich vorübergehend von der Sorge um seinen Sohn abzulenken.

Es klopfte an der Tür, und er sah stirnrunzelnd auf. Das Mädchen, das den Kopf durch die Tür steckte, war hübsch und schüchtern. Sie hatte eine schreckliche Angst vor Mr. Mottingley, aber sie mochte Jimmy. Jeder in der Kanzlei mochte ihn. Sie war von seiner Unschuld restlos überzeugt.

»Was ist?« fragte Mr. Mottingley, der sich von seiner hart erkauften Ablenkung nicht abbringen lassen wollte.

»Es – es ist eine Miss Lingbourne, Sir. Sie – sie wollte Sie sprechen.«

»Miss Lingbourne?« fragte er unwirsch. »Was will sie denn von mir?«

»Das sagte sie nicht, Sir.«

»Dann sagen Sie ihr, daß ich niemand ohne Voranmeldung empfange!« Die Worte kamen scharf und hart.

Und dann, als das Mädchen den Kopf schon wieder zurückzog, änderte er seine Meinung plötzlich. Jimmy war mit der Familie Lingbourne befreundet gewesen. Durchaus möglich, daß das Mädchen etwas wußte, was Jimmy helfen konnte. Aber warum machte sie nicht vorher einen Termin mit ihm aus? Schließlich arbeitete ihr Bruder in seiner Kanzlei. Mädchen sagen ihren Brüdern nicht immer alles. Vielleicht sollte er diese Chance wahrnehmen. Er sagte also:

»Moment – führen Sie sie herein!«

Mottingley lehnte sich abwartend in seinen Sessel zurück. Als die Tür aufging und Kathy Lingbourne hereinkam, sah er ihr aufmerksam entgegen. Sie war blaß und sehr dezent gekleidet. Er konnte sich nicht erinnern, sie schon einmal gesehen zu haben. Möglich, daß er ihr vielleicht auf der Straße begegnet war oder in der Begleitung ihres Bruders. Jedenfalls war nichts an ihr, was ihn bewegt hätte, sie mit einem Wort in seinem Tagebuch zu erwähnen. Sie sah ihm direkt ins Gesicht und fragte: »Wie geht es Ihnen, Mr. Mottingley?« Als würden sie sich in einem Kaffeehaus treffen und nicht hier in seiner Kanzlei.

Er erwiderte ziemlich grimmig:

»Was kann ich für Sie tun, Miss Lingbourne?«

Sie nahm ihm gegenüber am Schreibtisch Platz und sah ihn an. Als sie sprach, fiel ihm ihre Stimme auf – eine sympathische und sehr ruhige Stimme. Sie sagte:

»Ich bin wegen Ihres Sohnes zu Ihnen gekommen – Jimmys wegen.«

»Tatsächlich? Und was haben Sie mir zu sagen?«

Kathy legte eine kurze Pause ein. Sie hatte keine Angst vor Mr. Mottingley. Jimmy hatte vor ihm Angst – das wußte sie. Sie sagte:

»Ich habe mir gedacht, daß ich mit Ihnen sprechen sollte, weil Miss Silver mir dringend abriet, Jimmy zu besuchen. Sie meinte, das würde ihm schaden. Doch ein Besuch bei Ihnen tut ihm bestimmt nicht weh.«

Mr. Mottingley fragte in barschem Ton: »Was haben Sie mit meinem Sohn zu schaffen?«

Kathys blasses Gesicht errötete ein wenig.

»Ich bin seine Freundin«, sagte sie. Und ob es nun an den Worten lag, an ihrem Blick oder am Tonfall ihrer Stimme, jedenfalls ging mit Mr. Mottingley ein überraschender Sinneswandel vor. Er glaubte ihr nicht nur, sondern bezeigte auch ein jähes und höchst verblüffendes Verständnis für den Anlaß ihres Besuchs. Er sagte mit ruhigem Ernst:

»Der Arme kann einen Freund bitter nötig brauchen.«

Kathys Hände verkrampften sich ineinander.

»Ja«, sagte sie. »Oh, Mr. Mottingley, Sie wissen doch, daß er ihr nichts getan hat. Das wissen Sie, nicht wahr?«

»Ja«, meinte er, »das weiß ich. Er hat sie nicht umgebracht. Aber man kann einem Menschen auch auf andere Weise schaden – und davon kann ich ihn leider nicht freisprechen.«

Kathy sah ihn an.

»War das alles also seine Schuld?« fragte sie.

»Vielleicht nicht. Es steht uns nicht zu, Schuld zuzuweisen. Weshalb sind Sie zu mir gekommen?«

Sie gab ihm die völlig ungeschminkte Antwort:

»Weil ich Sie kennenlernen wollte.«

»Und warum wollten Sie mich kennenlernen?«

»Ich weiß nicht. Es war mir ein Bedürfnis.« Sie spreizte die Hände und blickte ihn an. »Ich hatte das Gefühl, das müßte sein.«

Mr. Mottingley richtete sich mit einem Ruck gerade.

»Wollen Sie mir damit etwa sagen, daß Ihre Beziehungen zu Jimmy über Freundschaft hinausgehen?«

»O nein, Mr. Mottingley, das wollte ich nicht damit sagen. Jimmy – es war so, als gehörte er mit zur Familie. Ich habe zwei Brüder und eine Schwester, wissen Sie. Er ist mit Len befreundet, und deshalb war er oft bei uns. Und ich wollte Sie kennenlernen, weil Jimmy schreckliche Angst vor Ihnen hat. Entschuldigung – aber das konnte mir nicht verborgen bleiben.«

Nun, jetzt war es heraus. Sie hätte nicht geglaubt, es über die Lippen zu bringen. Doch jetzt war es geschehen.

Mr. Mottingley hatte das Gefühl, als würde er von einem grellen Licht angestrahlt. Es war kein angenehmes Gefühl. Er runzelte die Stirn und sagte:

»Sie meinen, er hat den nötigen Respekt vor mir und seiner Mutter?«

»O ja, den hat er. Das brauche ich gar nicht erst zu erwähnen. Das habe ich aber nicht gemeint . . . Er hat schreckliche Angst vor seinem Vater.«

Er starrte sie an.

»Das verstehe ich nicht.«

Kathys Hände lagen wieder wie verknotet in ihrem Schoß.

»Ich weiß, wie schwierig das für Sie ist. Aber Sie versuchen es doch, nicht wahr? Bitte, bitte! Jimmy ist so verschüchtert, daß er schon bei dem Gedanken, sich Ihnen anvertrauen zu müssen, Qualen leidet. Zuweilen, wenn ich zu ihm sagte: ›Aber warum gehst du damit nicht zu deinem Vater?‹, rang er die Hände und antwortete: ›Das kann ich nicht – ich kann es einfach nicht!‹ Und das stimmte auch – Sie werden das oft bemerkt haben. Er ist vor Angst wie gelähmt.«

»Er ist der einzige, der uns geblieben ist«, sagte Mr. Mottingley. »Wir hatten drei Kinder vor ihm, die der Reihe nach wegstarben. Und dann kam Jimmy. Und wir legten ein feierliches Gelöbnis ab, ihn gottesfürchtig zu erziehen.«

Kathy hob den Blick von ihren Händen und heftete ihn auf Mr. Mottingley.

»Es bekommt Kindern viel besser, wenn sie ihre Eltern lieben, statt sie zu fürchten«, sagte sie. »Denn wenn sie etwas Schlimmes anstellen, können sie sich nicht davon befreien, sondern fressen es in sich hinein. Das staut sich auf in ihnen und macht alles nur noch schlimmer. Ich glaube, so etwas ist Jimmy widerfahren. Erst hatte er gar nichts Schlimmes vor und hat auch nichts Schlimmes getan. Und dann fing er an zu lügen. Ich kam zufällig dahinter, daß er gar nicht dort gewesen war, wo er angeblich hingehen wollte; ich bekam aber dann keine Gelegenheit mehr, mich mit ihm auszusprechen, weil er nicht mehr zu uns kam. Miriam – ich möchte ihr nichts Schlechtes nachsagen –, aber Sie können Jimmy nicht allein dafür verantwortlich machen. Sie war – ich weiß nicht, wie ich es ausdrücken soll – sie setzte alle ihr zu Gebote stehenden Mittel ein, um zu erreichen, was sie wollte. Diesen Eindruck hatte ich von ihr. Und Jimmy – wie soll ich sagen? – Jimmy hatte überhaupt keine Chance. Len hat mit ihm geredet wie ein Buch; doch es hat nichts geholfen. Er war von ihr . . . fasziniert. Aber er brachte sie nicht um. Das wissen Sie, nicht wahr?«

»Ja, ich weiß es.« Mr. Mottingley zog ein Taschentuch hervor und schneuzte sich. »Warum erzählen Sie mir das alles?«

»Ich dachte, Sie sollten es wissen. Und jetzt werde ich Sie nicht länger stören, Mr. Mottingley.«

KAPITEL 37

Jenny kam zum Frühstück herunter und fand einen recht ungewöhnlichen Brief neben ihrem Teller. Vielmehr, er wäre für einen Uneingeweihten ungewöhnlich gewesen, doch für Jenny war er typisch Meg. Meg schrieb leidenschaftlich gern Briefe, nur hatte sie niemand, dem sie sie schicken konnte. Sie waren nicht populär bei ihren Brüdern, die zwar einen zweiten Wohnsitz hatten und wenigstens so hätten tun können, als freuten sie sich darüber; aber das taten sie nicht. Jenny hätte besser von ihnen gedacht, falls sie so getan hätten, als ob; aber das wußten die beiden nicht. Mac wäre das gleichgültig gewesen, Alan jedoch nicht. Und so war nur Jenny übriggeblieben, der Meg Briefe schreiben konnte, nur hatte Meg stets bedauert, daß diese Briefe nie über die Post gingen. Doch nun war er mit der Post gekommen. Und er war an Miss Jenny Forbes adressiert. Das war das Ungewöhnlichste daran. Und die Adresse war eindeutig in Megs großer, nicht sehr akkuraten Handschrift abgefaßt.

Sie öffnete den Umschlag, nahm den Brief heraus und las ihn. Er lautete folgendermaßen:

Liebe Jenny, warum bist Du fortgerannt? Wir vermissen Dich schrecklich. Ich jedenfalls, und wenn Joyce nur einen Funken Verstand hat, tut sie das ebenfalls. Bei Joyce weiß man ja nie, wie man dran ist; aber ich frage sie nicht, weil ich nicht will, daß sie weint, was ihr nie gut bekommt. Aber ich vermisse Dich ganz schrecklich. Warum bist Du weggegangen? Bitte, bitte, sag es mir. Ich will ja nicht aufdringlich sein, und werde es auch niemandem weitersagen, wenn Du das nicht willst; aber schreibe es mir wenigstens. Du kannst uns doch in so kurzer Zeit nicht vergessen haben. Ich werde Dich *niemals* vergessen. Ich verspreche Dir feierlich, daß ich Dich nicht vergessen werde und daß ich es niemandem sagen werde, wenn Du mir schreibst. Es ist ganz schrecklich hier ohne Dich, ganz furchtbar. Mary sagt, Du heißt jetzt Jenny Forbes. Sie wollte es mir erst nicht sagen; aber ich habe sie dazu gezwungen, und Du wirst sie doch nicht verpetzen, nicht wahr? Sie sagt, Du wärst eine echte Kusine von uns. Das finde ich sehr aufregend, und ich bin richtig froh darüber. Sie sagt, das ganze Dorf redet darüber, also ist es auch kein Geheimnis mehr. Sie sagt, es wäre ein Geheimnis gewesen, daß Dein Vater Deine Mutter geheiratet hat, und weil er im Krieg gefallen ist und Deine Mutter bei Deiner Geburt starb, ist es so lange nicht herausgekommen. Das ist eine sehr traurige Geschichte, findest Du nicht auch? Ich hätte darüber weinen können, wenn sie nicht so aufregend gewesen wäre. Aber jetzt habe ich das Gefühl, als müßte ich weinen. Bitte Jenny, schreib mir, daß Du mich nicht vergessen hast. Und daß Du bald wiederkommst, damit wir wieder alle beisammensein können. Ich könnte es nicht *ertragen*, daß Du nicht wiederkommst.

Deine Dich liebende Meg.

PS: Bitte schick Deinen Brief an Marys Adresse. Ich denke, Du solltest lieber zwei Umschläge verwenden – einen äußeren für Mary, und einen zweiten für mich. Falls Du vergessen hast, wo sie wohnt, die Adresse lautet: Miss Mary Stebbins, Alingford.
Lebe wohl. Ich liebe Dich. Bitte, *bitte* schreib mir.

Richard, der jetzt ins Zimmer kam, fand Jenny weinend am Tisch.

»Liebling, was ist denn?«

Sie gab ihm Megs Brief.

»Sie ist so ein nettes Kind und liebt mich wirklich. Was kann ich da machen?«

Er pfiff leise durch die Zähne.

»Die Katze ist aus dem Sack«, sagte er. »Du mußt an Mrs. Forbes schreiben.«

»Ich will ihr nicht schreiben«, sagte Jenny und sah mit nassen Augen zu ihm hoch.

»Liebling, du mußt ihr schreiben. Caroline wird dir dasselbe sagen.«

»Ich will nicht.«

»Jenny, bitte . . .«

Sie drehte sich ihm zu, faßte nach seinem Arm, seiner Hand.

»O Richard, nein – nein. Ich will ihnen nicht schreiben, wo ich bin – sie sollen es nicht wissen. ich – ich fürchte mich davor.«

»Mein liebes Kind . . .«

Er legte ihr den Arm um die Schultern, und sie klammerte sich schluchzend an ihn. Als sie sich ein wenig beruhigt hatte, sagte er:

»Kann ich den Brief bis zu Ende lesen?«

»Ja, ja. Oh, selbstverständlich!«

Er las Megs rührend naiven Brief und konnte nicht verstehen, weshalb er Jenny in einen solchen Zustand zu versetzen vermochte.

»Sie ist offenbar ein nettes Kind und mag dich sehr. Ich verstehe nicht, warum du dich so über diesen Brief aufregst.«

»Ich weiß es auch nicht. Aber es ist nun mal so.«

»Aber ich begreife es nicht . . .«

»Ich öffnete den Brief und freute mich sehr, weil Meg mir geschrieben hatte. Und dann war mir plötzlich, als hätte ich eine Tür aufgesperrt, hinter der etwas Grauenhaftes lauerte. So – so etwas habe ich noch nie erlebt. Ich kann es nicht anders erklären.«

Er sah sie eindringlich an.

»Aber jetzt hast du keine Angst mehr, nicht wahr?«

»Nicht so wie anfangs. Nein – es war wie ein Anfall, der sich wieder gelegt hat. Doch in mir sträubt sich alles dagegen, Mrs. Forbes einen Brief zu schreiben.«

»Das wird dir aber nicht erspart bleiben«, sagte er. Und in diesem Moment kam Caroline mit dem gebratenen Frühstücksspeck.

Sie frühstückten, ohne dieses Thema weiter zu verfolgen.

Aber als sie das Geschirr abgeräumt hatten, sagte Richard zu seiner Tante:

»Jenny hat von einem der beiden Mädchen einen Brief bekommen. Von Meg. Sie weiß, daß Jenny hier ist.«

Caroline sah Jenny an.

»Dafür hat wohl Mrs. Merridew gesorgt. Du konntest nicht erwarten, deinen Aufenthalt geheimhalten zu können, wenn Mrs. Merridew mit ihrer Kusine in Alinford korrespondierte. Zweifellos hat sie sofort von dir berichtet, als Richard dich hierherbrachte. Und dieser Brief ist von einem der Kinder?«

»Ja«, sagte Jenny, »von Meg.«

»Dann wird dir wohl nichts anderes übrigbleiben, als Mrs. Forbes zu schreiben. Es wird dir zwar nicht leichtfallen; aber es war ja auch nicht ganz richtig, mitten in der Nacht . . .« Ihre Stimme verebbte.

»Nein«, sagte Jenny, die Caroline fest ansah, »was war schon richtig von dem, was ich getan habe . . .«

Also setzte sie sich hin und schrieb einen Brief an Mrs. Forbes, der sich flüssiger las, als er verfaßt wurde:

Liebe Mrs. Forbes,

ich habe alles mitgehört, was Mac zu Ihnen sagte an jenem Abend, als ich fortlief. Ich konnte nicht länger bei Ihnen bleiben, nachdem ich Zeugin dieses Gesprächs geworden war. Ich saß hinter dem Vorhang, und ich glaubte, Sie wollten nur hereinschauen und dann wieder fortgehen. Doch das taten Sie nicht. Als ich Ihr Gespräch mit Mac belauscht hatte, konnte ich unmöglich hinter dem Vorhang hervorkommen und mich Ihnen zeigen. Vielleicht wäre das richtiger gewesen, doch ich hatte einfach nicht den Mut. Deshalb wird es für Sie nun keine Überraschung mehr sein, daß ich heimlich aus dem Haus ging. Ich glaube nicht, daß Sie mich wiedersehen möchten. Ich wohne hier bei Richards Tante, Miss Danesworth. Ich bin in der Nacht, als ich fortrannte, durch einen Zufall mit Richard zusammengetroffen, und er brachte mich hierher. Er heißt Richard Alington Forbes und ist ein Vetter von mir. Richard ist nach London gefahren und hat mir aus Somerset House eine Kopie von der Heiratsurkunde meiner Eltern besorgt.

Jenny Forbes.

Ehe sie den Brief in einen Umschlag steckte, ging sie in die Küche zu Caroline und Richard.

»Ist es so richtig?« fragte sie. »Ich könnte ihn nicht noch einmal schreiben – wirklich nicht.«

Caroline las den Brief und küßte Jenny wortlos auf die Stirn. Dann ging sie aus der Küche und ließ Richard mit Jennifer allein. Er las den Brief ebenfalls. Jenny beobachtete ihn dabei.

»Mehr brauche ich doch nicht zu schreiben, oder? Damit ist doch alles gesagt, nicht wahr?«

Er legte ihr den Brief in die Hand. »Ja, alles.«

KAPITEL 38

Miss Silver war nach Hazeldon gefahren. Ein paar Punkte waren bei der Leichenschau ans Tageslicht gekommen, und sie hatte das Gefühl, es würde sich lohnen, dieses Hazeldon unter die Lupe zu nehmen. Zum einen, weil sie Jimmy Mottingleys Darstellung glaubte. Sie fand es unmöglich, ihm nicht zu glauben. Wenn nun Miriam Richardson um sieben Uhr abends sehr hastig bei Miss Danesworth aufgebrochen war, mußte sie schon nach wenigen Minuten auf der Heide gewesen sein – nach sehr wenigen Minuten. Und Jimmy Mottingley saß um sechs Uhr fünfzehn oder sechs Uhr dreißig noch im Salon seiner Mutter und hörte ungeduldig den Ausführungen der alten Mrs. Marsden zu. Die Entfernung zum Treffpunkt mit dem Wagen in einer Dreiviertelstunde zu schaffen war ein Ding der Unmöglichkeit. Selbst in einer Stunde war die Strecke kaum zu bewältigen. Laut Mrs. Marsden, die als unvoreingenommene Zeugin galt, hatte der Beschuldigte das Haus seiner Mutter bereits um zehn nach sechs verlassen, doch seine Mutter hatte den Zeitpunkt auf halb sieben verlegt. Unter den gegebenen Umständen war ihre Aussage im Hauptverfahren wenig glaubwürdig, zumal Jimmy selbst zu Protokoll gegeben hatte, die Uhr im Salon seiner Mutter sei keineswegs zuverlässig. Wenn Jimmy nun tatsächlich um zehn nach sechs von zu Hause weggefahren war, hätte er frühestens zehn nach sieben an dem Ort, wo Miriam umgebracht wurde, eintreffen können. Das heißt, zehn Minuten nach dem Zeitpunkt, als Miriam das Haus von Miss Danesworth verlassen hatte. Miss Silver wollte nun versuchen, einen Zeugen in Hazeldon aufzutreiben, der Jimmy Mottingleys Wagen gesehen hatte. Wenn es dafür Zeugen gab, konnten sie sich vielleicht an die Zeit erinnern, als er mit seinem Wagen durchs Dorf kam. Das wiederum würde ihr vielleicht weiterhelfen.

Sie betrat Mrs. Deans Laden und war sehr erfreut, daß er voller Kundschaft war, die sich angeregt miteinander unterhielten. Schon die ersten Worte, die sie aufschnappte, gaben ihr Aufschluß über das Thema. Sie stellte sich in eine Ladenecke und betrachtete ein paar schon angestaubte Pfeifen aus Lakritze. Sie hoffte, ihr Interesse für diese Dinger würde glaubwürdig wirken.

Eine blondhaarige junge Frau sagte: »Dieser Jimmy Mottingley erinnert mich sehr an meinen Bruder Bill, und ich bin sicher, Bill könnte nicht mal eine Fliege umbringen.«

Eine ältere Frau nahm sie beim Wort.

»Nun, ich weiß nicht«, sagte sie.

»Was wissen Sie nicht, Mrs. Wilson?« Die junge Frau bekam ein ganz rotes Gesicht. »Wollen Sie damit sagen, mein Bruder Bill brächte so etwas fertig?«

»Keineswegs, meine Liebe. Da brauchen Sie gar nicht

erst rot zu werden. Und ich hätte jetzt gern ein Viertelpfund Tee und ein Glas vom schwarzen Johannisbeergelee. Meine Johannisbeeren sind in diesem Jahr überhaupt nichts geworden. Ich habe sogar die Sträucher ausgraben müssen. Denen hat noch nie was gefehlt, und auf einmal sind diese Läuse drin, von denen jetzt so viel geredet wird.«

Eine schmächtige, blasse Frau neben ihr mischte sich ein:

»Ich weiß gar nicht, was da plötzlich von allen Seiten über uns herfällt. Die finden doch alle fünf Minunten eine neue Krankheit. Ob das nun Beeren sind oder Karnickel. Zum Beispiel diese Myxy-Dingsda, an denen die Kaninchen verreckt sind. Da haben sie nicht mal was gegen. Ich weiß nicht . . .« Ihre Stimme verhallte ungläubig, während Mrs. Dean sich über den Ladentisch beugte und Miss Silver ansah.

»Guten Morgen«, sagte sie.

»Oh, guten Morgen.« Miss Silver sah in ihre Handtasche und holte ihre Geldbörse heraus. »Ich wollte nur fragen, ob Sie auch Pfefferminzbonbons haben.«

Während der Zeit, die es dauerte, die gewünschten Bonbons herbeizuschaffen, hatte Miss Silver bereits die herzlichsten Beziehungen angeknüpft. Der Laden hatte sich ein wenig geleert, und es gelang ihr, das Gespräch auf Jimmy Mottingley zurückzulenken.

»Das war ein seltsamer Fall, den Sie hier hatten. Das muß vor vierzehn Tagen gewesen sein, nicht wahr?«

»Furchtbar«, bestätigte Mrs. Dean. »Man liest so was ja öfter in der Zeitung; aber daß es direkt vor der Haustür passieren könnte, hält man nicht für möglich.«

»Nein, wahrhaftig nicht«, stimmte ihr Miss Silver bei.

»Obwohl ich damit nicht behaupten möchte, es wäre mir unbegreiflich, daß sie umgebracht wurde. Man soll ja einem Toten nie was Schlechtes nachreden; aber wenn sie nicht der Typ gewesen ist, der früher oder später in die Zeitung kommt, dürfte man überhaupt nichts mehr sagen. Was wahr ist, ist wahr.«

Miss Silver gab sich entsprechend schockiert.

»Sie haben dieses Mädchen – gekannt?«

»Ich habe es gesehen«, sagte Mrs. Dean mit düsterem Blick. »Soll ich nur Gutes über sie sprechen, bloß weil sie jetzt tot ist? Hat das was damit zu tun, daß sie ein leichtfertiges, tyrannisches Ding war, als sie noch lebte? Was wahr ist, bleibt wahr, sag' ich immer. Egal, was die anderen darüber denken.«

Miss Silver hatte eine Menge, worüber sie nachdenken konnte, als sie den Laden wieder verließ. Miriam hatte in dem Dorf keinen guten Eindruck gemacht. Jenny hingegen war sehr beliebt. Mrs. Dean hatte laut ihr Loblied gesungen:

»So eine nette junge Lady! Und nicht unvermögend, wie ich hörte. Und Richard ist sehr beliebt in der Gegend. Jeder wünscht ihm, daß er eine hübsche und gute Frau bekommt. Dieses Mädchen, das ermordet wurde, war nämlich auch hinter ihm her. Aber ich möchte mir nicht gern den Mund verbrennen, wissen Sie.«

Miss Silver lächelte. Sie hatte ein Talent, den Leuten die Würmer aus der Nase zu ziehen, wie Frank Abbott zu sagen pflegte. Doch sie tat das nicht mit Arglist oder Neugierde, sondern aus echter Anteilnahme an dem Schicksal ihrer Mitmenschen. Als sie auf die Straße hinaustrat, wurde sie Jenny Forbes ansichtig, die gerade aus einem anderen Laden herauskam. Jenny Forbes blieb ebenfalls stehen, als sie Miss Silver wiedererkannte, und sagte: »Guten Tag. Wie geht es Ihnen?« Miss Silver war erfreut über dieses Zusammentreffen und hoffte, es möge auch noch ein fruchtbares werden.

»Ich war gerade auf dem Weg zu Miss Danesworth. Vielleicht könnten wir ein Stück zusammen gehen?«

»Aber bitte!«

Jennys flüchtiges Lächeln wurde von einer Röte erstickt. Sie war nervös. Aber weshalb? Es war der gleiche Eindruck, den Miss Silver schon bei ihrem ersten Zusammentreffen gewonnen hatte! Jenny war kein nervöser Typ, und dennoch zeigte sie Symptome, die auf einen nervösen Konflikt hindeuteten.

»Sie werden sich vermutlich fragen, weshalb ich noch einmal hergekommen bin«, sagte sie und wandte sich Jenny zu.

Jenny wurde ganz bleich, und im nächsten Moment waren ihre Wangen wieder glühend rot.

»Oh – nein, durchaus nicht«, sagte sie verwirrt.

»Warum sind Sie denn plötzlich so verlegen, meine Liebe?«

»Oh, das bin ich doch gar nicht«, erwiderte Jenny rasch.

»Ich habe aber durchaus den Eindruck, daß Sie es sind. Und ich hätte doch gern gewußt, weshalb. Wäre es möglich, daß Sie etwas wissen, was Sie bisher für sich behalten haben? Falls ja, würde ich Ihnen dringend empfehlen, sich zu überlegen, was Sie damit anrichten oder verhindern können.«

»Was ich anrichten oder verhindern . . .?«

»Ja, meine Liebe. Dieser Junge im Untersuchungsgefängnis von Colborough wartet auf seinen Prozeß. Falls Sie etwas wissen, daß ihn entlasten könnte, sind Sie verpflichtet, ihm zu helfen.«

Jennys Herz klopfte so heftig, daß sie stehenbleiben mußte. Sie sagte ein wenig außer Atem:

»Ihm helfen? Aber ich weiß doch nichts – wirklich nichts. Nur . . . nur . . .«

»Nur, meine Liebe . . .«

Jenny hatte sich Miss Silver zugedreht und sah sie an. Sie waren nun beide stehengeblieben. Vor ihnen machte die Straße einen Knick und ging dann in eine sanfte Steigung über. Gleich bei diesem Knick befand sich das Haus von Miss Danesworth und in dessen Schatten das Häuschen von Mrs. Merridew.

Jenny hob den Blick zu Miss Silvers Gesicht. Was sie

dort gewahrte, schien sie offensichtlich zu beruhigen. Sie fühlte sich freier, und ihr Verstand wurde klarer. Plötzlich schien ihr nichts wichtiger als die Beichte der Wahrheit.

Sie sagte:

»Es hat mich sehr bedrückt.«

»Das sah man Ihnen an, meine Liebe.«

»Wenn ich es Ihnen mitteile – ich weiß nicht, ob ich jemandem damit schade.« Sie stand mit halboffenem Mund da und sah Miss Silver an, die ernst erwiderte:

»Das kann ich Ihnen auch nicht sagen. Ich kann Sie nur daran erinnern, daß vielleicht ein Unschuldiger für ein Verbrechen büßen muß, während der Täter ungestraft davonkommt.«

»Ja, das habe ich mir auch dauernd gesagt. Wenn er nun gar nichts damit zu tun hat – gar nichts dafür kann – oh!« sie schlug die Hände vors Gesicht und verdeckte die Augen, als wollte sie sich vor einem unheimlichen Anblick schützen.

Miss Silver sah sie mitleidig an. Sie sagte mit behutsamer Stimme:

»Ich glaube, Sie sollten mir sagen, was Sie bedrückt.«

Jenny ließ die Hände wieder fallen. Tränen rannen ihr über das Gesicht. Sie sagte:

»Ich weiß nicht – ich weiß nicht, was ich tun soll – ich weiß es wirklich nicht . . .«

Und dann, plötzlich, wußte sie es doch. Sie preßte ihre Hände zusammen, ganz fest, und sagte:

»Dieser Junge – er redete etwas von einem Zettel. Er sei für mich bestimmt gewesen. Doch später nahm er das alles wieder zurück. Ein Zettel, sagte er, der an Miss Jenny Hill adressiert gewesen sei. So wurde ich genannt, ehe ich hierherkam. Das war der Name meiner Mutter, und sie glauben – alle glaubten, daß mein Vater sie nicht geheiratet habe. Und deshalb wurde ich auf ihren Mädchennamen getauft – Jenny Hill.«

Und Jenny erzählte Miss Silver nun, wie sie das

Gespräch zwischen Mrs. Forbes und deren Sohn belauscht hatte. Und wie Mac seiner Mutter erzählte, daß er in Somerset House gewesen war und dort eine Kopie der Heiratsurkunde ihrer Eltern bekommen hatte. Und wie Mac sagte, daß Alington House eigentlich ihr, Jenny, gehörte, aber kein Anlaß bestünde, ihr die Wahrheit zu offenbaren.

»Er wollte mich heiraten, und wenn dann die Wahrheit herausgekommen wäre, hätte es an den Besitzverhältnissen nicht mehr viel geändert. Und deshalb lief ich mitten in der Nacht weg, traf zufällig auf Richard, der ein entfernter Vetter von mir ist, und Richard brachte mich hierher.«

Jennys Tränen waren inzwischen getrocknet. Sie fühlte sich leer und ausgepumpt, aber auch viel ruhiger als vorher.

Miss Silver sah sie sehr freundlich an, während sie in Gedanken die Möglichkeiten erwog, die sich aus diesem belauschten Gespräch ergaben. Und dabei kam sie der Wahrheit sehr nahe. Sie bezweifelte nicht, daß Jenny ihr die Wahrheit erzählt hatte.

Sie sagte: »Sie sind bereit zu beschwören, daß Mrs. Forbes mit ihrem Sohn über die Heiratsurkunde Ihrer Eltern und deren rechtliche Konsequenzen sprach?«

»Ich war eine unerwünschte Zeugin dieses Gesprächs – ja.«

»Und daß die beiden beschlossen, Sie im unklaren über die Rechtslage zu lassen, sie zu überreden, Ihren Vetter zu heiraten, und sich darauf zu verlassen, daß Sie nicht dahinterkämen?«

»Mrs. Forbes wollte nicht, daß er mich heiratet. Sie sagte das ihrem Sohn.«

»Und er? Ich will Sie nicht Dinge fragen, die Sie lieber nicht beantworten würden; aber Sie müssen begreifen, daß es hier um seine Vertrauenswürdigkeit geht.«

Jenny schüttelte den Kopf.

»Nein«, sagte sie, »man kann ihm nicht trauen. Deshalb lief ich ja weg. Ich hatte das Gefühl, keine Stunde länger in diesem Haus bleiben zu können, nachdem ich ihr Gespräch belauscht hatte. Sie machten sich nichts vor. Und sie dachten überhaupt nicht an mich – das war eindeutig. Sie dachten einzig und allein daran, wie Sie den Besitz behalten könnten. Mac meinte, das wäre nicht mehr schlimm, wenn ich die Wahrheit entdeckte, sobald er mich geheiratet hätte; aber daß sie in einer unsicheren Lage wären, wenn er mich nicht heiraten würde, weil ich ja die Wahrheit herausfinden könnte.«

Miss Silver war schockiert.

»Sie sind sich dessen ganz sicher?«

»Ich habe selbst gehört, wie er das sagte«, antwortete Jenny schlicht. »Und ich hätte niemals gelauscht, wenn ich nicht dazu gezwungen gewesen wäre.«

Die ganze Zeit hatten sie nun mitten auf der Straße gestanden, die zu den beiden Häusern führte, die Miss Danesworth und Mrs. Merridew gehörten. Und als hätte sie nun alles gesagt, was es zu sagen gab, drehte Jenny sich um und begann auf die beiden Häuser zuzugehen.

Miss Silver folgte ihr.

»Und danach sind Sie Ihrem Vetter begegnet?«

»Ja, ich traf Richard. War das nicht ein Glück?« Jennys Stimme war lebhafter geworden. Als habe sie ihr altes Leben mit seinen Schmerzen und Enttäuschungen abgestreift und mit Richard ein ganz neues begonnen.

»Hatten Sie ihn schon vorher gekannt?«

»O nein! Ich hatte keine Ahnung von seiner Existenz. Es war mitten in der Nacht, und ich sah einen Wagen kommen, stellte mich mitten auf die Straße und hielt ihn an. Richard saß in dem Wagen. Ich bat ihn auszusteigen; denn ich wollte ihn mir ansehen, um mir schlüssig zu werden, ob ich mich ihm anvertrauen könne. Wie staunte ich, als ich ihn mir ansah – oh, das war wunderbar, denn er war das genaue Ebenbild von Richard Forbes, nach dem er getauft worden war. Ich konnte ihn deutlich sehen, denn es war eine klare Vollmondnacht, und als ich ihn betrachtete, glaubte ich zu träumen – nur ein paar Sekunden lang, wissen Sie? Ich fragte ihn, wer er sei, und er antwortete: ›Mein Name ist Richard Forbes.‹ Und ich sagte: ›Ich habe Sie schon vorher gesehen.‹ Und als er fragte: ›Wo?‹, antwortete ich: ›Auf dem Porträt in der Halle – dem Porträt von Richard Alington Forbes.‹ Und er erwiderte: ›Das ist mein Name.‹« Sie schloß mit geröteten Wangen und leuchtenden Augen. »Das war ein glücklicher Zufall.«

»Ja, das war es. Wie kam er denn um diese Zeit in die Nähe von Alington House?«

»Er wolte es besichtigen; war aber unterwegs aufgehalten worden, wollte deshalb im Wagen schlafen, dann, wenn ein Gasthaus öffnete, frühstücken und anschließend zum Herrenhaus fahren.«

»Wußten sie dort von seinem Kommen?«

Jenny sah sie mit großen Augen an.

»Oh, ich glaube nicht. Nein, ganz gewiß nicht. Und er hatte ganz vergessen, daß Sonntag war und jeder in die Kirche gehen würde. Er hatte einen schlechten Tag dafür gewählt – das sagte ich ihm auch.«

»Und was antwortete er?«

»Er lachte nur«, sagte Jenny. »Und es war ja auch nicht mehr wichtig, weil er gar nicht mehr hingefahren ist. Er brachte mich statt dessen zu Miss Danesworth.«

Sie waren bei dem Gattertor angelangt. Miss Silver stand zwischen Jenny und der Gartenpforte.

»Und was sagte Miss Danesworth dazu?«

»Ich weiß nicht, was sie zu Richard gesagt hat. Sie war reizend zu mir.«

»Ich muß Sie noch etwas fragen, meine Liebe.«

»Ja, Miss Silver?«

»Haben Sie inzwischen etwas von diesen Forbes gehört? Haben sie versucht, Sie aufzuspüren?«

»Nein, das haben sie nicht getan.«

Miss Silver sah ernster aus als je zuvor.

»Das ist ein sehr merkwürdiges Verhalten. Haben Sie

eine Botschaft hinterlassen? Haben Sie ihnen gesagt, daß Sie das Haus verlassen wollten?«

»Nein. Ich wußte ja gar nicht, wo ich hingehen würde.« Jenny wunderte sich, warum Miss Silver ihr solche Fragen stellte. Ihr nervöses Unbehagen stellte sich wieder ein: »Warum – warum wollen Sie das wissen?«

»Ich möchte noch etwas wissen. Ich möchte Sie fragen, wie alt Sie sind.«

Jenny antwortete schlicht: »Ich bin im September siebzehn geworden.«

»Glauben Sie nicht, Mrs. Forbes hätte Schritte unternehmen müssen, um Sie zu finden?«

»Ich wollte nicht, daß sie mich findet«, sagte Jenny.

Miss Silver war überaus betroffen. Sie war gewohnt, den Menschen ins Herz zu sehen. Ihrer Meinung nach war Jenny aufrichtig und naiv zugleich.

Und dann sagte Jenny: »Ich vermute, daß sie wußten, wo ich war. Mrs. Merridew schrieb einer Kusine, die in Alingford wohnt. Die muß es Mrs. Forbes gesagt haben; denn Meg kannte meine Adresse. Sie ist eines der beiden Mädchen, die ich im Haus betreut habe. Sie hat mir einen Brief geschrieben.«

»Wann haben Sie diesen Brief bekommen?« fragte Miss Silver rasch.

»Er kam gestern morgen mit der Post, und als Richard und Caroline ihn sahen, sagten sie, daß ich Mrs. Forbes einen Brief schreiben müsse. Also schrieb ich ihr . . .« Jenny machte eine Pause und nahm sich dann zusammen: »Ich setzte sie davon in Kenntnis, daß ich ihr Gespräch mit Mac belauscht habe und deshalb ihr Haus verlassen hätte. Und daß ich nun bei Richards Tante, Miss Danesworth, wohnte. Ich schrieb auch, daß Richard nach London gefahren sei und sich in Somerset House eine Kopie von der Heiratsurkunde meiner Eltern besorgt habe. Und ich unterschrieb mit Jenny Forbes. Ich hatte ein seltsames Gefühl dabei, weil ich diesen Namen noch nie zuvor geschrieben habe. Aber ich hielt das für notwendig. Es ist also kein Geheimnis mehr, wer ich wirklich bin. Nur wundere ich mich, daß Mrs. Forbes mir nicht schrieb – oder Mac, wenn Meg schon meine Adresse kannte. Das – beunruhigt mich, Miss Silver. Warum melden sie sich nicht?«

Miss Silver meinte: »Das weiß ich auch nicht, meine Liebe.«

Sie gingen zusammen ins Haus.

KAPITEL 39

Miss Silver trank mit Miss Danesworth und Jenny Tee. Richard traf sie nicht in der Wohnung an. Aber Miss Silver unterhielt sich ausgezeichnet mit den beiden Frauen. Nach dem Tee erkundigte sie sich nach der Adresse von Mrs. Pratt. Jenny erbot sich, sie dorthin zu bringen. Miss Silver überlegte kurz und nahm das Angebot an.

Pech für Dicky, daß sich die Dinge so entwickelten, wie sie sich entwickelten. An den meisten Nachmittagen war er nämlich nicht zu Hause. Diesmal aber war er es, weil er auf Stuffy Craddock warten mußte, der ihn nach dem Tee abholen wollte. Mrs. Craddock ließ es nicht zu, daß ihr Sohn zur Teezeit nicht zu Hause war. Dicky dachte mit Behagen daran, wieviel besser es ihm diesbezüglich ging, weil seine Mutter nie merkte, ob er zu Hause war oder nicht. Und dann überkam ihn plötzlich ein Gefühl der Einsamkeit. Er reckte das Kinn vor und pfiff ganz laut, um sich wieder in bessere Laune zu bringen.

Mrs. Pratt war nicht zu Hause. Sie würde erst in einer Stunde heimkommen. Sie war keine besonders gute Arbeiterin, aber die Leute hatten Mitleid mit ihr. Und unter strikter Aufsicht erledigte sie ihre Aufträge auch zufriedenstellend.

Miss Silver und Jenny kamen an die Wohnungstür von Mrs. Pratt und hörten Dicky pfeifen.

»Er ist zu Hause«, sagte Jenny. »Ich hatte schon Angst, er wäre fort. Sie haben keine festen Essenszeiten.«

Miss Silver schien betroffen.

»Glauben Sie, man kann den Worten des Jungen glauben?«

»Nein, das kann man leider nicht«, sagte Jenny freimütig. »Ich glaube, er wird sich winden und lügen. Deshalb mein Angebot, Sie zu begleiten.« Sie klopfte an die Tür, und sogleich hörte das Pfeifen auf.

Dann hörten sie Schritte auf der Treppe. Die Tür ging auf, und ein schmutziger, schäbig gekleideter Junge stand vor ihnen. Er lächelte. Sein Gesicht strahlte wie eine Laterne. Seine blauen Augen leuchteten.

»Meine Mutter ist nicht zu Hause«, sagte er. »Kann ich ihr etwas ausrichten?«

Er tat so, als habe er Jenny noch nie gesehen. Aber Jenny ging auf dieses Spiel nicht ein. Sie sagte:

»Hallo, Dicky. Wir wollten dich sprechen, nicht deine Mutter. Dürfen wir hineinkommen? Das ist Miss Silver.«

»Wie geht es dir, Dicky?« erkundigte sich Miss Silver.

Dicky gab ihr artig Bescheid. Sein Kopf war ein aufgeregter Bienenschwarm. Er wußte, wer Miss Silver war, und weil er das wußte, konnte er erraten, weshalb sie hierhergekommen war. Er fragte sich nur, ob er ihr sagen sollte, was er wußte, oder nicht. Da schwankte er noch. Mit einem Gefühl für Schicklichkeit führte er seinen Besuch nicht in die unaufgeräumte Küche, sondern in das vordere Zimmer, das nie benutzt wurde und schrecklich ordentlich aussah. Vier Stühle standen mit dem Rücken zur Wand, und ein hartes, wenig einladendes Sofa stand mit dem Rücken zum Fenster. Die Vorhänge waren weder sauber noch schmutzig. Sie hatten hier gehangen, seit James Pratt nach seinem Unfall tot in die Wohnung getragen worden war. Seit diesem Tat waren sie nicht mehr beachtet oder berührt worden. Dicky gefiel dieses Zimmer. Er war ungemein stolz darauf. Die muffige Luft und die Staubschicht auf den Möbeln gaben ihm eine besondere Note.

Nachdem er Jenny und Miss Silver in dieses Zimmer geführt hatte, lehnte er sich mit dem Rücken an die Tür und strahlte sie an. Seine blauen Augen war weich und nachdenklich. Er dachte angestrengt nach und kam zu dem Ergebnis: Sie wollen etwas, sonst wären sie nicht hier. Was wollen Sie? Wenn ich ihnen zuhöre, finde ich das heraus.

Er sah zu Miss Silver auf. Es war ein Blick, der alte Damen zum Schmelzen brachte. Das wußte er. Aber sie begegnete seinem Blick mit einem so klaren, durchbohrenden Gegenblick, daß er kaum noch die Unschuld seines Schauens aufrechterhalten konnte. Er wäre auch ein bißchen weiter von ihr fortgerückt; aber das war unmöglich, da er bereits die Tür im Rücken hatte. In seinem Kopf meldete sich eine Stimme: Was willst du denn? Ich habe nichts getan, bestimmt nicht! Warum bist du hierhergekommen? Aber er sagte kein Wort davon.

Miss Silver sprach ihn mit seinem Namen an:

»Dicky . . .«

Der Tonfall beruhigte ihn. Er lächelte, und diesmal war es ein Ausdruck von Schüchternheit.

»Dicky, ich habe gehört, daß du ein sehr intelligenter Junge bist. Ich frage mich jedoch, ob du intelligent genug bist, um zu begreifen, daß man sich lieber auf die richtige Seite des Gesetzes schlagen sollte.«

Dicky schluckte und sagte: »Soll man das?«

Miss Silver lächelte.

»Das mußt du schon selbst herausfinden«, sagte sie. »Es ist sehr einfach, die Dinge zu verdrehen und sich damit wichtig zu machen. Und das ist der Punkt, wo ein Junge auf die schiefe Bahn gerät.«

»Tatsächlich?« sagte Dicky im schmelzenden Ton der Unschuld.

»Ja«, sagte Miss Silver im Brustton der Überzeugung.

»Und du, Dicky, bist nun am Scheideweg angelangt. Du kannst entweder die Wahrheit sagen und dafür gelobt werden, oder du lügst, wirst entlarvt und verdirbst damit deinen Charakter.«

Dicky beeilte sich, seinen besseren Fuß vorzuschieben.

»Ich würde niemals lügen«, sagte er. »Nicht, wenn sich das vermeiden läßt.«

Miss Silver nickte zustimmend.

»Ich merke sofort, wenn du mich belügst«, sagte sie.

Und sogleich spürte Dicky bis ins Mark seiner Knochen hinein, daß sie es merken würde. So ein Gefühl hatte er bisher bei niemandem gehabt, und das gefiel ihm überhaupt nicht. Wäre er nur draußen im Freien gewesen, wäre er seinem Instinkt gefolgt und davongerannt. Er hätte sich verstecken können, bis die alte Dame wieder abreiste. Doch hier konnte er nichts machen. Er war blöd gewesen, sich so mit dem Rücken an die Tür zu stellen. Wenn er sich umdrehte und die Flucht ergreifen wollte, würden die beiden ihn festhalten.

Während ihm das alles durch den Kopf ging, bewahrte sein Lächeln die schmelzende Unschuld. Miss Silver sagte:

»Also, Dicky, wirst du mir nun die Wahrheit über den Zettel erzählen, den du bekommen hast?«

»Den Zettel?« Es war, als kenne er dieses Wort nicht.

»Ja, den Zettel, auf dem die Adresse von Miss Jenny Hill stand.«

»Och, *den* Zettel . . .«

Er versuchte Zeit zu gewinnen, doch Miss Silver ließ sich nicht darauf ein. »Ja, diesen Zettel«, sagte sie. Und dann: »Ich möchte wissen, was du damit gemacht hast. Der Mann, der dir den Zettel gab, hat dir aufgetragen, ihn Miss Jenny Hill zu bringen. Wußtest du, wer Miss Jenny Hill war?«

Dicky überlegte. Wenn er den falschen Fuß vorsetzte, würde es schwer sein, den Fehler auszubessern. Er hätte natürlich ein dickes Lügengarn spinnen können, doch zweifellos war die ungeschminkte Wahrheit der sicherste Weg für ihn. Sogleich empfand er ein heftiges Gefühl von Rechtschaffenheit.

»Natürlich wußte ich das!« sagte er entrüstet. »Jeder im Dorf wußte, daß Miss Jenny Forbes zwei Namen hatte und daß ihr anderer Name Miss Jenny Hill war. Mrs. Warrington hat das überall herumerzählt. Alles, was im Haus von Mrs. Merridew passiert, tratscht sie im Dorf herum.«

»Dann hattest du also vor, Miss Jenny den Zettel zu bringen?«

»Natürlich hatte ich das vor. Aber . . .« kam es nun mit dem Anlauf zur Wahrheit heraus, »aber da sind mir Roger Barton und Stuffy Craddock dazwischengekommen. Die hatten was Duftes vor, und ich bin mit ihnen gegangen. Und dann vergaß ich den Zettel bis nach dem Mord.«

»Ist dir denn nicht in den Sinn gekommen, daß das, was du wußtest, wichtig sein könnte?«

»Zuerst nicht.«

»Und warum nicht?«

Dicky wand sich.

»Ich weiß nicht. Es kam mir erst, als ich darüber nachdachte, warum das Nummernschild verhängt war.«

Jenny hatte beim Fenster gestanden. Sie war vor Schreck wie gelähmt. Sie spürte, daß da etwas auf sie herunterkam – auf sie alle. Sie konnte nichts tun, um das Unheil abzuwenden. Als stünde sie auf den Schienen, während ein Zug heranbrauste. Man hört das Pfeifen und sieht den Rauch und kann sich dennoch nicht bewegen. Sie vermochte den Blick nicht von Dickys Gesicht abzuwenden. Sie vermochte sich weder zu rühren noch zu sprechen. Und dieses Furchtbare kam immer näher.

Miss Silver sagte:

»Wie war das Nummernschild verdeckt?«

»Durch einen Sack, der aus dem Kofferraum hing. Der verdeckte das Nummernschild.«

»Dann konntest du das Nummernschild also nicht sehen?«

Dicky zögerte, jedoch nur einen Augenblick. Es war eine dufte Sache, wenn man die Wahrheit sagte. Und sicher dazu! Man mußte nicht dauernd stocken und überlegen. Man konnte es in einem Zug herunterrasseln. Er stockte nicht:

»Ich hatte ein paar Streichhölzer in der Tasche. Ich zündete eines an und las das Nummernschild.«

Jenny war wie gelähmt. Sie wußte, was nun kommen mußte.

»Kannst du dich noch an die Nummer erinnern?«

»Selbstverständlich. Es war 505.« Er nannte auch die Kennbuchstaben des County.

»Und du irrst dich auch nicht?«

»Ich irre mich nie. Und ich würde bei so was nie mogeln.«

Jenny holte tief Luft. Der Fenstersitz war unmittelbar hinter ihr. Sie ließ sich darauf fallen und legte das Gesicht in die Hände. Also war es Mac gewesen. Und statt Jenny war Miriam umgebracht worden. Daran zweifelte sie nun nicht mehr. Wenn Dicky nicht seine Freunde getroffen und ihr den Zettel ausgehändigt hätte – was hätte sie dann getan? Würde sie sich mit Mac getroffen haben? Sie wußte es nicht mit Bestimmtheit zu sagen. Im ersten Moment glaubte sie, sie wäre zum Treffpunkt gegangen, und im nächsten Moment schauderte sie bei diesem Ansinnen zurück. Sie wußte nicht, was sie getan hätte. Sie würde es niemals wissen.

In diese Verwirrung hinein sagte Miss Silver:

»Trinken Sie das, meine Liebe. Es ist nur Wasser.«

Jenny nippte daran, wieder und wieder. Dabei wurde ihr Kopf allmählich klar. Sie sah kläglich zu Miss Silver auf.

»Es ist mir schon wieder besser.«

»Lassen Sie sich Zeit, meine Liebe, bis alles wieder in Ordnung ist.«

Jenny öffnete die Augen und glitt vom Fenstersitz. Sie lag plötzlich auf dem Boden, und das Fenster über ihr stand weit offen. Es stand zum erstenmal seit Jahren offen. Dicky sah das nicht gern. Seine Mutter wollte nicht, daß es geöffnet wurde. Doch seine Mißbilligung wurde mehr als aufgehoben von dem erhebenden Gefühl, die Wahrheit gesagt zu haben. Er erinnerte sich an die Worte, die er bei dem Prozeß hatte nachsprechen müssen, bei dem er als Zeuge vorgeladen worden war. Er wiederholte sie mit großer innerer Befriedigung. In der Wahrheit steckten keine Fallgruben und Schlingen. Niemand konnte einem was anhaben, wenn man die Wahrheit sagte.

Er rannte nach oben und holte Macs Zettel. Als er wieder herunterkam, saß Jenny auf der Fensterbank; aber ihr Gesicht war noch leichenblaß.

Er trat ins Zimmer und gab Miss Silver den Zettel. Er war unbeschreiblich schmutzig, zerknittert und voller Fettflecke; aber der Text war noch gut lesbar. Miss Silver nahm das Papier und las, was Mac vor fast vierzehn Tagen an Jenny geschrieben hatte:

Jenny, *sage niemand ein Wort,* sondern komm und triff mich nach Einbruch der Dunkelheit draußen auf der Heide.

Mac.

Bring diesen Zettel mit.

In der linken oberen Ecke stand ein Datum – das Datum des Mordtages.

KAPITEL 40

Was werden Sie tun?« fragte Jenny.

Miss Silver betrachtete sie voller Anteilnahme.

»Ich glaube, Sie müßten das wissen, meine Liebe«, sagte sie.

Sie waren auf dem Rückweg. Jenny fühlte sich schwach und müde, als wäre eine lange Zeit vergangen, seit sie heute morgen aufgestanden und Richard mit dem Zug nach London gefahren war. Sie sagte:

»Ja, ich weiß, Sie werden es der Polizei mitteilen.«

»Das ist meine Pflicht, wie Sie wissen.«

Jenny schwieg eine Weile. Dann sagte sie:

»Es ist eine schreckliche Geschichte. Zu schrecklich, um sie begreifen zu können. Mac – er ist immer so – so . . .«, sie suchte nach einem passenden Wort und fuhr fort, »beherrschend gewesen. Und eine ganze Zeitlang glaubte ich, er würde mich mögen. Als ich herausfand, daß es nicht so war, fühlte ich mich sehr einsam. Als wären alle Menschen von mir gegangen. Es war ein schreckliches Gefühl – wie ein Alptraum.«

Miss Silver sah sie sehr freundlich an.

»Das ist ein guter Vergleich«, sagte sie. »Sehr treffend. Denn es ist keine Wahrheit in einem Alptraum, und wenn man daraus erwacht, hat er auch keine Gewalt mehr über einen. Als sie aus Alington House wegrannten, sind Sie aus Ihrem Alptraum erwacht. Er hat keine Gewalt mehr über Sie, weil Miss Danesworth nun für Sie sorgt und Richard Forbes Sie beschützt. Sie haben nichts mehr zu befürchten.«

Sie kamen aus dem Seitenweg in das Dorf. Nein, sie war gut aufgehoben bei Richard und Miss Danesworth. Sie waren jetzt ihre Familie. Sie war nicht mehr allein und schutzlos. Sie war bei ihnen sicher. Dieses Bewußtsein brachte Ruhe in ihre Gedanken. Im nächsten Moment machte sie sich freilich wieder Vorwürfe, weil sie an die beiden kleinen Mädchen und Alan denken mußte. Ja, sogar an Mrs. Forbes. Nach einer Weile fragte sie:

»Was werden Sie nun tun?«

»Ich muß mich mit Chefinspektor Abbott in Verbindung setzen. Er wird eine Aussage zu Protokoll nehmen. Ich werde Sie jetzt verlassen, meine Liebe, wenn Sie überzeugt sind, daß Sie auch ohne meine Hilfe nach Hause kommen.«

»Ja, das schaffe ich ganz gewiß«, sagte Jenny. Sie wollte allein sein, weil sie nachdenken mußte. In Gesellschaft anderer war ihr das unmöglich. Sie mußte mit sich ins reine kommen.

Miss Silver blieb wenig Zeit zum Nachdenken, bis sie im Zug nach London saß. Es war ein anstrengender Tag gewesen, doch sie dachte nicht über sich nach. Sie beschäftigte sich mit der bevorstehenden Auseinandersetzung. Sie hatte Frank Abbott ein Telegramm aus Langton geschickt und hoffte, daß es ihn noch in seinem Büro erreicht hatte. Sie war jedoch nicht darauf vorbereitet, daß er sie am Bahnhof abholte.

»Mein lieber Frank, Sie machen sich zu viel Mühe.«

Er lächelte auf sie hinab.

»Was haben Sie denn nun wieder angestellt?«

»Ich werde es Ihnen verraten, wenn wir aus diesem Trubel heraus sind.«

Nachdem er sie und sich in einem Taxi untergebracht und ihre Adresse in Montague Manisons angegeben hatte, wandte er sich ihr wieder zu und fragte:

»Nun, Madam – was wollten Sie mir sagen?«

Sie erwiderte mit großem Ernst: »Daß ich für Sie einen Mörder gefunden habe, Frank. Aber lassen Sie mich der Reihe nach berichten.« Und sie tat das mit der skrupelhaften Genauigkeit, die er von ihr erwartete.

Zum Schluß zog sie den Zettel aus ihrer Handtasche, den Mac vor fast vierzehn Tagen an Jenny geschrieben hatte und der in der linken oberen Ecke dieses verflixte, ihn verdammende Datum trug. Frank pfiff vor sich hin, als er das Datum las.

»Wo haben Sie den bloß her?« fragte er. »Man hat ihn nicht gerade behutsam behandelt, möchte ich meinen.«

»Er stak in der Hosentasche eines Jungen. Der heißt Dicky Pratt und ist in Hazeldon ansässig. Er hat keinen

Vater mehr, und ich hatte den Eindruck, daß seine Mutter unter seinem Pantoffel steht. Dieser Zettel wurde ihm am Tage des auf dem Papier vermerkten Datums um sieben Uhr abends von einem Mann überreicht mit der Anweisung, ihn Miss Jenny Hill zu überbringen. Er wußte, daß Miss Jenny Forbes diesen Namen getragen hatte, ehe sie nach Hazeldon kam. Das ganze Dorf wußte es. Die Informationsquelle war Mrs. Merridew, die Nachbarin von Miss Danesworth; denn sie hat eine Kusine in Alingford – dem Ort, wo Jenny aufgewachsen ist.«

»Meine liebe Miss Silver!«

»Unterbrechen Sie mich nicht, sondern hören Sie lieber bis zum Ende zu. Sie kennen zwar Jenny Forbes, jedoch nicht ihre Lebensgeschichte.«

Er hörte schweigend zu, als sie ihm die Geschichte von Jenny Hill erzählte. Und dann fuhr sie mit der jüngsten Vergangenheit fort:

»Diese Botschaft wurde von Mrs. Forbes' ältestem Sohn verfaßt. Er ist ungefähr vierundzwanzig Jahre alt und betrachtete sich seit seinem sechsten Lebensjahr als Erbe von Alington. Als Jenny hörte, daß er plane, sie zu heiraten, lief sie fort. Das arme Kind – die Sache ist ein schrecklicher Schock für sie gewesen. Sie lief mitten in der Nacht davon und traf zufällig auf einen entfernten Vetter, diesen Richard Forbes, der sie bei seiner Tante untergebracht hat. Es ist eine ungewöhnliche, aber dennoch wahre Geschichte. Der Zettel, den ich Ihnen eben zeigte, wird den Verfasser schrecklich belasten. Es besteht kein Zweifel, daß er nach Hazeldon fuhr in der Absicht, seine Kusine Jenny zu töten. Das Mädchen, das ermordet wurde, kam aus dem Haus von Miss Danesworth, in dem Jenny zur Zeit wohnt. Offenbar hat er die Ermordete mit Jenny verwechselt, und das Opfer hat vermutlich nichts getan, um diesen Irrtum aufzuklären. Er ermordete sie in dem Glauben, Jenny umgebracht zu haben.

Was er allerdings nicht wußte: Der Junge, den er als

Boten beauftragt hatte, hatte sich an seinen Wagen herangepirscht und heimlich sein Nummernschild gelesen. Das Nummernschild, mein lieber Frank, war von einem Sack verdeckt, der aus dem Kofferraum hing. Das ist ein sicheres Indiz, daß die ganze Sache geplant war. Die Zulassungsnummer des Wagens war 505, und die Kennbuchstaben treffen auf die Grafschaft zu, in der er seinen Hauptwohnsitz hat.«

Frank legte den schmutzigen, zerknitterten Zettel in sein Notizbuch.

»Und wo kann man diesen jungen Mann jetzt finden? Wissen Sie das?«

»Ich habe seine Adresse«, sagte Miss Silver ernst, und er schrieb sie in sein Notizbuch.

Jenny war heim gegangen. Sie fühlte sich todmüde. Sie vermochte keinen klaren Gedanken mehr zu fassen. Doch eines stand für sie fest: Für Mac gab es keine Zukunft mehr. Und sie war es gewesen, die seine Zukunft zerstört hatte. Sie wußte nicht, was sie jetzt tun sollte.

Doch dann kam ihr der Gedanke, daß sie hätte tot sein müssen, um ihn aus seinen Schwierigkeiten befreien zu können. Aber sie war gesund und kräftig – war nie ernsthaft krank gewesen –, und wenn man sie tot auf dem Dorfanger gefunden hätte, wäre es Mord gewesen. Mac war ein Mörder. Sein Verhängnis war nicht ihre Schuld. Er hatte es sich ganz allein zuzuschreiben. Sie stellte sich Jimmy Mottingley vor, der mit bleichem Gesicht auf der Anklagebank saß. Wie hätte sie den Mund halten und ihn für einen anderen leiden lassen können? Das hätte sie niemals gekonnt. Das war unmöglich.

Als sie zur Haustür kam und in den Flur trat, traf sie niemand in der Wohnung an. Richard war noch nicht aus London zurück, und sie erinnerte sich, daß Miss Danesworth gesagt hatte, sie wollte Mrs. Merridew besuchen.

Jenny trat ins Wohnzimmer. Sie hatte das Gefühl, über vieles nachdenken zu müssen, auch wenn sie noch so erschöpft war. Sie setzte sich und sah, daß der Telefonapparat direkt vor ihr stand. Sie wechselte den Platz, aber davon wurde es nicht besser. Sie konnte den Apparat jetzt zwar nicht mehr sehen, spürte jedoch seine Gegenwart. Sie konnte Mac anrufen. Sie konnte ihm sagen, was sie getan hatte. Sie konnte ihm sagen, daß Miss Silver die Wahrheit kannte. Daß der Zettel in ihrem Besitz war mit dem Datum darauf. Daß Dicky Pratt ein Geständnis abgelegt hatte. Sie konnte ihm das alles sagen. Und was würde er tun, wenn sie ihn über alles aufklärte? In Gedanken schreckte sie vor dieser Überlegung zurück. Sie hatte keine Ahnung.

Nach einigen Minuten stand sie auf und meldete ein Gespräch nach London an.

Mac war beim Umziehen. Er wollte eine Party besuchen, die zu Ehren des Ensembles von *Whoops-a-Daisy*, dem neuesten Erfolgs-Musical aus den USA, gegeben wurde. Er pfiff vergnügt vor sich hin, während er sich die Haare bürstete. Er fühlte sich unbeschwert. Was auch mit dem Zettel geschehen sein mochte – nach so langer Zeit würde er bestimmt nicht mehr auftauchen. Im großen und ganzen hatte er die Sache wohl überstanden. Was diesen Trottel betraf, der sich hatte festnehmen lassen, man würde ihm kaum etwas nachweisen können. Und wenn die Geschworenen ihn trotzdem schuldig sprachen – nun, dann war es eben sein Pech.

Das Telefon klingelte, und er ging hinüber ins Wohnzimmer, um abzuheben.

»Wer ist dort?«

»Jenny. Ich muß dir etwas sagen.«

»Oh, wirklich?« Sein Ton war schroff. Was wollte das Mädchen von ihm?

»Mac, etwas ist passiert . . .«

»Was denn? Ich bin gerade auf dem Sprung, die Wohnung zu verlassen.«

»Hör zu, Mac. Der Junge, dem du diesen Zettel gegeben hast . . .«

Die Angst kroch mit einem Finger über seine Brust und berührte sein Herz.

»Wovon sprichst du überhaupt?«

Jennys Stimme kam gepreßt und atemlos zurück:

»Ich spreche von dir. Dieser Junge, Dicky Pratt, hatte deinen Brief in seiner Hosentasche.«

»Oh, diesen alten Brief. Was ist damit?«

Wieder Jennys Stimme, diesmal voller Tränen:

»Er ist datiert, Mac. Du hast ihn datiert, wie du das immer tust. Miss Silver – sie wurde engagiert, um Jimmy Mottingley zu helfen – erhielt den Brief von Dicky und ist damit nach London gefahren. Und er kann schwören, daß es dein Wagen war. Er hat sich von hinten angepirscht, den Sack hochgehoben und sich die Nummer eingeprägt. Es war pure Neugier, aber . . .«, ihre Stimme schwankte und kam wieder, ». . . aber ich dachte, ich sollte es dir sagen . . .« Ein Klicken, und die Leitung war tot. Das war alles. Das war's.

Mac stand da, hatte den Hörer noch in der Hand. Seine Gedanken rasten: Er war ganz still, doch seine Gedanken huschten hierhin und dorthin. Er hatte Zeit zur Flucht. Sie würden hierherkommen; aber dann war er schon weg. Wohin? Und wie? Er erkannte sofort mit verzweifelter Klarheit, daß sie eine Belohnung aussetzen würden. Diese unvermutete Plötzlichkeit, mit der ihn der Schlag getroffen hatte, raubte ihm den Verstand. Er dachte das alles nicht. Diese Dinge lagen vor ihm wie Beweisstücke. Das waren keine Dinge, die sich erst ereignen würden. Sie waren Glieder einer Kette aus Ursache und Wirkung, die sich ohne Windung und Stockung bis zu einem vorgezeichneten Ende erstreckte. Und sie hatte nur ein Ende. Er wußte das.

Er merkte, daß er immer noch den Hörer gegen sein Ohr preßte. Die Stimme der Vermittlung meldete sich. Sie fragte, ob das Gespräch beendet sei. »Ja«, sagte er und legte den Hörer auf die Gabel. Dann öffnete er die zweite Schublade in seinem Schreibtisch und nahm eine Pistole heraus.

Miss Silver war froh, daß sie wieder zu Hause war. Sie hatte – sie gestand es sich nun ein – einen sehr anstrengenden Tag hinter sich.

Sie streckte gerade die Füße vor dem Kamin aus, als das Telefon läutete. Sie stand auf und ging zum Schreibtisch. Als sie abhob und Frank Abbotts Stimme hörte, wußte sie, warum er bei ihr anläutete.

»Ist dort Miss Silver?«

»Ja, Frank.«

»Wir kamen zu spät. Er hat sich erschossen. Das Mädchen muß ihn angerufen haben.«

Miss Silver sagte: »Arme Jenny.«

KAPITEL 41

Mrs. Forbes saß an ihrem Schreibtisch. Sie hatte die ganze Nacht daran gesessen und sich nicht von der Stelle gerührt. Nur ihre Gedanken bewegten sich, glitten von Bild zu Bild, und als sie ans Ende gekommen waren, an das schreckliche, erbarmungslose Ende, kehrten sie zum Anfang zurück und begannen von vorne.

Bei der Geburt ihres Kindes – so hatte sie immer von ihm gedacht, von *ihrem* Kind. Der kleine, stille Mann, den sie geheiratet hatte, schien in ihren Gedanken gar nicht vorzukommen. Die anderen Kinder waren seine. Sie hatte sie mit Ungeduld und freudlos ausgetragen. Doch Mac gehörte ihr – ihr allein. Er war wie ihre Vorfahren, von denen sie selbst ihr gutes Aussehen, ihren Stolz, ihre Unabhängigkeit herleitete. Da war nichts an den anderen Kindern, was ihr Interesse geweckt hätte. Als er heranwuchs, wuchs auch ihr Stolz auf ihn. Als der Krieg begann, war er zwischen sieben und acht. In Gedanken kehrte sie zu jenem Tag im ersten Kriegswinter zurück. Sie hatten eben gefrühstückt, und sie hatte ihren Namen in der Zeitung gelesen, in der sie blätterte – Richard Alington Forbes. Der zweite Vorname ihres Mannes war Alington. Sie fragte, von einem neugierigen Impuls getrieben: »Ist das ein Verwandter von dir – Richard Alington Forbes?« Ihr Mann erwiderte auf seine stille, geistesabwesende Weise: »Ja.« Und sie hatte ihm keine Ruhe gelassen, sondern weiter gefragt.

»Verwandter welchen Grades?«

»Oh – ein Vetter zweiten oder dritten Grades . . .« Er wußte es nicht so genau.

Sie erinnerte sich an ihre eigene Ungeduld:

»Gütiger Himmel – man sollte doch Kontakt halten mit seiner Verwandtschaft!«

Er schwieg eine Weile still, und sie glaubte schon, er würde gar nichts mehr sagen, als er plötzlich fragte:

»In welchen Zusammenhang hast du denn seinen Namen gelesen?«

»Oh – das ist nicht so wichtig. Er wurde nach Frankreich abkommandiert, glaube ich. Er ist doch bei der Luftwaffe, nicht wahr?«

»Ich glaube, ja«, sagte er.

Und im Sommer kam dann der Erdrutsch in Belgien – Dünkirchen und all die Aufregung über diese Katastrophe. Mrs. Forbes erinnerte sich, wie sie nach Nachrichten gesucht hatte – keine Nachrichten von der Schlacht, sondern Nachrichten über Richard Alington Forbes. Ihr Mann war der nächste Verwandte – sie hatte dafür gesorgt, daß ihr das amtlich bestätigt worden war. Ihr Mann war der nächste Verwandte, und Mac war der Erbe. Hoffnung keimte in ihr auf. Es war ja nicht so, daß sie diesen Mann schon einmal gesehen hätte – und so viele kamen um in diesem Krieg. Erwartete sie zuviel, wenn sie darauf spekulierte, daß er nicht überleben würde? Sie hatte so fest daran geglaubt, daß er fallen würde, daß die Todesnachricht in der Zeitung für sie geradezu zwangsläufig kam. Vielleicht war es ganz gut, daß ihr Mann damals im Ausland war. Sie sah ihn erst nach dem Krieg wieder; zog jedoch inzwischen nach Alington House. Mac war eigentlich dort groß geworden.

Ihre Gedanken wanderten langsam durch die Jahre. Sie erinnerte sich, wie sie Jenny zum erstenmal gesehen hatte. Miss Crampton hatte ihr Jennys Geschichte erzählt: »Eine skandalöse Angelegenheit; aber ich sehe mich gezwungen, Sie davon in Kenntnis zu setzen. Wir hatten alle geglaubt, Miss Garstone würde das Kind weggeben – in ein Waisenhaus oder eine ähnliche Institution. Schließlich war sie ja nicht verwandt mit Jennifer Hill, lediglich deren Gouvernante. Nichts, worauf sie unter den gegebenen Umständen stolz sein konnte, möchte ich meinen.« Mit überraschender Klarheit sah sie nun wieder Miss Cramptons vorgerecktes Kinn vor sich und hatte deren trompetende Stimme im Ohr. Sie hatte sehr gründlich über diese Sache nachgedacht und war dann zu Miss Garstone hinübergegangen. Sie entsann sich voller Bitterkeit, daß dieses Gespräch nichts gefruchtet hatte. Was sie auch zu Miss Garstone sagte, sie erwiderte ihr höflich, aber bestimmt, das wäre ihr Häuschen und sie denke nicht daran, es aufzugeben oder wegzuziehen.

Mit einer Art betäubter Bitterkeit verweilte Mrs. Forbes bei Miss Garstones Starrsinn. Wenn sie sich intensiver bemüht, größere Anreize geboten hätte, würde Miss Garstone dann nachgegeben haben? Wenn sie selbst gewußt hätte, was auf dem Spiel stand? Die Antwort darauf war eindeutig: Miss Garstone hätte niemals nachgegeben. Das Haus gehörte ihr. Und solange sie dort wohnen wollte, konnte sie niemand von der Stelle bewegen, und wenn man ihr noch so verlockende Angebote für ihr Häuschen machte.

Danach hätte sie nichts mehr daran ändern können.

Als ihr Mann vom Krieg nach Hause kam, machte er ebenfalls einen Besuch bei Miss Garstone. Er sagte seiner Frau nicht, was er mit Miss Garstone besprochen hatte, und sie fragte ihn auch nicht danach. Sie hatte sich zu einer Verfahrensweise entschlossen, die sie strikt einhielt. Sie wußte daher nicht, bevor ihr Mann starb, daß er Jennys Ausbildung bezahlte und ihr so viel hinterließ, daß sie hundert Pfund im Jahr als Zinsen abheben konnte. Das hatte einen bitteren Haß in ihr aus gelöst; aber sie konnte nichts an dieser Verfügung ändern – gar nichts. Sie hatte erst davon erfahren, als ihr Mann sich ihrem Einfluß entzogen hatte. Sie hatte nichts davon gewußt, bis es zu spät war. Das einzige, was diese Entdeckung hervorbrachte, war der Haß auf ihren Mann, den sie sich zu seinen Lebzeiten nicht recht eingestehen wollte.

Sie hatte nach außen hin nichts von ihren Gefühlen gezeigt. Die Wunde saß zu tief. Miss Garstone erhielt, was ihr nach dem Legat zustand, und sie versuchte, die Sache zu vergessen. Die einzige Person, mit der sie darüber gesprochen hatte, war Mac gewesen, und er hatte nur gelacht und zu ihr gesagt, sie solle sich deswegen keine grauen Haare wachsen lassen. Sie fragte sich nun, was er damals gemeint hatte. Dachte er schon damals daran, Jenny zu heiraten? Sie wußte es nicht und würde es niemals erfahren.

Niemals ist das schrecklichste Wort, das die Sprache kennt. Dieser Gedanke überflutete sie mit bitterem Schmerz – sie würde Mac niemals wiedersehen. Das Wort läutete wie eine Glocke in ihrem Kopf: Niemals – niemals – niemals – niemals. Ihr Bewußtsein stumpfte gegen dieses Läuten ab. Es bedeutete nichts. Und dann, als hebe sich plötzlich ein Vorhang, wurde sie überdeutlich einer grauenvollen Perspektive gewahr – einer endlosen Gebirgskette von Schmerzen.

Ihre Gedanken wanderten weiter durch die jüngste Vergangenheit. Mac, sehr ruhig und selbstbewußt, mit festen Plänen für die Zukunft. Und das Mädchen hinter dem Vorhang, das sie belauschte. Die Karten standen nicht gut für sie, das Glück war auf Jennys Seite. Man kann nicht gegen sein Pech ankämpfen. Man kann es nicht beherrschen, nicht ins Gegenteil verwandeln.

Sie kam zu ihrem letzten Wochenende mit Mac . . . Sie hatte es nicht gewußt . . . Was hätte sie auch noch wissen müssen? Es war zu spät. Er hätte sich nicht umgebracht, wenn er noch einen Ausweg gesehen hätte. Sie dachte kein einziges Mal an Alan und ihre anderen beiden Kinder. Sie hatten nie eine wichtige Rolle in ihrem Leben gespielt. Nur Mac! Sie öffnete die Schreibtischschublade und holte den geladenen Revolver heraus.

Niemand im Haus hörte den Schuß.

KAPITEL 42

Es war am Morgen darauf. Jenny hatte bis Mitternacht kein Auge zugetan, doch gegen Morgen fiel sie in eine Art Bewußtlosigkeit. Als sie daraus erwachte, hörte sie eine Klingel. Sie läutete, verstummte, läutete und verstummte wieder. Sie träumte, sie segelte über ein spiegelglattes Meer. Und plötzlich war die Sonne hinter dunklen Wolken verschwunden, und über die tobenden Wellen hallte eine Glocke hin. Sie stemmte sich auf die Ellenbogen – und da hörte sie es wieder: Es war das Telefon, das unten im Wohnzimmer läutete.

Sie sprang aus dem Bett und lief barfuß und mit klopfendem Herzen die Treppe hinunter. Sie hörte Richards Schritte hinter sich. Sie hörte ihre eigene, überraschend feste Stimme:

»Ja – wer ist denn dort?«

Und dann die geisterhafte Stimme von Carter:

»Miss Jenny, sind Sie das?«

»Ja, ja – was ist denn?«

»Oh, Miss Jenny, ich weiß nicht, was ich machen soll. Ich dachte, ich rufe Sie lieber an.«

Etwas krampfte sich um Jennys Herz. Sie hörte sich ruhig und besonnen sagen: »Was ist los, Carter?«

»Ogottogott. Ich wußte nicht, was ich machen soll; aber Sie werden bestimmt wissen, was in so einem Fall zu tun ist. Es ist Mrs. Forbes. Ich fand sie, als ich herunterkam. Sie saß an ihrem Schreibtisch, und neben ihr lag der Revolver, der ihr aus der Hand gefallen ist.«

»Ist sie tot?« hörte Jenny sich sagen.

»O ja, meine Liebe. Und ich muß doch jetzt an die kleinen Mädchen denken. Mr. Alan ist im Ausland, und wir wissen nicht, wie wir ihn benachrichtigen können. Es ist keiner mehr da außer Ihnen, Jenny.«

Da war noch eine Frage, obwohl sie die Antwort bereits wußte. Sie konnte sie nicht über die Lippen bringen. Konnte nicht? Sie mußte. Man kann alles, wenn man muß – das wußte sie. Ihre Stimme zitterte nicht einmal, als sie fragte: »Mac . . .« Und sie lauschte auf Carters Antwort.

Als sie kam, sagte sie ihr eigentlich nichts Neues. Es gab nur einen Grund, der Mrs. Forbes veranlassen konnte, sich das Leben zu nehmen. Sie würde niemals freiwillig aus dem Leben geschieden sein und Mac allein zurückgelassen haben, damit er sich den Dingen stellte, denen er sich stellen mußte. Sie wußte die Antwort, ehe Carter in Tränen ausbrach und sagte:

»Oh, meine Liebe, er ist auch von uns gegangen! Das hat sie offensichtlich dazu getrieben! Ich rief sofort die Polizei an, und dort bekam ich die Auskunft, daß Mr. Mac sich gestern abend erschossen hat. Das muß sie erfahren haben! Ich vermute, die Polizei hat ihr das mitgeteilt. Und sie saß die ganze Nacht unten an ihrem Tisch, das arme Ding, und in den frühen Morgenstunden hat sie es wohl nicht mehr verkraften können. Da hat sie den Revolver vom verstorbenen Colonel aus der Schublade geholt und sich erschossen!«

Richard war von hinten an sie herangetreten. Er legte seinen Arm um sie, und sie lehnte sich gegen seine Brust. Seine Nähe half ihr. Sie fühlte sich nicht mehr so allein, so ohne Beistand. Sie sprach in die Muschel:

»Ich werde kommen, Carter. Sagen Sie den beiden kleinen Mädchen, daß ich noch heute vormittag komme.«

Sie legte auf und drehte sich zu Richard um.

»Sie sind beide tot – Mrs. Forbes und Mac! Ich kann es noch nicht fassen. Aber ich muß unbedingt zu den beiden kleinen Mädchen.«

»Ich fahre dich hin«, sagte Richard.

Und dann war auch Caroline an der Tür. Sie hatte sich nur die Zeit genommen, ihren Morgenmantel anzuziehen. Sie sah sehr ruhig aus, und sie war ein Turm an Stärke.

»Ja, Liebes, du wirst hinfahren. Und ich denke, daß Richard und ich dich begleiten sollten. Wir müssen uns nur anziehen und frühstücken, dann brechen wir auf. Diese armen kleinen Mädchen!«

Jenny sagte mit einer seltsam gefaßten Stimme:

»Alan sollte eigentlich auch da sein. Er ist der zweite Sohn, weißt du. Er ist ein Jahr jünger als Mac und hat eben das College absolviert. Und nun befindet er sich irgendwo auf dem Festland; doch niemand kennt seinen Aufenthalt. Wir müssen versuchen, ihm eine Nachricht zukommen zu lassen.«

»Jenny, geh dich doch erst einmal anziehen. Was wir alles erledigen müssen, überlegen wir uns nachher. Aber zunächst brauchen wir ein paar Kleider auf den Leib.«

Jenny sah ein wenig betroffen an sich herab. Sie hatte ganz vergessen, daß sie barfuß und nur im Nachthemd heruntergekommen war. Doch nun spürte sie plötzlich die Kälte auf der Haut. Miss Danesworth legte einen Arm um sie, brachte sie zur Tür und rief über die Schulter:

»Sei ein guter Junge, Richard, und koch uns Tee. Wenn er aufgebrüht ist, bringst du ihn zu uns hinauf.«

Jenny ging in ihr Zimmer, wusch sich, zog sich an, trank den Tee, und doch schien sie sich wie in einem Traum zu bewegen. Angenommen, sie hätte Mac nicht angerufen – dann wären sie jetzt beide noch am Leben, er und seine Mutter. Hatte sie die beiden umgebracht? Nein, der Keim zu allem lag weiter zurück. Sie zwang sich, Rückschau zu halten. Und dabei warf sie einen Blick in Macs Herz. Er hatte die Sache ganz einfach gesehen. Zunächst hatte er sie heiraten wollen, nicht aus Zuneigung, sondern als sichere und zuverlässige Methode, um sich den Besitz zu erhalten. Als sie ihn nicht heiraten wollte – als sie wegrannte –, sah er nur noch eine Möglichkeit. Er mußte sie beseitigen, und das hatte er sehr sorgfältig geplant. Wäre Dicky Pratt ein zuverlässiger Junge gewesen, wäre sein Plan wohl aufgegangen! Sie wäre zum Treffpunkt gekommen, hätte vermutlich auch den Zettel mitgenommen, weil er ihr das befohlen hatte. Und dann wäre sie das Opfer gewesen, nicht Miriam. Wobei sie vielleicht an einer anderen Stelle ermordet worden wäre. Er würde mit dem Wagen neben ihr gehalten haben, sie wäre eingestiegen, und sie wären ein Stück weit gefahren – vielleicht ein paar hundert Meter weit, überlegte sie. Und dann hätte er den Wagen angehalten, und sie wäre tot gewesen, nicht Miriam. Diese Gedanken gingen ihr im Kopf herum, sehr deutlich und klar, und zuweilen nisteten sie auch im Hinterstübchen ihres Gehirns, halb versteckt unter einem Schleier, der wie ein Nebel war.

Als sie eine Tasse heißen Tee getrunken hatte, war ihr schon besser; doch dieses traumhafte Gefühl hielt an.

Sie frühstückten. Jenny würgte einige Bissen hinunter und trank dann durstig noch zwei Tassen Tee.

Und dann fuhren sie los. Jenny und Caroline saßen hinten. Jenny war Caroline dankbar, daß sie nichts mit ihr bereden wollte. Sie saß mit dem Gesicht zum Fenster; doch sie sah nichts. Sie beobachtete nur, was ihr gleichgültig war. Sie sah nur Mac und Mrs. Forbes vor sich, nicht tot, sondern quicklebendig und beherrschend-aggressiv. Sie konnte sich die beiden tot nicht vorstellen.

Als sie zu den offenen Flügeln an der Einfahrt anlangten, wurde Jenny steif und saß aufrecht im Fond. Sie fuhren die Einfahrt hinauf bis zur Vorderfront des Hauses, und da wurde ihre Beklemmung fast zu einem Schock, denn alle Jalousien waren heruntergelassen. Sie sagte: »Oh!« und klammerte sich an Carolines Arm. Vom Dach bis zum Keller waren alle Fenster hinter Jalousien versteckt. Es war ein schöner, sonniger Tag, aber das machte es nur noch schlimmer. Eine Vision vom Innern des Hauses bedrängte sie – dunkel, verschlossen, ohne Leben. Sie erschauderte heftig, und Miss Danesworth legte den Arm um sie und sagte:

»Du mußt an die Kinder denken, Jenny.«

Da kamen ihr erst wieder Meg und Joyce zu Bewußtsein. Die beiden waren lebendig und bedurften ihrer Zuwendung. Sie sagte sehr bestimmt:

»Vielen Dank. Ich bin schon wieder in Ordnung.«

Dann öffnete Richard ihnen die Wagentür. Sie stiegen aus und läuteten. Jenny dachte: Seltsam, daß ich auf den Klingelknopf drücke, denn es war eine Ewigkeit her, daß sie am Vordereingang geläutet hatte. Sie konnte sich gar nicht mehr daran erinnern, wann das gewesen war. Als Colonel Forbes noch lebte, war sie immer zum Seiteneingang gelaufen und von dort zu ihm. Sie hatte ihn so gern gehabt. Zum erstenmal empfand sie es als ein Glück, daß er tot war. Sie hoffte, daß er das mit seinem Sohn und seiner Frau nie erfahren würde. Er war immer so freundlich zu ihr gewesen . . .

Während Jenny die Klingel bediente, dachte sie daran, daß sie stets im Haus ein und aus gegangen war, ohne erst klingeln zu müssen. Seltsam, daß sie sich erst anmelden sollte, wo ihr nun doch das Haus gehörte. Das wollte ihr gar nicht in den Kopf. Daß das alles ihr gehörte, begriff sie überhaupt nicht.

Und dann ging die Tür auf, und Carter stand mit geröteten Augen und ausgestreckten Händen vor ihr.

»Oh, Miss Jenny! Mein Liebes! Oh, wie bin ich froh, daß Sie gekommen sind!«

Jenny küßte sie.

»Und das ist Miss Danesworth«, sagte sie. »Und Richard. Er heißt Richard Alington Forbes wie mein Vater. Und wir werden heiraten. Miss Danesworth ist seine Tante.«

Nach dieser erstaunlichen Eröffnung kamen schon eilige Füßchen über die Stufen getrappelt, und Meg lag in Jennys Armen.

»Sie sagte uns, wir sollten oben bleiben! Als wenn wir das oben ausgehalten hätten! O Jenny, du wirst doch nie mehr fortgehen, nicht wahr! All die schrecklichen Sachen, die passiert sind, seit du weggegangen bist! Und wir wissen nicht, wo Alan ist und so.«

Joyce kam Stufe für Stufe die Treppe herunter. Sie schleppte den Fuß nach und sah so elend und verschüchtert aus, daß Jenny ihr entgegenlief.

»Armes Kind!« sagte Carter. »Immer müssen es die Kinder ausbaden, Miss Danesworth.«

KAPITEL 43

Jenny hatte sofort alle Hände voll zu tun. Die kleinen Mädchen klammerten sich an sie, und es war nicht leicht, auch nur einen Schritt ohne sie zu machen. Zuweilen schien es, als wäre sie überhaupt nicht fortgewesen, und manchmal hatte Jenny den Eindruck, sie wäre viele Jahre weggeblieben.

Sie ging hinunter in die Küche und besuchte Mrs. Bolton, die zunächst furchtbar fremd tat, als sie ihre neue Herrin bei sich begrüßte. Doch plötzlich brach sie in

Tränen aus und sagte: »Ach, Miss Jenny, meine Gute!«, was für Jenny viel beruhigender war.

»Und im Dorf sagen sie, es gehört jetzt alles dir, mein Kind.«

»Ja, Mrs. Bolton, das stimmt.«

Jenny weinte nicht. Vielleicht hatte man das von ihr erwartet, und es wäre ihr auch ganz recht gewesen, wenn ihr die Tränen gekommen wären. Tränen können Trost spenden. Eines blieb ihr erspart: Sie brauchte Mrs. Forbes nicht mehr wiederzusehen, denn eine halbe Stunde vor ihrem Eintreffen hatte das Bestattungsunternehmen ihre Leiche weggebracht. Es mochte vielleicht nicht richtig sein, das als Erleichterung zu empfinden, aber sie konnte nicht heucheln, daß es anders wäre.

Am frühen Nachmittag stellte sich Miss Crampton ein, um zu kondulieren. Sie trug das dafür passende Schwarz, das schon ziemlich fadenscheinig wirkte. Mary öffnete ihr die Tür und wurde prompt in eine Ecke gedrängt.

»Das ist aber eine schreckliche Sache, Mary.«

»O ja, Madam.«

»Diese armen Kinder – deswegen bin ich überhaupt gekommen. Und Miss Jenny – sie ist wieder da, wie ich hörte.«

»O ja. Carter hat sie sofort angerufen.«

»Das ist aber sehr ungehörig von ihr – so ganz allein . . . Wie konnte das Miss Danesworth zulassen!«

Mary begann das Gespräch Spaß zu machen.

»Oh, sie ist gar nicht allein hergekommen«, sagte sie,. »Mr. Richard ist auch hier . . .«

Miss Crampton fiel ihr ins Wort:

»Soll das heißen, daß sie allein mit einem jungen Mann hier im Haus ist? Wie ungehörig!«

»Nein, Miss, das habe ich nicht sagen wollen. Mr. Richard brachte Miss Jenny mit dem Auto hierher. Und auch seine Tante, Miss Danesworth. Sie sind beide hier.«

»Oh . . .« Miss Crampton trat über die Hausschwelle.

»Nun, dann komme ich auf einen Sprung hinein. Ich möchte gern Miss Jenny sprechen.«

Mary fehlte die Courage, Miss Crampton zu widersprechen. Sie war bei ihr in der Sonntagsschule gewesen, und angelernter Gehorsam ist schwer auszurotten. Sie führte Miss Crampton in den Salon, wo die Blumen, die Mrs. Forbes gestern geschnitten hatte, noch frisch waren, und lief die Treppe hinauf, wo sie Carter fand, und sagte:

»Oh, Carter, Miss Crampton ist unten im Salon! Sie ging einfach an mir vorbei! Ich konnte sie nicht aufhalten!«

Carter maß sie mit einem dunklen Blick.

»Du hättest zumindest sagen können, Miss Jenny habe sich hingelegt.«

Mary schüttelte den Kopf.

»Nicht zu Miss Crampton. Die hätte mir kein Wort geglaubt.«

Carter ging weiter zum Klassenzimmer, wo die kleinen Mädchen saßen und unter Jennys Anleitung malten, während Miss Danesworth ihnen vorlas. Richard war, um nicht zu stören, spazierengegangen. Meg war dabei, ein Bild vom Haus zu zeichnen. Sie hatte soeben entdeckt, daß sie ein Fenster an der Vorderseite ausgelassen hatte, und fragte laut, was da zu machen sei. Joyce, die eine Weihnachtskarte mit einem geschmückten Tannenbaum kopierte, sah das Problem als nebensächlich an.

»Das ist doch überhaupt nicht wichtig«, sagte sie.

»Natürlich ist es wichtig«, sagte Meg. »Es ist eines der Fenster von Alans Zimmer. Ich kann ihn doch nicht mit einem Fenster wohnen lassen.«

»Es gibt viele Leute, die nur ein Fenster haben«, sagte Joyce.

»Ich werde das Bild zerreißen und von vorne anfangen.«

»Du bist dumm, wenn du das tust«, meinte Joyce mit tadelnder Stimme.

In diesem Moment kam Carter herein.

»Entschuldigen Sie, Miss Jenny; aber unten wartet Miss Crampton im Salon.«

»Gräßliches altes Ding«, sagte Joyce mit klagender Stimme.

Meg stellte ihren Stuhl auf die Hinterbeine.

»Miss Crampton ist ein gräßliches altes Ding«, sang sie. »Und woher weiß sie, daß du wieder da bist, Jenny?«

»Wollen Sie sie sehen, Miss Jenny?« erkundigte sich Carter.

»Das muß ich wohl«, seufzte Jenny und stand widerstrebend auf.

Miss Danesworth legte ihr Buch beiseite.

»Soll ich auch mitkommen?« fragte sie.

»Oh, wenn du so lieb wärst!« rief Jenny. »Sie ist Mrs. Merridews Kusine, weißt du, und sie wird mich gewiß mit Fragen löchern.«

Sie gingen beide hinunter. Kurz vor der Salontür blieb Jenny noch einmal stehen, und Miss Danesworth lächelte ihr zu. Es war ein so reizendes Lächeln, daß Jenny die Tränen kamen und sie sie abwischen mußte, ehe sie in den Salon ging. In Gedanken beschäftigte sie sich mit der Wende, die ihr Leben plötzlich genommen hatte. Nicht daß sie nun Miss Forbes von Alington House war – das berührte sie kaum. Doch daß sie nun nicht mehr allein und ohne Schutz war, weil sie Richard und Miss Danesworth an ihrer Seite wußte – das bewegte sie sehr. Sie drückte die Hand, die Miss Danesworth ihr entgegenstreckte, und dann gingen sie in den Salon.

Miss Crampton saß in ihren Trauerkleidern der Tür gegenüber. Als sie Jenny und Miss Danesworth hereinkommen sah, stand sie auf. Sie war enttäuscht, sehr enttäuscht, konnte das aber nicht sagen. Sie hatte die Unschicklichkeit, daß Jenny, ein Mädchen von siebzehn, allein im Haus war, so tief empfunden, daß sie mit dem Gedanken, ihren eigenen, stärkenden Einfluß auszuüben, hierhergekommen war. Und nun war Miss Danesworth in Jennys Begleitung.

»Sie müssen nicht glauben«, sagte sie, »daß Jenny hier allein gewesen wäre – oh, lieber Gott, nein! Daß das nicht passiert, dafür hätten wir schon gesorgt, kann ich Ihnen versichern. Ich bin durchaus bereit, selbst nach ihr zu sehen. Jenny weiß, daß sie sich auf ihre alten Freunde verlassen kann.«

»Davon bin ich überzeugt. Es ist jedoch nicht nötig, daß Sie sich Jennys wegen solche Umstände machen. Ich kann so lange hierbleiben, wie sie mich braucht.«

Miss Crampton konzentrierte sich nun darauf, eine Reihe von Fragen zu stellen. Wo steckte Alan? Hatten sie schon von ihm gehört? Wußten sie, wohin sie ein Telegramm schicken sollten? Wußten sie, warum Mac sich erschossen hatte?

»Es war der größte Schock meines Lebens. Ich war gerade in der Post, und Mrs. Boddle teilte mir die schreckliche Neuigkeit mit. Ich wollte meinen Ohren nicht trauen. So ein feiner junger Mann. Das beweist wieder einmal, daß man nicht in einem Menschen drinsteckt, nicht wahr? Und du mußt völlig überstürzt hierhergereist sein, Jenny!«

»Wir kamen, sobald wir von der Geschichte hörten«, sagte Jenny.

»O ja – ja, natürlich.«

»Wegen der Mädchen«, sagte Jenny. »Ich mußte unbedingt zu den Kleinen. Und Miss Danesworth und Richard wollten mich nicht allein hierherfahren lassen.«

»Richard Forbes?« erkundigte sich Miss Crampton. »Ah, ja – das wird der Sohn dieser Leute sein, die bei einem Luftangriff ums Leben kamen – oh, das liegt schon ziemlich lange zurück. Sie waren eine Kusine, nicht wahr?«

»Mrs. Forbes war meine Schwester«, sagte Miss Danesworth.

»O ja, ich glaube, das war sie. Er ist also Ihr Neffe. Er muß ja von Miriams Tod schrecklich schockiert gewesen sein. Ich kann mich nicht erinnern, ob ich Miriam gekannt habe – doch ihre Mutter kenne ich gut. Eine Kusine dritten Grades – Sie wissen ja, wie das so ist, wenn man eine so große Familie hat. Ich schrieb ihr, bekam jedoch keine Antwort. Heutzutage nehmen es die Leute nicht mehr so genau in diesen Dingen. Mein teurer Vater war da überaus pingelig. ›Das mindeste, was man von dir verlangen kann‹, pflegte er zu sagen, ›ist die prompte Beantwortung eines Beileidschreibens.‹ Ich habe mich stets daran gehalten.«

In diesem Augenblick ging die Tür auf, und Richard steckte seinen Kopf herein. Beim Anblick von Miss Crampton, die kerzengerade und schwarzgekleidet in ihrem Sessel saß, war er sichtlich erschüttert, konnte sich aber schlecht wieder zurückziehen, kam also vollends herein und gab Miss Crampton die Hand. Miss Crampton betrachtete ihn von Kopf bis Fuß und rief:

»Was für eine außerordentliche Ähnlichkeit!«

Miss Danesworth lächelte.

»Mit dem Porträt in der Halle?« sagte sie. »Ja, er ist ihm ähnlich. Er trägt auch denselben Namen – Richard Alington Forbes. Es ist schon seltsam, wie Ähnlichkeiten sich vererben können, nicht wahr?«

»Da haben Sie allerdings recht.«

Sie schien sichtlich erschüttert und starrte Richard unentwegt an. Als sie aufstand, hielt sie Richards Hand ungewöhnlich lange fest.

»Ich kann es kaum fassen«, sagte sie. »Sie sind ihm so ähnlich – so unglaublich ähnlich. Ich meine nicht das Porträt in der Halle, obwohl Sie dem auch ähnlich sehen. Aber Ihre Ähnlichkeit mit Jennys Vater ist geradezu frappierend – geradezu unheimlich. – Nun, ich muß jetzt wieder gehen. Geben Sie mir Bescheid, wenn Sie meine Hilfe benötigen.«

Sie ging zur Vordertür, und sie sahen sie weggehen.

Sie schwankte ein bißchen und ließ ihre gewohnte Forschheit vermissen.

»Was hat sie nur?« fragte Jenny, die Miss Crampton besorgt nachsah.

»Ich glaube, sie hatte wahrscheinlich eine große Schwäche für deinen Vater«, meinte Miss Danesworth.

KAPITEL 44

Miss Silver saß im Zug. Sie war unterwegs nach Colborough. Neben ihr saß Mrs. Pratt, eine blasse, den Tränen nahe Person, und ihr gegenüber Dicky, in Hochstimmung und mit zappelnden Beinen.

»Nimm dich in acht, Dicky – nimm dich bloß in acht«, sagte Mrs. Pratt. Sie preßte ein nasses, korkenzieherartig verdrehtes Taschentuch erst an ihr linkes, dann an ihr rechtes Auge.

Miss Silver mischte sich ein.

»Aber, Mrs. Pratt, es besteht überhaupt kein Anlaß, sich so aufzuregen.«

»Ich habe solche Angst«, erwiderte Mrs. Pratt, »daß sie sagen, meinem Dicky mangele es an Aufsicht und Fürsorge, und ihn in so eine Anstalt schicken, die eher einem Gefängnis gleicht . . .«

»Aber da machen Sie sich wirklich unnötige Sorgen, Mrs. Pratt«, sagte Miss Silver. »Dicky soll nur etwas über einen Zettel aussagen, der ihm übergeben wurde und den er zu überbringen vergaß. Nicht einmal im Traum käme einer auf den Gedanken, Mrs. Pratt, daß Sie daran schuld wären. Niemand hat die Absicht, Ihnen Dicky wegzunehmen.«

»Ich habe solche Angst«, heulte Mrs. Pratt.

Dicky hatte fröhlich vor sich hingepfiffen. Doch nun war er nicht mehr mit dem Herzen dabei. Angenommen, seine Mutter hatte recht und diese schreckliche Gefahr drohte ihm, daß er in eine Erziehungsanstalt geschickt wurde . . . Er warf Miss Silver einen verunsicherten Blick zu und hörte auf zu pfeifen.

»Das ist doch Unsinn, nicht wahr, Miss? Sie werden mir nichts tun. Ich brauche nur mit fester Stimme meine Aussage zu machen und mich strikt an die Wahrheit zu halten. So haben Sie es mir doch gesagt, nicht wahr? Daraus kann mir doch keiner einen Strick drehen, wie? Ich möchte nämlich nicht in so eine garstige alte Anstalt geschickt werden! Ich kenne einen Jungen, den haben sie da hineingesteckt, und als er wieder herauskam, war er nur noch halb so viel wert. War nicht mehr wiederzuerkennen.«

Miss Silver lächelte ihm zu.

»Niemand möchte dich in ein Heim stecken, Dicky«, sagte sie. »Du wirst die Wahrheit sagen und damit dem armen Mr. Mottingley die Freiheit wiedergeben. Niemand wird dir einen Vorwurf daraus machen, weil du den Zettel vergessen hast. Das kann ich dir versichern.

Als sie in Colborough ankamen, gingen sie vom Bahnhof zum Gericht, das nur einen Katzensprung vom Bahnhof entfernt war. Frank Abbott erwartete sie schon. Er lächelte auf Dicky hinunter, der sich unter seinem Blick etwas unsicher bewegte, sprach ein paar Worte mit Mrs. Pratt und lächelte Miss Silver zu.

»Pünktlich auf die Sekunde«, sagte er. »Und alles komplett. Der junge Man kommt jetzt mit mir« – er führte Dicky zum Warteraum –, »und Mrs. Pratt kann entweder in den Gerichtssaal gehen oder bei dem Jungen warten.«

Dicky sah so enttäuscht aus, das Miss Silver sich beeilte zu sagen: »Ich denke, Mrs. Pratt kommt besser mit mir. Später herrscht im Warteraum ein ziemliches Gedränge, und sie will doch zuhören, wenn ihr Sohn seine Aussage macht. Nicht wahr, Mrs. Pratt?«

Mrs. Pratt sagte etwas in einem so leisen, weinerlichen Ton, daß keiner etwas davon verstand.

Dicky wurde mit anderen Zeugen im Warteraum eingeschlossen, wo er sich trotzdem gleich wie zu Hause fühlte, während Miss Silver und Mrs. Pratt Frank Abbott in den Gerichtssaal begleiteten. Er zeigte ihnen ihre Plätze und ließ sie dann allein.

Mrs. Pratt schwieg vor Ehrfurcht eine Weile still. Doch dann begann sie in einem schrecklich lauten Flüsterton ausführlich alle Heimsuchungen zu berichten, die sie seit ihrer Heirat erfahren hatte.

»Und dann haben sie ihn vor meiner Haustür überfahren, und er war tot. Und wir waren doch so glücklich miteinander gewesen, und Dicky war noch ein Baby. Es ist sehr, sehr schwer zu begreifen, warum man solche Nackenschläge bekommt.« Es folgte ein unverständliches Gemurmel, und als Miss Silver wieder einen Satz verstehen konnte, war Dicky aus dem Babyalter heraus: »Er ist kein schlechter Junge – ganz gewiß nicht. Oh, glauben Sie, der Richter wird ihn nicht so hart anpacken, wenn ich ihm sage, daß er ein guter Junge ist?«

Miss Silver sagte mit Entschiedenheit: »Mrs. Pratt, der Richter wird Dicky keineswegs hart anfassen. Er ist lediglich als Zeuge hier, nicht als Angeklagter. Das wissen Sie doch.«

»Und ich habe mich stets bemüht, ihm Anstand beizubringen«, schluchzte Mrs. Pratt. »Ich hätte nie gedacht, daß es eines Tages so weit mit ihm kommen würde!«

»Mrs. Pratt, wenn Sie sich nicht beherrschen können, werden Sie den Gerichtssaal verlassen müssen. Ihrem Dicky wird kein Härchen gekrümmt, das kann ich Ihnen versichern. Also nehmen Sie sich endlich zusammen, oder man wird Sie aus dem Saal weisen.«

Mrs. Pratt weinte fortan lautlos in ihr Taschentuch. Während sich die Zuhörerbänke füllten, während Jimmy Mottingley auf die Anklagebank geführt wurde und während die Richter hereinkamen, zwei Männer und eine Frau. Hier unterbrach Mrs. Pratt kurz ihre lautlose Tränenflut und hob den Kopf.

Miss Silver sah zu Jimmy hinüber und lächelte. Er zeigte Fassung und Haltung, und das gefiel ihr. Seine Eltern waren ebenfalls da. Mrs. Mottingley hatte Miss Silver bisher noch nicht gekannt – eine große, blonde Frau mit beherrschtem Gesicht und Händen, die sich auf ihrem Schoß zu einem Knoten verbanden.

Jimmys »Nichtschuldig« hallte klar und deutlich durch den Saal. Er sah auf die Bänke hinunter und bemerkte Kathy Lingbourne, die neben ihrem Bruder saß. Das gab ihm Mut. Er war voll Zuversicht. Nach so langer Zeit, die er im Gefängnis verbracht hatte, war es gut, wieder einmal Menschen in Freiheit zu sehen. Er hatte die Freiheit nie so recht geschätzt. Er kam zu dem Ergebnis, daß er in Zukunft den Wert der Freiheit nie mehr unterschätzen würde.

Sir James Coghill, der Vorsitzende des Gerichts, ergriff das Wort:

»Es hat eine Entwicklung in diesem Fall gegeben, die uns veranlaßte, von dem üblichen Schema abzuweichen. Statt dem Ankläger das Wort zu erteilen, lasse ich einen Zeugen für die Verteidigung in den Zeugenstand rufen. Bringen Sie Richard Pratt herein!«

Es folgte eine Pause. Dann kam Dicky Pratt in Begleitung eines kolossalen Polizisten in den Saal. Er war die Ruhe in Person. Er hatte seinen besten Anzug an, seine blonden Haare waren gewaschen und gebürstet, seine blauen Augen sahen die Richter treuherzig an und er leistete den Eid mit eindrucksvoller Würde. Mrs. Pratt erhob sich aus dem Abgrund ihrer Melancholie und betrachtete ihn mit Mutterstolz, Er brachte das, was man als perfekte Vorstellung bezeichnen könnte.

Mr. Carisbrooke erhob sich vom Tisch in der Mitte des Saales:

»Dein Name ist Richard Pratt?«

»Jawohl, Sir.«

»Du bist – wie alt?«

»Elfeinhalb, Sir.«

»Du erinnerst dich noch an Samstag, den 13. September?«

»O ja, Sir.«

»Willst du mir beschreiben, was dir da passierte, als es dunkel wurde?«

»Ich ging die Straße hinunter, an Miss Danesworth' Haus vorbei. Nachdem ich ein Stückchen gegangen war, hielt mich ein Gentleman an.«

»War er im Auto, oder ging er zu Fuß?«

»Er ging zu Fuß, aber ein Stück weiter stand ein Wagen am Straßenrand. Er ist aus diesem Wagen ausgestiegen. Und er sagte zu mir: ›He, du, Junge – willst du dir eine halbe Krone verdienen?‹ Ich sagte, ja, das wollte ich. Dann sagte er, er möchte, daß ich einen Zettel zu Miss Danesworth' Haus bringe, und fragte mich, ob ich das Haus kenne. Ich bejahte seine Frage, und er sagte, der Zettel, der wäre für die junge Dame, die bei Miss Danesworth wohnt, und dann ging er wieder auf den Anger zu, wo sein Wagen stand.«

»Und was hast du getan?«

Dicky zögerte und sagte dann:

»Ich dachte, du findest erst mal heraus, was er vorhat. Es war dunkel, und ich ging hinter ihm her.«

»Hast du den Mann eingeholt?«

Dicky schüttelte den Kopf.

»Das wollte ich nicht. Ich wollte wissen, wo er hinging. Ich hatte den Mann noch nie gesehen, und ich dachte, daß er vielleicht was Böses vorhätte. Also blieb ich immer hinter ihm.«

»Und was passierte dann?«

»Er ging die Straße hinunter bis zu der Stelle, wo der Wagen stand . . .«

Sir James Coghill lehnte sich vor und fragte: »Wo stand der Wagen? Hinter der Stelle, wo die Leiche gefunden wurde?«

Dicky nickte.

»Das ist richtig. Er stand fünfzig Yards hinter dieser Stelle.«

»Woher weißt du das so genau?«

»Weil ich die Straße abgegangen bin – deshalb.«

»Du bist sie abgegangen – warum?«

»Oh, nicht gleich. Ich kam am nächsten Morgen wieder und zählte meine Schritte ab. Da war das mit dem Mord schon heraus.«

»Und wie konntest du wissen, daß du bis zu der richtigen Stelle gemessen hast?«

»Da war frisches Öl auf der Straße. Daran erkannte ich die Stelle wieder.«

Sir James lehnte sich wieder zurück, und das Verhör nahm seinen Fortgang:

»Du bist ihm also nachgegangen, Richard, und hast den Mann in den Wagen steigen sehen. Ist das richtig?«

»Ja, Sir. Und ich ging um den Wagen herum – aber so, daß er mich nicht sehen konnte – und schaute mir das Auto von hinten an.«

»Woher weißt du, daß er dich nicht gesehen hat?«

Die blauen Augen nahmen einen verträumten Glanz an. Es waren wirklich sehr hübsche Augen.

»Ich habe mit ihm Indianer gespielt, Sir.«

»Was meinst du damit?«

»Das ist ein Spiel bei uns, Sir. Ich bin ein recht guter Indianer. Man muß da eine Stelle erreichen, ohne daß man gesehen wird. Bei Tage ist das sehr schwer, aber im Dunklen ist es ein Kinderspiel. Ich komme also zum Heck des Wagens, und dort sehe ich, daß da was herunterhängt, so daß man das Nummernschild nicht erkennen kann.«

»Bist du dir da sicher? Du stehst unter Eid! Denk daran!«

Die blauen Augen sahen ihn vorwurfsvoll an.

»Natürlich denke ich dran!«

»Was hast du dann getan?«

»Ich hob das Zeug, das da herunterhing, in die Höhe. Ich hatte ein paar Steichhölzer bei mir und las das Nummernschild.«

Er gab die Kennbuchstaben der Grafschaft und die Nummer des Wagens bekannt.

»Du bist dir ganz sicher, daß es diese Buchstaben oder diese Nummer waren? Denk daran, du stehst unter Eid!«

»Ich bin mir ganz sicher, Sir.«

»Und dann?«

»Dann spielte ich Räuber und Gendarm, Sir. Der Mann im Wagen war der Gendarm, und ich war der Räuber.«

»Weiter.«

Dicky zögerte. Da gab es noch etwas zu sagen – etwas, das er bisher noch keinem erzählt hatte und das ihm sehr komisch vorgekommen war. Und dieses komische Gefühl hatte er auch jetzt wieder, daß er gar nicht gern darüber sprach. Seine Stimme klang ein wenig zaghaft:

»Der Mann in dem Wagen setzte seinen Schnurrbart wieder auf . . .«

Das schlug wie eine Bombe im Gerichtssaal ein. Dicky faßte wieder Mut, als er die Wirkung seiner Worte bemerkte. Mr. Carisbrooke hakte sofort ein:

»Er setzte seinen Schnurrbart wieder auf?«

»Ja, das tat er.«

»Das wollen wir doch lieber ganz genau wissen. Wolltest du damit sagen, daß der Mann in dem Wagen einen falschen Bart trug?«

»Jawohl, Sir. Einen großen, buschigen Schnauzbart.«

»Und das hast du ganz deutlich gesehen?«

»Jawohl, Sir. Er schaltete erst das Licht am Wagenhimmel an und schaute in den Spiegel vorn, weil er den Bart erst geraderücken mußte. Und ich weiß nicht, warum; aber da bekam ich Manschetten und bin weggerannt.«

»Und dann hast du diesen Zettel abgeliefert?«

Dicky wurde jetzt plötzlich kleinlaut. »N–nein«, stammelte er und scharrte mit den Füßen.

»Warum hast du ihn nicht abgeliefert?«

Dicky zögerte. Wenn er sagte, er habe den Zettel vergessen, wäre das die Wahrheit, die ganze Wahrheit und nichts als die Wahrheit; doch er hatte feststellen müssen, daß Erwachsene für diese Art Wahrheit merkwürdig unempfänglich waren. Und dann war es wie ein Fanfarenstoß, daß sein Gewissen ihm sagte, wenn er mit der Wahrheit herauskam und sie ihm nicht glaubten, wäre es ganz allein deren Schuld und er habe damit nichts zu schaffen. Er hob den Kopf, heftete seine blauen Augen auf Mr. Carisbrookes Gesicht und sagte:

»Bitte, Sir, aber ich habe ihn ganz einfach vergessen.«

»Wie kam das?«

»Nun, ich bin auf Stuffy Craddock und Roger Barton gestoßen. Die beiden hatten was ganz Fetziges vor . . . Muß ich hier sagen, was das gewesen ist, Sir?«

»Ich denke, du solltest es lieber sagen.« Mr. Carisbrookes Stimme klang sehr leutselig.

Dicky fuhr etwas lebhafter fort:

»Sie sagten, da wäre ein Wagenrad im Teich vor Mr. Fulbrooks Gartenmauer, und wenn wir das Rad aus dem Teich holten . . .« Seine Stimme verlor sich.

»Wenn ihr das Rad aus dem Teich holtet . . .?«

»Wenn wir es aus dem Teich herausbekämen, könnten wir an die Äpfel auf der anderen Seite der Mauer herankommen.«

»Ich verstehe«, sagte Mr. Carisbrooke munter. »Und habt ihr das Rad aus dem Teich herausbekommen?«

»Nein, Sir. Und inzwischen war es ziemlich spät geworden, und wir waren alle drei ganz naß. Deshalb gingen wir nach Hause. Und meine Mutter zog mir die nassen Sachen aus, um sie zu trocknen. Und ich ging ins Bett.«

»Und wann ist dir der Zettel wieder eingefallen?«

»Erst am nächsten Tag, Sir.«

»Und dann?«

»Ich habe nicht daran gedacht, daß ich jetzt eigentlich etwas mit dem Zettel unternehmen sollte. Es . . . es ist nicht so einfach, Sir . . .«

Mr. Carisbrooke sah ihn ermunternd an.

»Nur heraus damit«, sagte er.

Ein schwaches, engelhaftes Lächeln zitterte auf Dickys Lippen.

»Er war naß geworden, Sir, als wir drei versuchten, das Rad aus dem Teich zu fischen. Das Rad lag im Schlamm fest, und wir waren alle nicht mehr ganz sauber – ich, Stuffy Craddock und Roger Barton. Rogers Vater hat ihm ganz schön die Hosen strammgezogen.«

»Hat deine Mutter das mit dir auch getan?«

»*Nein!* Meine Mutter verkloppt mich nie.«

»Da bist du ja in einer beneidenswerten Lage«, meinte Mr. Carisbrooke trocken.

»O ja, Sir, ich weiß das.«

Neben Miss Silver begann Mrs. Pratt wieder zu weinen. Ihr Dicky sagte so was – in einem Gerichtssaal! Es war der Höhepunkt ihres Lebens. Sie weinte still in ihr Taschentuch.

Der Anwalt der Verteidigung sagte:

»Und was hast du nachher mit dem Zettel gemacht?«

»Ich habe gar nichts gemacht. Ich habe ihn in meiner Hosentasche behalten.«

»Bis wann?«

»Bis Miss Silver kam. Sie und Miss Jenny.«

»Wann war das?«

»Vor einer Woche.«

»Und dann?«

»Miss Silver, sie fragte mich danach, und ich erzählte es ihr. Ich gab ihr den Zettel.«

»Ist es dieser hier?« Er wurde ihm vor Augen gehalten – derselbe schmutzige, zerknitterte Zettel, den Mac an Jenny geschrieben und den sie nie erhalten hatte.

»Ja, das ist er!«

»Lies, was darauf steht.«

»Soll ich das Datum auch vorlesen?«

»Lies alles, was darauf steht.«

Dicky las laut das Datum vor und fuhr fort: »›Jenny, sag niemandem ein Wort‹ – das ist unterstrichen, das nach ›Jenny‹ –, ›sondern komm und triff mich nach Einbruch der Dunkelheit draußen auf der Heide. Mac. Bring diesen Zettel mit.‹«

KAPITEL 45

Dicky verließ den Zeugenstand und bahnte sich einen Weg durch den überfüllten Saal zu der Bank, wo Miss Silver und seine Mutter nebeneinandersaßen. Jimmy Mottingley hatte nun seinen Platz im Zeugenstand eingenommen. Er sprach laut und deutlich.

»Sie sind James Mottingley?«

»Jawohl, Sir.«

»Wollen Sie uns beschreiben, was am Tag des Mordes geschehen ist?«

Es kam alles wieder, als wäre es erst gestern geschehen: Das Wohnzimmer seiner Mutter – seine Mutter, die ruhig und behäbig mit Mrs. Marsden Konversation machte. Wie er ständig auf die Standuhr sah und die Minuten zählte, die er mit dem Auto nach Hazeldon brauchen würde.

»Ich bin zu spät losgefahren. Die Uhr stand auf halb sieben.«

»Sie sind schnell gefahren?«

»Ich fuhr, so schnell ich konnte. Ich hatte diese Verabredung.«

»Mit dem getöteten Mädchen?«

»Mit Miriam Richardson.«

»Erzählen Sie weiter.«

»Als ich nach Hazeldon kam, fuhr ich langsam weiter

Richtung Heide. Ich erwartete sie am Straßenrand bei den Ginsterbüschen; aber ich sah sie nicht dort. Ich fuhr also noch ein Stück weiter, stieg aus und ging zu Fuß dahin zurück. Ich dachte, sie hätte vielleicht nicht so lange gewartet, weil ich so spät kam.«

»Um wieviel Uhr sind sie am Treffpunkt angekommen?«

»Das weiß ich nicht. Ich hatte es eilig, weil ich wußte, daß ich mich verspätet hatte. Ich stieg aus dem Wagen und rannte zu den Ginsterbüschen zurück. Sie war nicht dort. Dann ging ich um die Büsche herum und fand sie.« Seine Stimme war zu einem entsetzten Flüstern herabgesunken – ein Flüstern, das jedoch im ganzen Saal vernehmbar war.

»Wollen Sie uns beschreiben, was Sie sahen?«

Jimmy fuhr im Flüsterton fort:

»Sie lag da – auf dem Boden. Als ich sie berührte, wußte ich – daß sie tot war . . .«

»Wie konnten Sie wissen, daß Sie tot war?«

»Sie war kalt – sie war ganz kalt.«

»Was taten Sie dann?«

»Ich ging auf die Straße zurück, und ein Radfahrer kam auf mich zu. Ich stand da und winkte. Der Radfahrer hielt an. Der Mann kam mit mir, und ich erzählte ihm, daß ich hergekommen sei, um mich mit einem Mädchen zu treffen, und daß ich sie tot hier aufgefunden hätte. Er brachte mich zum Polizeirevier, und wir holten den Konstabler. Das ist alles.«

»Mr. Mottingley, Sie sagen hier unter Eid aus. Haben Sie das Mädchen geschlagen und gewürgt, so daß es zu Tode kam?«

»Nein, Sir.«

»Hatten Sie jemals daran gedacht, Miriam Richardson umzubringen?«

»Nein, Sir.«

»Das ist alles. Sie können den Zeugenstand wieder verlassen.«

»Rufen Sie James Fulbrook in den Zeugenstand!«

Mr. Fulbrook betrat den Zeugenstand und sprach die Eidesformel.

»Mr. Fulbrook, wollen Sie uns schildern, was an dem fraglichen Tag passierte, als sie abends nach Hazeldon zurückfuhren?«

»Ich hatte meine Tochter besucht, die mit ihrem ersten Kind im Wochenbett lag. Ich fuhr gerade den Hügel herunter . . .«

»Um welche Zeit war das?«

»Ich würde sagen, das war zwanzig oder fünfzehn Minuten vor acht; aber ganz genau weiß ich das nicht. Ich habe nicht auf meine Uhr gesehen.«

»Die Zeitangabe ist genau genug. Fahren Sie fort.«

»Also, ich kam gerade den Hügel nach Hazeldon herunter . . .«

»Sie fuhren mit dem Fahrrad?«

»Ja.«

»Fahren Sie fort, Mr. Fulbrook.«

»Also, ich fahre so nichtsahnend dahin, als plötzlich jemand vor mir auf der Straße steht und beide Arme schwenkt. Ich bin ein Stück vorher an einem Auto vorbeigekommen, das am Straßenrand parkte, und ich dachte, der Mann hätte eine Panne oder so was. Also halte ich an. Und wie ich so anhalte, sehe ich, es ist ein junger Mann, der furchtbar verstört wirkt. Und er sagte zu mir, er habe hier sein Mädchen treffen wollen; aber das Mädchen sei ermordet worden, und ob ich es mir ansehen wolle. Also kam ich mit und sah es mir an.«

»Und das Mädchen war tot?«

»Das Mädchen war tot und kalt.«

»Was haben Sie dann getan?«

»Ich brachte den jungen Mann in seinem Wagen zur Polizeistation, und wir holten den Konstabler zur Leiche.«

Dicky hörte gebannt zu. Er war sehr froh darüber, daß Mr. Fulbrook nicht im Gerichtssaal gewesen war, als er seine Aussage machte. Nicht, daß sie seine Äpfel geklaut hätten; aber mit dieser Absicht hatten sie schließlich das Wagenrad aus dem Teich fischen wollen. Er würde etliche solcher Sachen nicht mehr machen – sie lohnten sich einfach nicht.

Dann hatten sie auch schon wieder Mr. Fulbrook aus dem Zeugenstand entlassen, und der Gerichtsdiener rief:

»Wir rufen Inspektor Abbott als Zeuge auf!«

Frank trat in den Zeugenstand. Dicky betrachtete ihn ehrfürchtig und überlegte, das wäre doch auch was für ihn. Wenn er sich von nun an in der Schule anstrengte und sich nichts zuschulden kommen ließ, könnte er vielleicht auch Chefinspektor bei den Kriminalern werden! Denn das war Frank Abbott geworden, und was der nicht wußte, lohnte sich auch gar nicht zu wissen. Er hörte gespannt zu.

Inspektor Abbott bat, den Untersuchungsgefangenen sofort aus der Haft zu entlassen. Er sagte, daß der Mann, der den Zettel geschrieben habe, der Mörder sei, und zwar den Zettel, den Dicky in seiner Tasche herumgetragen habe, bis Miss Silver und Miss Jenny ihm diesen abverlangt hatten. Aus der Botschaft auf dem Zettel ginge einwandfrei hervor, daß der Verfasser, nämlich Mac Forbes, Miss Jenny zu töten beabsichtigte, nicht das andere Mädchen. Puh! Das muß aber eine böse Überraschung für ihn gewesen sein. Und eine angenehme für Miss Jenny. Er mochte sie; doch Miss Miriam Richardson hatte er nicht gemocht.

Mit derlei Gedanken verflog Dicky die Zeit. Der Inspektor teilte dem Gericht mit, daß Mac Forbes Selbstmord begangen habe. Das war eigentlich schade. Das hätte aber einen saftigen Mordprozeß gegeben, wenn er sich nicht selbst gerichtet hätte. Dickys Phantasie verweilte genüßlich bei der Vorstellung, was für eine Rolle er wohl als Zeuge dabei hätte spielen können.

Und dann war das Ganze zu Ende. Sir James Coghill teilte Mr. Mottingley mit, daß er auf freien Fuß gesetzt würde. Die Lady, die sich auf seine Nachforschung hin als Mrs. Mottingley, die Mutter des Beschuldigten, entpuppte, saß sehr steif und aufrecht da. Sie befand sich unmittelbar vor ihm. Wäre er der Angeklagte gewesen, hätte seine Mutter nicht so dagesessen, ganz gewiß nicht. Doch Mrs. Mottingley saß da, als empfände sie gar nichts. Oder empfand sie doch etwas? Er hätte es gern gewußt. Es wäre ihm lieber gewesen, sie hätte sich bewegt oder etwas gesagt. Dazusitzen wie eine Statue war doch auch nicht richtig. Ihr Mann dachte wohl ähnliches, denn er beugte sich über sie und flüsterte: »Marian . . .« Das war ihr Name, und er wiederholte ihn zweimal. Und dann sagte er: »Ist dir nicht gut, Liebes?« Und da bewegte sich Mrs. Mottingley. Wenn man es richtig bedachte, war es das erstemal, daß sie sich überhaupt bewegte seit Beginn der Verhandlung. Sie drehte sich halb zu ihrem Mann, seufzte tief und fiel zur Seite. Puh! Es blieb spannend bis zum Ende.

Dicky blieb auf seinem Platz sitzen, während Miss Silver zur vorderen Bankreihe ging und daran entlang. Sie würde wissen, was da zu tun sei, ganz gewiß. Er besaß ein blindes Vertrauen zu Miss Silvers Fähigkeit, stets Herrin der Lage zu sein. Da war sie vor ihm, so kühl und ruhig, wie man überhaupt sein konnte.

»Wenn Sie ein bißchen beiseite treten möchten, Mr. Mottingley? Könnten Sie mir freundlicherweise ein Glas Wasser besorgen? Sie wird gleich wieder zu sich kommen. Nein, Madam, sie ist nicht tot. Sie hat nur einen Ohnmachtsanfall.«

Dickys Brust schwoll an vor Stolz. Er hatte es doch gewußt. Sie wurde mit jeder Lage fertig. Er wurde in seinem Triumphgefühl von seiner Mutter gestört. Sie packte ihn beim Ärmel und wisperte:

»Oh, was ist denn nun wieder Schreckliches passiert? Ist sie tot, Dicky?«

»Tot?« echote Dicky laut. »Weshalb sollte sie wohl tot sein, wenn Miss Silver sich um sie kümmert?«

Mrs. Mottingley holte tief und schaudernd Luft. Sie war noch nicht wieder bei sich, aber auf dem Weg dahin. Sie fühlte sich ganz schwach, entspannt und glücklich. Sie öffnete für einen Moment die Augen und sah Jimmy und ihren Mann. Sie waren ihre ganze Welt, und sie war sicher, daß alles gut war. Jimmy war frei, die schreckliche Zeit vorüber. Die zierliche ältliche Lady kniete neben ihr, lächelte und sagte:

»Geht es Ihnen wieder besser, Mrs. Mottingley? Nein, setzen Sie sich noch nicht auf. Möchten Sie einen Schluck Wasser?«

Alles war gut und leicht. Sie nahm einen Schluck Wasser und setzte sich auf.

»Ich bin wieder wohlauf. Ich möchte nach Hause.«

»Mein Liebes . . .« Das war ihr Mann. Sein Arm legte sich um sie. Sie fühlte sich behütet und beschützt. Jimmy hielt ihre Hand und sagte: »Mam . . .« Sie versuchte sich zu erinnern, wann er das zuletzt zu ihr gesagt hatte. Seit Jahren nicht mehr. Da war etwas nicht in Ordnung. Man durfte das Vertrauen seines Kindes nicht verlieren, weil es erwachsen war. Da war etwas überhaupt nicht in Ordnung. Sie würde versuchen, das zu ändern. Sie drückte seine Hand, und er wiederholte: »Mam . . .«, mit seltsam erschütterter Stimme, was sie an die Zeit erinnerte, wo er aufs Dach geklettert war und sie Angst gehabt hatte, er würde herunterfallen. Da war er sieben gewesen.

Sie hielt seine Hand fest und flüsterte: »Jimmy . . .«

Und nun erinnerte sie sich wieder ganz genau. Jimmy war am Dachrand entlangbalanciert, und er hatte keine Angst – nicht ein bißchen. Dann aber hatte sich ihr Mann Jimmy vorgenommen, und das Kind hatte wild geschluchzt, so verwundet war es gewesen. Danach wurde er nie mehr so fröhlich und zutraulich wie zuvor. Sie zog ihn an sich und flüsterte:

»Es ist jetzt alles gut, Jimmy. Alles . . .«

Und dann kam einer von den Jungen, die in der

Kanzlei arbeiteten, und sagte: »Ich habe ein Taxi für Sie draußen, Mr. Mottingley.« Und ihr Mann sagte: »Vielen Dank, Lingbourne, wir kommen.«

Kathy, die abseits stand, sah sie aus dem Saal gehen. Es hatte sich alles zum Guten gewendet. Sie war so froh für Mrs. Mottingley und für Jimmy. Doch dann, als sie zu einer Saaltür gehen wollte, kam Mr. Mottingley an ihre Seite.

»Ich habe meine Frau dem Jungen und Miss Silver überlassen. Ich wollte Ihnen danken, meine Liebe.«

Ihre Wangen färbten sich lebhaft.

»Oh, Mr. Mottingley!«

»Und ich wollte Ihnen auch noch sagen, daß wir keineswegs wollen, daß Ihre Freundschaft mit Jimmy in die Brüche geht. Ein Haus wie das Ihre ist genau das, was Jimmy braucht – die Gesellschaft junger Leute und so. Und hoffentlich kommen Sie mit Len auch oft zu uns. Das werden Sie doch tun, nicht wahr?«

»Mit dem größten Vergnügen, Mr. Mottingley.«

»Meine Frau würde sich sehr darüber freuen. Wir haben den Jungen viel zu streng erzogen – ich sehe das jetzt ein. Wenn man den Zügel bei einem nervösen Pferd zu fest anzieht . . .« Er brach mit einem halben Lachen ab. »Das mag sich etwas seltsam anhören von einem Anwalt; aber ich bin auf einer Farm aufgewachsen, und wenn man so bewegt ist wie jetzt, fühlt man sich an seine Kindheit erinnert. Leben Sie wohl, meine Liebe.«

Er ließ sie stehen und eilte seiner Frau und seinem Sohn hinterher.

KAPITEL 46

Jenny saß in Alington House und wartete auf die Nachricht. Miss Silver würde sie anrufen, sie wußte das, und sie wußte auch, wie die Nachricht ausfallen würde. Aber angenommen – nur mal angenommen . . . Ihr Gedankenfaden riß ab. Er riß ab, weil sie ihn nicht weiterdenken wollte. Sie wollte nicht an einen Justizirrtum glauben, der Jimmy Mottingley weiter in Gefahr brachte. Trotzdem wäre es nett zu wissen, daß sie alle eine unglückliche Vergangenheit begraben und einer besseren Zukunft entgegengehen konnten.

Die letzten Tage waren sehr anstrengend gewesen. Sie wußte nicht, wie sie sie ohne Richard und Miss Danesworth hätte bewältigen können. Sie hatte zwischen den kleinen Mädchen und all diesen schrecklichen Dingen gestanden, und Richard und Miss Danesworth hatten sie abgeschirmt, wo es nur ging. Es war wunderbar, die beiden um sich zu haben. Sie hätte es vielleicht auch allein bewältigt, denn man kann alles schaffen, wenn man muß; doch sie war von ganzem Herzen dankbar dafür, daß sie nicht allein war. Zum Beispiel wäre Miss Crampton für sie ein harter Brocken geworden. Aber in Miss Danesworths' Gegenwart war sie sichtlich zusammengeschrumpft, und als Richard auf der Bildfläche erschien, war sie vollends aus der Fassung geraten. Nach ihrer Niederlage konnte Jenny sie eigentlich nur noch bedauern.

Richard kam ins Zimmer, und Jenny streckte ihm die Hand hin.

»Das Warten zermürbt einen«, sagte sie mit einem kleinen Bruch in der Stimme. »Du glaubst doch nicht, daß etwas schiefgegangen ist, oder?«

»Natürlich ist nichts schiefgegangen! Keine Angst, Kind. Warum sollte es?«

»Ich weiß nicht. Miss Silver sagte, sie würde anrufen, wenn alles vorbei ist.«

»Dann wird sie das auch tun. Ich mag diese Miss Silver. Sie ist solide und beständig wie ein Fels.«

»O Richard! Das klingt, als wäre sie eine von diesen kompakten Frauen mit gesunden roten Backen und Augen, die immer ein bißchen hervorquellen. Und so eine ist sie absolut nicht – adrett, altmodisch, gouvernantenhaft – obwohl ich eigentlich nie eine richtige Gouvernante kennengelernt habe. Die Leute halten sich heutzutage keine Gouvernanten mehr. Sie kamen nur in Garstys alten Büchern regelmäßig vor. Nur, so eine Gouvernante ist Miss Silver auch wieder nicht.«

»Sie ist einmalig, glaube ich«, erwiderte Richard. Er setzte sich und legte die Arme um sie. »Nun beruhige dich, Liebling. Alles ist gut.«

»Ich muß immer – an sie denken«, sagte Jenny.

»Doch nicht an Mrs. Forbes, Liebling!«

»Ich kann nicht anders«, seufzte Jenny. »O Richard, bitte, laß mich davon sprechen. Es ist schrecklich genug. Doch was mich am meisten erschreckt: Niemand scheint sie wirklich zu vermissen. Carter weinte bei der Leichenschau. Sie bewunderte Mrs. Forbes; aber im Grunde mochte sie sie nicht. Und ihre Freunde – ich glaube nicht, daß einer von ihnen wirklich etwas für sie übrighatte. Sie waren schockiert, als sie sich erschoß – aber mögen, nein!«

Richard sagte nach einigem Zögern:

»Wenn so etwas passiert – ich meine, so etwas wie hier –, kommen die Leute entweder herbeigeeilt und stellen fest, daß sie gar nicht gebraucht werden, oder sie bleiben weg und tun so, als hätten sie keine Kenntnis davon. Ich glaube, du wirst merken, daß sie gar nicht recht wissen, wie sie sich verhalten sollen. Das sollte dich aber nicht verbittern, Darling.«

»Tut es auch nicht. Ich dachte nur, wie schrecklich einsam ich gewesen wäre ohne dich und Caroline.«

»Nun, du hast uns ja«, sagte Richard. »Du hast uns für immer. Und daß du das ja nicht vergißt!«

»O Richard, du bist ein solcher Trost für mich!« gestand Jenny mit Tränen in den Augen.

Und da läutete das Telefon. Jenny war im Nu aus ihrem Sessel hochgeschnellt, ihr Atem beschleunigte sich, und die Farbe wechselte auf ihren Wangen. Sie hörte Miss Silver sagen:

»Sind Sie es, meine Liebe?«

»O ja. Ja – ja, ich bin es. Oh, sagen Sie es mir schnell! Wie ist es ausgegangen?«

Miss Silvers Stimme erklang laut und deutlich aus der Leitung:

»Es ist alles in Ordnung, meine Liebe. Sie haben keinen Grund, sich Sorgen zu machen. Dicky Pratt hat seine Sache sehr gut gemacht. Besser hätte man nicht aussagen können. Und ich glaube, er hat seinen Auftritt genossen.«

»Das dachte ich mir.«

»Ja, ich erinnere mich, daß Sie mir das schon vorher gesagt haben. Ein Junge in seinem Alter begreift den Ernst der Lage noch nicht. Mr. Fulbrook und James Mottingley wurden ebenfalls im Zeugenstand vernommen. Auch James machte seine Sache ausgezeichnet. Ich glaube nicht, daß jemand im Gerichtssaal noch im geringsten an seiner Unschuld zweifelt, daß er mit dem Tod des bedauernswerten Mädchens nichts zu tun hatte. Am Schluß faßte Inspektor Abbott die Beweislage zusammen und forderte die Freilassung des Angeklagten. Das Gericht gab seinem Antrag statt. Und nun zu Ihnen, meine Liebe. Wie geht es Ihnen? Ich vermute, Miss Danesworth und Mr. Richard Forbes sind noch bei Ihnen, nicht wahr? Ich fürchte, es ist eine traurige und harte Prüfung für Sie gewesen. Sie müssen jetzt nach vorne schauen. Denn vor Ihnen liegt eine bessere Zeit. Leben Sie wohl, Liebes.«

Es klickte, und die Leitung war tot. Miss Silver, diese

so freundliche, tüchtige und mitfühlende Person, hatte sich verabschiedet. Das gab Jenny ein seltsames Gefühl der Unwirklichkeit. Sie legte den Hörer auf und drehte sich Richard zu. Er legte die Arme um sie.

»Ich habe es gehört«, sagte er, »Mottingleys Leidenszeit ist vorüber.«

Jenny weinte. Sie wußte nicht, warum. Alles hatte ein gutes Ende genommen. »O Richard . . .«, sagte sie, wandte sich ab und wischte sich die Augen trocken.

»Wie töricht ich mich doch benehme«, sagte sie. »Und da ist ein Brief von Alan. Ich habe ihn nicht aufgemacht, weil ich – weil ich wollte, daß du dabei bist . . .«

»Nun, ich bin ja bei dir, Liebling. Los – öffne ihn.«

Der Brief war mit einer ausländischen Marke frankiert. Jenny öffnete ihn und las:

Liebe Jenny,
Ich weiß nicht, was ich sagen soll. Ich bin ganz verwirrt von den zurückliegenden Ereignissen. Jedenfalls sehe ich nicht viel Sinn darin, zurückzukehren, solange die Wellen des Unmuts hochschlagen. Die jungen Leute, mit denen ich hier zusammen bin, sind der gleichen Meinung. Ich denke, ich sollte mir vorerst lieber einen Job suchen. Eigentlich habe ich schon einen, ich bin der Begleiter eines jungen Österreichers. Er muß seiner Gesundheit wegen viel reisen. Ich habe mich mit ihm angefreundet, und seine Familie ist sehr wohlhabend. Seine Mutter ist Spanierin, und das Vermögen kommt von ihrer Seite. Er kommt für alles auf, und ich glaube, wir werden als erstes nach Indien fliegen.

In Liebe,
Alan Forbes.

Während Jenny las, färbten sich ihre Wangen rot. Danach legte sie Richard den Brief in die Hand und sagte mit kleinlauter Stimme:

»Er geht nach Indien und hinterläßt keine Adresse.«

Richard las den Brief ebenfalls.

»Er klingt ziemlich gefaßt«, meinte er. »Und kein Wort von den kleinen Mädchen.«

»Es steht kein Wort darin, das sich nicht mit seiner Person beschäftigt«, sagte Jenny. »Aber da er sich über andere ausschweigt, hat das auch sein Gutes – er läßt mir freie Hand bei Meg und Joyce.«

»Richtig, er gibt dir schweigend eine Vollmacht«, sagte Richard. »Sie sind seine Schwestern, und du bist der nächste Anverwandte – eine Kusine zweiten oder dritten Grades. Du kannst sie in eine Schule deiner Wahl schicken und sie in den Ferien bei dir haben. Er überläßt dir stillschweigend die ganze Last und die Kosten ihrer Erziehung, während er durch die Welt reist.«

Jenny lachte.

»O Richard, das macht mir doch Spaß – wirklich!«

»Ich bin wütend auf ihn«, erwiderte er. Und er sah auch so aus.

»Oh, du brauchst dich darüber doch nicht zu ärgern, Liebling! Siehst du denn nicht, daß es so am besten ist? Caroline sagte erst heute morgen, sie möchte die Kleinen nicht mehr hergeben. Sie hätte genug Platz in ihrem Haus – das hat sie zu mir gesagt.«

»He, was planst du da schon wieder?«

»Wir werden zu einer großen Familie«, sagte Jenny. »Caroline stimmt in diesem Punkt völlig mit mir überein. Die Kleinen kommen in die Schule, und in den Ferien sind wir alle vereint.«

»Und was passiert mit uns?«

»Ich denke, wir heiraten«, sagte Jenny.

KRIMINALROMAN

Von Patricia Wentworth sind bisher erschienen:

10489 Miss Silver bleibt länger
10514 Die anonymen Briefe
10538 Eine Tote kehrt zurück
10568 Das unheimliche Haus
10599 Der Alington-Fluch

BASTEI LÜBBE